本书得到上海对外经贸大学学术著作专项资助

掀开彩色的面纱：
毛姆创作研究

秦 宏／著

人民出版社

序

  英国作家威廉·萨默赛特·毛姆（William Somerset Maugham，1874—1965）著有大量的小说、戏剧、游记等不同种类的作品，创作时间长达65年，深受读者喜爱，其作品的受众范围和影响面十分广泛。然而，在英美文学批评界，毛姆所得到的赞誉却微乎其微，在其有生之年，不少文学史著作对其视而不见，避而不谈。有些文学研究著作即使提及毛姆，也仅仅是把他当作一个合格的作家，认为其作品经受不住严肃批评家的审阅。今天，评论界虽然逐渐认识到毛姆创作的价值，但对于他在文学史上的定位仍然存在不少争议。

  毛姆在评论界所遭受的冷遇苛责，与他在读者心目中的地位形成了鲜明的对比。为什么毛姆文坛地位不高却广受读者爱戴呢？这一矛盾的现象令人困惑，也发人深思，连毛姆本人也提出质问："我在等待这样一位批评家，等着他来告诉我：为什么我有这么多的缺点，我的书却仍然在那么多年里被那么多人翻阅？"秦宏博士正可谓毛姆所曾经期待的这样一位批评者。她的专著《掀开彩色的面纱：毛姆创作研究》正是从毛姆作品的接受问题入手，对毛姆的小说、戏剧、游记等各类著作展开了系统的研究与探讨，其中还涉及毛姆与东方文化与中国文学的关系问题。

  秦宏博士在其专著中首先梳理了毛姆在国内和英美批评界的研究和评论情况，向读者呈现了这样一个事实：毛姆是一个生不逢时、备受低估、屡遭误解的作家。接下来她从三个方面论述了毛姆创作的特色与价值。其一,运用叙事学、空间理论、女性主义、后殖民主义等现代批评理论对毛姆著作进行分类考察,分别探讨了毛姆的短篇小说、长篇小说、戏剧和游记的写作特色。其二,是从总体上对毛姆创作的艺术成就进行综合研究,既概括了毛姆创作题材与艺术形象等内容层面的特点,又分析了其独到的艺术技巧、创作思想与美学风格。秦宏博士指出,毛姆创作上的很多特点都可以从其创作思想与审美追求中得到很好的解释。其三,专著探讨了毛姆创作对张爱玲、白先勇、曹文轩、马原、王朔等中国作家的影响,分别剖析了这些中国作家在思想认识、叙述风格、小说结构、对话艺术以及美学风格上对毛姆作品的借鉴。

秦宏博士认为,在现代主义运动风起云涌的时候,毛姆却固守现实主义创作的传统,他的作品中既没有花样翻新的形式实验,也没有玄奥艰深的思想探索,既不深奥,也不先锋,自然难以引起评论家的高度重视。由于毛姆倡导为读者而写作,注重文学作品的审美愉悦功能,所以,他追求卓越的叙事技巧和简洁、朴实、悦耳的语言风格。批评界多以"技巧娴熟的工匠"、"讲故事的人"类似的表达对他一笑置之。殊不知,讲好一个故事并不容易。从 19 世纪末至今的一百多年来,文学作品在形式上的创新实验层出不穷,但是文学的边界却变得越来越混乱,很多实验性的作品由于渗入了太多的哲学、神学、心理学、社会学、文化学以及学术研究层面的因素,变得越来越难以卒读,那些没有故事内核的实验作品即使不是昙花一现,也少有人问津。正如艾布拉姆斯在《镜与灯》中所指出的,作品、世界、艺术家和欣赏者是文学系统的基本构成元素,文学作品不是封闭的客体,经过读者的阅读和参与,作品的意义得以建构,排斥作品与读者之间的联系是不妥当的,少了读者这一维度,不仅作品存在的意义将失去完整性,它与世界之间的联系也将出现一环断裂。今天,在现代主义与后现代主义的实验、先锋冲动退潮之后,文学创作界的一大趋势就是向文学本身、向传统的创作理念的回归。

　　毛姆以精彩有趣的故事给广大读者带来轻松愉悦的审美享受,读者反过来也给予他丰厚的回报:他得到了一代又一代千千万万读者的拥护和敬意。尽管如此,毛姆并非通俗意义上的流行作家,也从未以色情、猎奇、凶杀来捕获欣赏者的眼球。相反,他的作品犀利真实地道出世态炎凉、人心叵测和人生的荒诞可笑。它们好似一面面镜子,让读者从中看到真实的生活、真实的人性,还有自己和周围人的影子。在现实生活中,很多人都有这样的成长经历:起初对生活满怀憧憬与热望,随后却在冷酷的现实中屡屡碰壁,最后只能无可奈何地与现行的社会秩序和准则妥协;虽然作出了妥协,内心深处却又永远留存着对真善美的向往和渴求。这样的人,必然会从毛姆的作品中获得温暖和慰藉,感受到心灵的共鸣,发现他们原来并非踽踽独行。在细读文本的基础上,秦宏博士以翔实的资料为依托,提出了毛姆一生旨在追求真善美的高尚情操,反驳了许多西方学者指责毛姆愤世嫉俗、缺乏道德、冷酷无情的论断。

　　本·琼森说,莎士比亚不属于一个时代,而是属于所有的世纪。毛姆比不上莎翁,但是他巧妙地捕捉到永恒的人性母题。他虽然无法攀登到伟大作家的一个高度,却与那些文坛巨擘一样,在认真地思考和探索着人性和生活的奥秘,并在广大读者心中铸造了一座丰碑。只要人们有翻阅小说的爱好,他的作品就很可能长久流传在人世间。何况,毛姆的读者群中不乏知名的作家文人,例如乔治·奥威尔、马尔克斯、维·苏·奈保尔等,可见他是一位雅俗共赏的、有艺术魅力的作家。

　　受国外评论的影响,毛姆也被我国的学术界轻视,秦宏博士的专著《掀开彩色的面纱:毛姆创作研究》的出版,无疑将会令上述局面大大改观。该著集作者十几年研究之成果,运用了现代批评的理论与方法,引用了大量的英文文献,视野开阔,资料翔实,观点新颖,论述充分,读来令人耳目一新。尤其值得一提的是书中的几个亮点:其一,该著对毛姆戏剧的评论开垦了国内毛姆研究的处女地;其二,该著认为,东方之行成就了毛姆,描写远东的短篇小说奠定了他在英国文学史上的一席之地;其三,该著关于毛姆与白先勇、王朔等中国作家的比较研究,填补了国内毛姆研究中的一个空白。所有这些,都对国内的毛姆研究和接受,具有突破性的价值和意义。

秦宏博士是一位刻苦勤奋的年轻学者,她本来学英语语言文学专业,又获得了比较文学与世界文学专业的博士学位,后来又进入博士后流动站工作和学习。她不仅有很好的外语背景,中文文字功底也很扎实。作为她的导师,我见证了她著书的艰辛历程,现在她的专著《掀开彩色的面纱:毛姆创作研究》功成杀青、即将付梓,我由衷地为她高兴,愿她以此为起点,向着更高的学术境界进发。

高继海
2016 年 5 月于开封

目　录

前　言

　　威廉·萨默塞特·毛姆(William Somerset Maugham，1874—1965)
逝世至今已有半个世纪,但是全世界的读者却没有将他遗忘。尽管他
在中外出版的多种文学史著作中颇受冷落,但是他的作品却一版再版,
深受读者的喜爱。毛姆在评论界所遭受的冷遇和他在读者心目中的地
位形成了鲜明的对比。这一矛盾的现象发人深思。毛姆本人也提出质
问:"我在等待这样一位批评家,等着他来告诉我:为什么我有这么多
的缺点,我的书却仍然在那么多年里被那么多人翻阅?"①笔者试图通
过深入解读毛姆的作品,并结合相关中外文资料进行研讨,研讨这样一
位文坛地位特殊的作家。

　　目前国内有关毛姆的学术研究并不深入。部分文学史著作对毛姆
的评价写得很简略。除了文学史著作及一些译本在序言后记里涉及毛
姆研究之外,还有一些学位论文和期刊论文也以毛姆及其作品为研究
对象,但是常常围绕着他的几个名篇展开。关于他戏剧和散文的评论
屈指可数。从总体上看,国内有关毛姆的论文比较零散和片面,不仅个
案的研究不够,系统全面的研究更有待开掘。

　　相比之下,英美的毛姆研究呈现出毁誉并存的局面。一些学者指
责毛姆是通俗文学的制造商、商业化的文人,不值得研究,只是由于读

---

① Thomas Votteler ed.，*Short Story Criticism*. Vol. 8, Detroit：Gale Research Inc.，1991,
　p.367.

者他才在文学史上留下了名字。与此相反，另一些文学评论家称赞毛姆为成功的戏剧家、著名的长篇小说家、文学评论家和伟大的短篇小说家。这些高度评价和学术界对毛姆的低评轻视形成了一定的反差；英美的毛姆研究现状的复杂和中国的毛姆研究的单薄也形成了一定的反差。这双重反差使得深入研究、重新发现毛姆的价值具有十分重要的意义。

毛姆不仅是一个知名度很高的作家，其创作与中国还有一定的关联。钱钟书先生说过："要发展我们自己的比较文学研究，重要任务之一就是要清理一下中国文学与外国文学的相互关系。"①毛姆曾于1919—1920 年间访问中国，把中国和中国人写进了作品；对一些中国作家的创作产生了影响，这些作家对毛姆的借鉴学习有力证明了他是一个有创作特色和艺术价值的作家。因此，毛姆是中外文学关系研究中不可缺少的一环。

本书致力于较为系统、全面地研究毛姆的创作；梳理他与中国作家的文学渊源。毛姆的长篇小说《彩色的面纱》的寓意是人的真实面貌掩饰在面纱之下，他本人又何尝不是这样？毛姆在文学史上屡遭误解，备受争议。本书将掀开蒙在他脸上的众说纷纭的彩色面纱，告诉读者一个真实的毛姆、一个不为大家所熟悉的毛姆。

---

① 张隆溪：《钱钟书谈比较文学与"文学比较"》，《读书》1981 年第 10 期。

第一章 毛姆作品在中国的译介与研究

外国文学研究和本土文学研究有一个显著的不同,那就是外国文学作品往往要经过翻译这一中介过程。因此要对一个外国作家及其作品开展全面深入的研究,首先必须了解作品的译介史,这是解读其创作的前提。毛姆作品在中国的译介史基本上可划分为两个时期:1949年以前及1978年以后。在1949年到1978年之间,由于众所周知的原因,毛姆的作品几乎被人们遗忘。毛姆译介史上的这一事实,是社会政治氛围直接影响文学作品翻译出版的例证之一。毛姆作品在中国的研究同样也可分为1949年以前及1978年以后两个阶段。1949年到1978年间,和前面提到的译介状况类似,国内的毛姆研究基本无人染指。

第一节 毛姆在中国的译介史

一、1949年以前中国对毛姆作品的翻译

尽管早在1919年毛姆就来到中国,但是现在有据可查的国内最早刊登其作品的是1926年第15卷第377期的《中华英文周报》,其中收录了他的短篇小说 *In a Strange Land*。他的作品第一次被翻译成中文是《英语周刊》1926年第577期的《他乡》,译者苏兆龙。国内首次介绍

1

评论毛姆是在 1929 年第 20 卷第 8 期的《小说月报》，它登出了一组现代英国小说家像，其中一幅为毛姆像。在这一期的《小说月报》上还发表了赵景深的文章《二十年来的英国小说》，介绍了毛姆的生平和创作。同年，上海北新书局出版了朱湘翻译的《英国近代短篇小说集》，毛姆的《大班》被收录其中。此后，毛姆的作品陆续被翻译成中文。《家庭》杂志 1944 — 1945 年连载了俞亢咏翻译的长篇小说《别墅》和《彩幕》。俞亢咏还陆续翻译了毛姆的部分间谍小说，如《黑女郎》、《秃墨老》、《战争小说(奸细)》等。《西点》1947 年连载了蓝依翻译的长篇小说《剃刀边缘(刀锋)》。白芦 1939 年起在《绿洲：中英文艺综合月刊》上连载了毛姆代表作《卅年虚度》(即《人生的枷锁》)的部分章节。除此之外，截止到 1949 年国内杂志上共发表了四十余篇毛姆作品的译文(重复的译文如《雨》、《信》、《红》和《百晓先生》仅列出一篇译文，不再累赘记录)：

1.《未来的婚姻问题的预测》，《新家庭》，周瘦鹃译，1932 年第 1 卷第 10 期。

2.《恐怖》发表于《论语》，潘光旦译，1932 年第 2 期。

3.《亨德生》发表于《论语》，潘光旦译，1932 年第 6 期。

4.《毋宁死》发表于《文艺月刊》，方于译，1933 年第 3 卷第 11、12 期。

5.《文艺栏：在中国的随感》发表于《东方杂志》，青厓译，1933 年第 30 卷第 23 期。

6.《埋没的天才》发表于《小说》，译者不详，1934 年第 4 期。

7.《辜鸿铭访问记》发表于《人间世》，黄嘉音译，1934 年第 12 期。

8.《大班》发表于《新中华》，桐君译，1935 年第 3 卷第 9 期。

9.《转变》发表于《新中华》，伯符译，1935 年第 3 卷第 10 期。

10.《马来情蛊》发表于《旅行杂志》，周瘦鹃译，1935 年第 9 卷第 9 号。

11.《苦力·尼姑·黎明·黄昏·问题》发表于《约翰声》,黄嘉音译,1935 年第 46 卷。

12.《信》发表于《黄钟》,殷言泠译,1936 年第 9 卷第 6、7 期。

13.《文艺:我是天禀的间谍》发表于《国闻周报》,陈学昭译,1936 年第 13 卷第 23 期。

14.《雨:现在差不多是上床的时候了……》发表于《东方杂志》,紫石译,1936 年第 33 卷第 17 期。

15.《环境的魔力》发表于《文艺月刊》,方安译,1937 年第 10 卷第 6 期。

16.《作战中的法国印象记》发表于《上海周报(上海 1939)》,宓腾译,1940 年第 1 卷第 19 期。

17.《船上小景》发表于《西洋文学》,黄嘉德译,1940 年第 1 期。

18.《难民船》发表于《天下事(上海)》,刘受虚译,1940 年第 2 卷第 1 期。

19.《不愿作奴隶的人》发表于《时与潮文艺》,张镜潭译,1943 年第 2 卷第 4 期。

20.《循环》发表于《戏剧月报》,刘芃如译,1943 年第 1 卷第 4 期,1944 年第 1 卷第 5 期。

21.《世界短篇名著选译:百晓先生》发表于《大众(上海 1942)》,钱公侠译,1943 年第 3 期。

22.《审判座前》发表于《家庭年刊》,俞亢咏译,1944 年第 2 期。

23.《大使的秘密》发表于《家庭良伴》,俞亢咏译,1945 年第 2 期。

24.《应酬》发表于《家庭年刊》,俞亢咏译,1945 年第 3 期。

25.《机会之门》发表于《时与潮文艺》,王家械译,1945 年第 5 卷第 1 期。

26.《生活的点滴》发表于《现代周报》,卢绮兰译,1945 年第 4 卷第 5、6、7、8 期。

27.《火诺鲁鲁》发表于《新中国月刊》，毕焆译，1945 年第 5、6 期。

28.《香笺泪》发表于《知识》，徐百益译，1946 年第 4、12、13 期。

29.《一个作家的手记》发表于《六益》，徐百益译，1946 年第 5、6、7 期。

30.《孟特厥纳哥男爵》发表于《文艺先锋》，吴鲁芹译，1946 年第 8 卷第 4 期。

31.《患难中的朋友》发表于《文艺先锋》，熊碧洛译，1946 年第 8 卷第 6 期。

32.《论天才》发表于《新新新闻半月刊》，流金译，1947 年第 1 卷第 2、3 期。

33.《生死相逐》发表于《京沪周刊》，鲁芹译，1947 年第 1 卷第 34 期。

34.《论阿诺尔特·本耐脱》发表于《中国青年》（重庆），也梦译，1947 年第 2 期。

35.《穆姆"原方照配"序》发表于《读书与出版》，吕叔湘译，1947 年第 3 期。

36.《过载的牲口》发表于《新学生》，志奇译，1947 年第 3 卷第 3 期。

37.《负重的牛马》发表于《读者文摘》，雨鹤译，1947 年第 3 卷第 5 期。

38.《河畔哀歌》发表于《书报精华》，汗流译，1947 年第 26 期。

39.《"长城"颂》发表于《风土什志》，张国佐译，1948 年第 2 卷第 3 期。

40.《牌九司务》发表于《幸福》，霜庐（张爱玲的笔名）译，1948 年第 2 卷第 10 期。

41.《红》发表于《春秋》，霜庐译，1948 年第 5 卷第 5 期。

42.《蚂蚁和蚱蜢》发表于《春秋》，霜庐译，1949 年第 6 卷第 2 期。

除了杂志上发表的译文外,毛姆还有一些作品被选入文集。上面提到的《大班》就被收录进北京文谭会1948年出版的《老女之面包及其他》(英美短篇小说选),译者燕之。1946年茅盾编辑了《现代翻译小说选》,其中一篇为毛姆作品《患难中的友人》。此外,他的一些作品还被选编进英文教材,其中多数是摘自《在中国屏风上》这本游记中的名篇,例如《中国的苦力》就曾入选现代外国语文出版社1948年发行的《现代英美小品文选》。

同一时期,毛姆作品的译本在中国出版发行的有:

1. 剧本《毋宁死》,方于译,南京正中书局1934年7月版。

2. 剧本《情书》,陈绵译,上海商务印书馆1937年1月版。

3. 短篇小说集《红发少年》,方安译,长沙商务印书馆1938年8月版。

4. 游记《中国见闻杂记》,胡仲持注释,桂林开明书店1943年5月版。

5. 长篇小说《斐冷翠山庄》,林同端译,重庆青年书店1944年5月版。

6. 长篇小说《怪画家》,王鹤仪译述,重庆商务印书馆1946年3月初版,上海商务印书馆1947年7月再版。

20世纪20到40年代的中国读者不仅从书刊中了解到毛姆,还从舞台和电影上对他有了新的认识。剧本《毋宁死》、《生死恋》和《情书》(又译作《香笺泪》)先后被中国旅行剧团搬上了话剧舞台。《情书》还被改编成了电影《香笺泪》于1941年在中国放映。根据毛姆小说《人生的枷锁》改编成的电影《孽债》,《刀锋》改编成的《剃刀边缘》、《彩色的面纱》等也相继上演。

除了上面提到的作品外,还有一些缺乏确证、已经失传的译文无法详细列出。例如董鼎山说他曾经在上海一杂志上发表过毛姆的译作

《百晓先生》①；李济称 1938 年上海出版了毛姆的戏剧《生死恋》②；王敏写到 20 世纪 30 年代方于翻译了戏剧《恋爱与道德》③。这些译作现在还未找到刊登它们的刊物或是当初的版本。在此，暂且列出篇目备查。

概括而言，1949 年以前，国内毛姆作品的翻译工作主要表现为杂志上刊登了一些短篇小说的译文，连载或者出版了几部长篇小说、短篇小说集、剧本和游记。但是他的许多作品还不为广大中国读者所熟悉。当时国内译者对毛姆的冷淡态度不难理解。接受理论告诉我们，由于接受屏幕的差异，人们总是按照自身的文化传统、思维模式和现实需要来选择作家作品。20 世纪上半叶，中国处于炮火纷飞、民不聊生的国难关头，社会需要的是富有感召力、革命性的作品，毛姆作为一个避开政治、社会问题不谈的作家，显然不符合当时的国情，不被翻译家看好。所以在这一时期毛姆作品的翻译工作是零散的、无系统的。

二、1978 年以后国内对毛姆作品的翻译

1949—1978 年，毛姆作品在中国的译介几乎处于完全停顿的状态。但是从 20 世纪 70 年代末开始，毛姆在中国的命运发生了显著的变化。改革开放打破了禁锢了几十年的对外交流，国外各种文学作品如潮水般涌入中国。翻译界从以往局限于苏联作家、欧美进步作家的狭小区域转向了一个浩瀚的世界文学长廊。思想解放的大潮、文化交流的频繁为大量引进毛姆作品提供了极大的可能性。1979 年第 1 期《世界文学》率先刊登了 4 篇毛姆的短篇小说：《红毛》、《赴宴之前》、《风筝》和《舞男与舞女》。此后，毛姆作品的翻译在我国便进入了一个高潮期。但是这里不再罗列散见于各种报刊书籍中的毛姆作品译文，

---

① 参见董鼎山：《勾起我少年版记忆的毛姆新传记》，《文汇读书周报》2004 年 7 月 2 日。
② 参见[英]毛姆：《贵族夫人的梦——毛姆戏剧选》，俞亢咏译，湖南人民出版社 1987 年版，第 3 页。
③ 参见王敏：《雾象的笼罩——英国风俗喜剧在中国（1919—1949）》，硕士学位论文，福建师范大学文学院，2011 年，第 8 页。

因为它和毛姆专著的大规模、系统的出版不可同日而语。

毛姆的重要作品在20世纪80年代大都被翻译成了中文。1981年外国文学出版社出版了傅惟慈译的《月亮和六便士》一书。1982年上海译文出版社推出了《刀锋》的周煦良译本,秭配翻译的另一版本在湖南人民出版社出版。毛姆的代表作《人生的枷锁》自1983年发行以来,先后出现了张柏然、徐进、黄水乞和斯馨的四个版本。其他长篇小说也被相继译成中文出版,例如《兰贝斯的丽莎》、《寻欢作乐》、《山顶别墅》和《克雷杜克夫人》等。其中上海译文出版社和译林出版社在推广毛姆作品方面厥功至伟。毛姆的许多作品在他们的努力下被翻译出版,广为人知。

迄今为止国内翻译出版了十余部毛姆的短篇小说选集,其中多是他有代表性的作品,例如1983年湖南人民出版社出版了佟孝功等译的《天作之合——毛姆短篇小说选》,人民文学出版社1987年发行了黄雨石翻译的《无所不知先生》(毛姆短篇小说选),2014年译林出版社推出了先洋洋翻译的《马来故事集》,及冯亦代、傅惟慈、陆谷孙等译的《毛姆短篇小说精选集》,上海译文出版社2015年出版了黄福海翻译的《木麻黄树》。

毛姆的散文在译者的筛选下,也被编译成不同的书籍,主要有《阅读的艺术》(陈安澜等编译,上海翻译出版公司1988年版)、《毛姆随想录》(俞亢咏译,百花文艺出版社1992年版)、《毛姆读书随笔》(刘文荣译,上海三联书店1999年版)、《总结》(孙戈译,译林出版社2012年版)、《巨匠与杰作》(李锋译,上海译文出版社2013年版)、《书与你》(刘宸含译,译林出版社2014年版)及《作家笔记》(陈德志和陈星译,上海译文出版社2015年版)。通过这些译作,中国读者对毛姆的创作思想有了大致的了解。虽然中国读者早在20世纪上半叶就知道毛姆的游记《在中国屏风上》,但是刊登在当时报刊上的不外是《负重的兽》和《哲学家》等少数名篇,即便是胡仲持的注释本《中国见闻杂记》也没有完全收录毛姆的原文,他删去了其中的 7 篇文章。直到湖南人民出版社于 1987 年出版了陈寿庚的译本《在中国屏风上》,这本书才得以全貌见人。与此同时,该出版社还出版了俞亢咏翻译的《贵族夫人的梦:毛姆戏剧选》。至此,毛姆的各类创作:长篇小说、短篇小说、散文和戏剧,就在中国读者心中留下了初步的印象。毛姆一生著作等身,即便忽略不计他零散发表在报刊上的各种作品,有据可查的包括 20 部长篇小说、22 部短篇小说集、32 部戏剧和 15 本散文。目前国内翻译出版了他重要的长篇小说、短篇小说和散文。遗憾的是,毛姆生前亲自编选的短篇小说全集和戏剧选集还没有中译本。因此毛姆作品的翻译工作,还有待于进一步开展。

第二节　中国的毛姆研究概述

毛姆作品在中国的研究同样也可分为 1949 年以前及 1978 年以后两个阶段。1949 到 1978 年间,和上文提到的译介状况类似,国内的毛姆研究基本无人染指。

一、1949 年以前的国内毛姆研究

1949 年以前,国内学术界对毛姆作品的研究主要以两种形式出现:一是作品译本的前言或后记,二是文学史著作或报刊文章对他的评价。方于和陈绵在他们各自翻译的剧本前言中都称赞毛姆的编剧技巧。方于认为《毋宁死》(南京正中书局 1934 年版)这个剧本取材新颖、结构紧凑,是一个符合"三一律"的范本。陈绵则在《情书》(上海商务印书馆 1937 年版)的译本序中高度评价了毛姆的倒叙手法,声称这是舞台上的首创。但是在主题思想上两人意见相左。方于觉得毛姆的剧作耐人寻味,观众在看完戏剧《毋宁死》后会思考其中提出的道德问

题。但是陈绵对此却不以为然,他认为《情书》这个戏没有多大的文学价值和哲学意义。译者不同的看法说明了毛姆的戏剧在引入中国之后仍然遇到了和在英国一样的问题:在赢得称赞的同时又遭受贬斥。

吕叔湘在翻译毛姆短篇小说集《原方照配》的序言中直言毛姆是他喜爱的英国作家,说它道出了小说家的甘苦,写得很有意思,所以翻译出来与大家商榷。① 毛姆在序中写到,《泰晤士报》以"原方照配"为题评论他的一部短篇小说集以示贬低。为了表示抗议,他故意以《原方照配》来命名新的一部作品,声明人性是作家永恒关注的话题。通过吕叔湘的译文,国内读者间接知晓了毛姆在英国文坛遭受轻视的局面,以及他笔下常见的人性主题。

王鹤仪在《怪画家》(重庆商务印书馆 1946 年版)的序言中指出毛姆以戏剧成名,这是正确的。但是他却说这是毛姆作品第一次被译成中文书出版,显然是不符合事实的。实际上,他翻译的这部作品是民国时期出版的最后一本毛姆译作,可见当时的研究环境比较闭塞。书名直译应是《月亮和六便士》,它来源于《泰晤士报文学增刊》上的一篇评论《人生的枷锁》的文章,意思是小说的主人公像许多年轻人一样,一心想摘取天上的月亮,对脚下的六便士却视而不见。王鹤仪不了解这一标题的出处,他说书中描写的画家不融于习俗,所作所为只能用一个"怪"字形容;题目中月亮和六便士亦是风马牛不相及,奇怪得很,因此他就把书名译为《怪画家》。这再一次说明当时传媒信息的闭塞和研究条件的落后。

茅盾在为《现代翻译小说选》(上海文通书局 1946 年版)作序时,批评毛姆远离战场,没有创作反法西斯战争题材的作品,脱离了社会现实。这一论断有失公允。毛姆积极参加了两次世界大战。第一次世界大战爆发后,他主动写信给丘吉尔,希望为国家效力,后来他被分配到

---

①　参见吕叔湘:《穆姆"原方照配"序》,《读书与出版》1947 年第 3 期。

法军前线开救护车。再后来他被调到情报部门工作,毛姆并不喜欢这个差事,但是考虑到这也是发挥作用的一种方式,还是认真执行了任务。第二次世界大战开始后不久,毛姆又一次深入法军前线,担任战地记者的工作。他根据两次参战经历创作了著名的短篇小说《不屈服的人》、戏剧《服役的报酬》、报告文学《法兰西在战斗》和间谍小说集《阿申登》等,而且还因为《阿申登》激怒了德国宣传部长戈培尔,被列入了纳粹的黑名单。

除了上述译作的序言和后记之外,文学评论书刊中还出现了一些有关毛姆的评价。最早是在 1929 年,《小说月报》第 20 卷第 8 期刊登了赵景深的文章《二十年来的英国小说》。他在扼要介绍毛姆的生活经历后,表达了对其顽强创作毅力的钦佩。他说在《月亮和六便士》发表之前,毛姆被评论界忽略了 20 年,但是他始终坚持创作,毫不气馁。赵景深认为毛姆初期的作品并不差,可惜的是时运不济。1933 年《青年界》第 4 卷第 5 期刊登了毛含戈的文章《现代英国小说》。他认为现代英国文坛的一流作家有高尔斯华绥、哈代及康拉德等人,毛姆则属于二流的成功小说家,与福斯特和劳伦斯并列。

当时谈到毛姆的外国文学研究著作很少,在提到他的为数不多的文学史著作中,他也往往被一笔带过。例如金石声在 1931 年版的《欧洲文学史纲》中只写了一句话:毛姆的小说有《月亮和六便士》和《彩色的面纱》。金东雷在 1937 年版的《英国文学史纲》中说毛姆是英国社会派小说家,著作很好。柳无忌在 1946 年版的《西洋文学的研究》中谈到英国风俗喜剧时插了一句:这一王政复辟时期的产物在 20 世纪的代表作家是毛姆。

除了毛姆作品译文的前言、后记和书刊上对他的综合评介外,那一时期还出现了以毛姆的创作为选题的学位论文。例如南京大学的陈嘉教授 1930 年在美国威士康辛大学攻读英国文学专业,他的毕业论文题目就是《英国二十世纪戏剧家毛姆的戏剧评论》。

纵观这一时期对毛姆的总体评价,我们可以发现他是作为一个著名的英国作家被介绍进中国的,但是因为他不是大师级的作家,同时他的创作不大迎合中国当时的国情,所以国内对他的研究并不深入。即便在相关书籍和文章中有所提及,也往往写得很简略。另外这一时期的评论还出现了一些错误论断。与 1978 年后的情况相比较,这一时期的毛姆研究只是初露端倪,但是却预示了第二阶段研究的一些基本观点,例如认为他文坛地位不高,作品主题不深刻,但是编剧技巧精湛,专注写人性,等等。

二、1978 年以后的国内毛姆研究

1978 年以后,毛姆的作品被大量系统地翻译成中文。相应地,国内研究者对毛姆的评论也逐渐增多。1979 年第 1 期的《世界文学》率先编译了毛姆的四篇短篇小说,并对作者作了精辟的介绍,从而掀开了毛姆研究在中国的新篇章。

这些研究主要可以归纳成以下几点:一是有关长篇小说的研究。在这一方面,研究者着重考察的是《人生的枷锁》、《月亮和六便士》、《寻欢作乐》和《刀锋》这四部作品。综合相关的观点,评论者们一般认为《人生的枷锁》是一部描写现实、探讨人生的作品;它揭示了资本主义社会对人的压抑,得出生活没有意义的结论;小说的基调悲观绝望,这反映了毛姆世界观的局限性。《月亮和六便士》的主题是个性、天才和现代社会之间的矛盾。毛姆显然支持男主角思特里克兰德的选择,认为艺术家可以为了艺术,打破家庭的羁绊、挣脱婚姻的枷锁等社会责任和道德规范。《寻欢作乐》的研究重点转向了女主角,探讨了其所作所为是否符合道德,到底什么才是真正的道德。《刀锋》则否定了幸福源于物质财富的观念,揭示了资本主义社会下人们空虚的精神状态。毛姆在小说中提出向东方学习的解决办法。他无疑是 20 世纪初尊重东方文明的少数西方作家之一。

二是有关毛姆的短篇小说的研究。一方面是对他的短篇小说佳作的赏析;另一方面是分析他的短篇小说的艺术技巧。这方面的论文有《引而不发 善藏善露——试析〈全懂先生〉的艺术特色》(胡柯:《名作欣赏》1983 年第 2 期)及《毛姆短篇小说艺术特色浅论》(孙妮:《安徽师范大学学报》1997 年第 3 期)等。有些短篇小说集的译者在译本的前言或后记中对毛姆作了较为深入的分析,例如刘宪之在《毛姆小说集》(百花文艺出版社 1984 年版)中的译后记和潘绍中为《毛姆短篇小说选》(商务印书馆 1983 年版)所作的序言。

三是对毛姆本人的介绍。改革开放初期,中外文学交流近似于停滞了几十年。中国读者不太熟悉毛姆这位作家,因此这类文章主要发表于 20 世纪 80 年代,国门重新打开之后。例如《世界文学》1979 年第 1 期上刊登了该刊编者写的《现代作家小传:毛姆》,更有影响的当属潘绍中发表于《外国文学》1982 年第 1 期上的论文《在国外享有更大声誉的英国作家——萨默塞特·毛姆》。

四是为比较文学研究。除了常见的毛姆与中国作家的比较——例如毛姆与庄子、毛姆与鲁迅、毛姆与张爱玲的研究之外,毛姆作品的形象学研究形成了一定的气候。国内这方面的研究结论基本上可以分成乌托邦想象和意识形态两组。第一组是乌托邦式的艺术建构,具体表现为毛姆反对殖民主义和种族主义;向往璀璨的中国古代文明。第二组意识形态式的批评认为毛姆作为一个西方人,有着根深蒂固的文化优越感和殖民意识,所以他笔下的中国形象只是一种幻象。纵观毛姆的作品,可以发现中国是贫穷、落后、野蛮的代名词。以王丽亚教授的《论毛姆〈彩色面纱〉中的中国想象》为例,该论文提到小说展示了当时中国的两种形象:停滞落后的殖民地与淳朴宁静的田园乐土。她认为毛姆作品中淳朴宁静的田园乐土想象遮蔽了混乱停滞的现实,在质疑西方文明的同时隐含了对中国现代性的否定。

五是关于毛姆作品的叙述学研究,尤其以分析《刀锋》的叙述手法为主,例如《湖北师范学院学报》1990 年第 1 期刊登的王丽丽所著《天才的说谎者——论毛姆〈刀锋〉的叙述形式》,及云南大学 2013 年任丽的硕士论文:《论毛姆〈刀锋〉的叙述者与叙述者干预》。

最后是其他类研究,主要是抓住毛姆的某一创作特色进行分析。王冬尽刊登于 1999 年第 3 期《沈阳师范学院学报》上的文章《毛姆反妇女倾向探析》,针对毛姆独特的女性观发表了自己的看法。马莉发表于《辽宁师范大学学报》2002 年第 5 期上的论文《摆脱枷锁 走向彻悟——试析毛姆作品所反映的宗教观》,则是对毛姆的宗教观作了一番解读。这些论文独辟蹊径,是深入研究毛姆其人其文的良好开端。

在这一时期,还出现了好几种版本的毛姆传记,例如特德·摩根(Ted Morgan)①的《人世的挑剔者——毛姆传》(梅影等译,湖南人民出版社 1986 年版)、梁识梅翻译的《天堂之魔——毛姆传》(中国文联出版公司 1987 年版)、罗宾·毛姆(Robin Maugham)②的《盛誉下的孤独者——毛姆传》(李作君、王瑞霞译,春风文艺出版社 1988 年版)和塞琳娜·黑斯廷斯所著《毛姆传:毛姆的秘密生活》(赵文伟译,安徽文艺出版社 2015 年版)。这些传记为国内研究毛姆提供了宝贵丰富的学术资料。

从总体上看,国内对毛姆的评价不高。就文学史著作而言,杨周翰和李赋宁主编的两个不同版本的《欧洲文学史》都没有把毛姆收录其中。提及毛姆的主要是英国国别文学方面的著作,例如王佐良主编的《英国二十世纪文学史》(外语教学与研究出版社 1997 年版),侯维瑞的《现代英国小说史》(上海外语教育出版社 2001 年版)和阮炜的《二十世纪英国文学史》(青岛出版社 1999 年版)。毛姆在国内文学史家心中的位置,就像是特快列车不停、慢车才眷顾的一个小站。

---

①　[美]特德·摩根(1932—　　),美国著名传记作家,曾为丘吉尔、毛姆等作过传记,获普利策奖。

②　[英]罗宾·毛姆(1916—1981),英国作家,W.S.毛姆的侄子。

由于国内学者没有太在意毛姆,对他的关注不够,所以当前各家评论得出的研究结果也不一致,似乎无意通过交流达成定论。例如,关于他的代表作究竟是哪一部作品,一些专家的观点不一致,在长篇小说《人生的枷锁》与《月亮和六便士》之间摇摆。侯维瑞在《现代英国小说史》中写道,《人生的枷锁》是毛姆最重要与流传最广的作品。① 王忠祥主编的《外国文学史》则把《人生的枷锁》当作他的成名作,认为其代表作是《月亮和六便士》。② 短篇小说代表毛姆的最高成就,这一观点得到很多人的赞同,但是陈嘉教授却认为他的短篇可能将被人遗忘,几部长篇小说反而会流传深远。陈嘉教授在谈到毛姆的戏剧时则说:他戏剧的主题不深,他是靠戏剧性的场景和机智的对话赢得观众的。③ 但是在《二十世纪英美文学词典》中,毛姆的剧作《贵族夫人》和《养家糊口的人》却被称作喜剧史上的里程碑。④ 何仲生还在《欧美现代文学史》中提到毛姆的剧作至今仍在英国舞台长演不衰。⑤ 可见国内对毛姆的评价至今未达成共识,各持己见。

虽然这一阶段的毛姆研究和前一阶段相比更深入、涉及面更广,但是和与毛姆同时期创作的现代主义作家相比,国内的毛姆研究就显得薄弱和冷清。尽管国内的毛姆评论数量不多,内容也不够全面,但是已有的研究成果却为后人继续深入探讨这位作家提供了重要的前提和条件。

(一) 关于毛姆的文坛地位

毛姆是英国文学史上一位具有世界性声誉的独特作家。他运用各

---

① 参见侯维瑞:《现代英国小说史》,上海外语教育出版社 2001 年版,第 121 页。
② 参见王忠祥主编:《外国文学史》第四册,华中理工大学出版社 1999 年版,第 217 页。
③ 参见 Chen Jia, *A History of English Literature*. Beijing: The Commercial Press, 1986, p.228。
④ 参见石云龙、蔡咏春主编:《二十世纪英美文学词典》,福建教育出版社 1993 年版,第 394 页。
⑤ 参见何仲生、项晓敏主编:《欧美现代文学史》,复旦大学出版社 2002 年版,第 13 页。

种文学形式进行创作,是文坛少有的人才。在 20 世纪英国作家中,他的作品流传最广、最受欢迎,这一事实是无可辩驳的。但是毛姆在读者和在批评家心中的地位却很不相称,国内不少学者都认识到这一点。侯维瑞指出:"他的作品虽然并不十分受到学术批评界的青睐,但流行世界,影响深远,确实引起过不同国家和不同阶层许多读者的兴趣,而且这种兴趣至今不衰。"①张定铨则在他的文学史著作中说:"究其一生,毛姆在英美两国、在知识分子和普通读者中都广受欢迎,但是他建立在读者中间的声誉远远高于评论界。"②

毛姆的名字广为人知首先应归功于他的戏剧。有评论说作为戏剧家的毛姆也会像作为小说家的毛姆一样成为 20 世纪文坛一道亮丽的风景③。与此同时,也有一些研究者否定毛姆的戏剧价值,认为他的剧本大部分是写爱德华时代社会生活的喜剧,很快就过时了。④

毛姆的主要文学成就在于小说创作。他的一些长篇小说属于优秀之作:《人生的枷锁》、《月亮和六便士》、《寻欢作乐》和《刀锋》等。短篇小说则对奠定毛姆的文坛地位起了相当重要的作用。一般说来,短篇小说可划分为莫泊桑式和契诃夫式两类。朱虹认为:在英国,毛姆是这两大类型之一莫泊桑式的代表⑤。潘绍中称赞毛姆是一位短篇小说的大师,说他对社会的揭露和写作艺术的发挥在短篇小说中达到了新的高度⑥。陈惇主编的《外国文学史纲要》指出:"毛姆的多数短篇作品结构紧凑,情节别致,充满五光十色的异国情调,具有经久不衰的艺术

---

①　侯维瑞:《现代英国小说史》,上海外语教育出版社 2001 年版,第 118 页。

②　Zhang Dingquan ed., *A New Concise History of English Literature*. Shanghai Foreign Languages Education Press, 2002, p.406.

③　参见王松林编著:《二十世纪英美文学要略》,江西高校出版社 2001 年版,第 172 页。

④　参见徐淮诚主编:《大不列颠百科全书》第 11 卷,中国大百科全书出版社 1999 年版,第 18 页。

⑤　参见朱虹编选:《英国短篇小说选》,人民文学出版社 1980 年版,第 10 页。

⑥　参见潘绍中:《在国外享有更大声誉的英国作家——萨默塞特·毛姆》,《外国文学》1982 年第 1 期。

魅力，是世界文学短篇小说中的瑰宝。"①

关于毛姆的创作流派，首先有一部分学者认为毛姆的作品呈自然主义的特征。侯维瑞在《现代英国小说史》中介绍毛姆那一章节时，用的标题就是"自然主义的余波"。阮炜的《二十世纪英国文学史》把毛姆与乔治·莫尔并提，认为他是世纪之交的自然主义者。这些学者认为他的自然主义特征主要表现为以超然疏远的态度进行创作，忠实地反映社会面貌。他的叙述就像流水一般缓缓无声，不在作品中大声疾呼，不带任何激情，不进行道德说教。

还有一部分学者提出毛姆更多地继承了现实主义的艺术观念，认为他的作品多以现实生活为题材，是对社会现实的真实映照；他从不写不熟悉的事物，创作基本上是源自生活经历。何仲生主编的《欧美现代文学史》（复旦大学出版社 2002 年版）就是在"1900—1918 年的英国现实主义状况"这一章介绍毛姆的。王忠祥主编的《外国文学史》（华中理工大学出版社 2000 年版）称他为两次世界大战期间新的年轻的现实主义作家。《毛姆短篇小说集》（外国文学出版社 1983 年版）则在封底介绍上写道：他可以说是英国现实主义文学进入衰落时期的一个代表人物。

另外还有一些观点认为毛姆处于现实主义和现代主义的过渡阶段。有评论指出："他的作品染上了现代主义的一些色彩，叙述角度新颖，采用隐喻象征等修辞手法。"②还有人谈到了毛姆作品的后现代主义特色。《论毛姆小说的创作风格》这篇文章提出毛姆小说创作具有后现代特征：体类混杂、粗俗卑微、可视性和模糊等。③ 最后这两种观点还不为通行的文学史著作所接受，它们只是在期刊上发表，为毛姆研

① 陈惇、何乃英主编：《外国文学史纲要》，北京师范大学出版社 1996 年版，第 410 页。
② 参见刘萍：《从〈刀锋〉论毛姆对现实主义的跨越》，《松辽学刊》2000 年第 1 期。胡全新：《论〈月亮和六便士〉的现代性》，《湘潭大学社会科学学报》2002 年第 1 期。
③ 参见苏玲、胡全新、张三：《论毛姆小说的创作风格》，《龙岩师专学报》2003 年第 2 期。

究开辟了新的角度和思路。现有的文学史著作大都将毛姆列入自然主义或是现实主义两个不同的阵营。

（二）关于毛姆作品的思想内容的评论

评论家的共识是毛姆在戏剧创作上继承了奥斯卡·王尔德的传统，多描写中上层阶级的家庭和婚姻问题，属于风俗喜剧类型。他在戏剧中讽刺了上流社会的虚伪和堕落，但是批判得不够深入。李公昭的《二十世纪英国文学导论》评价毛姆的戏剧"依靠戏剧化的场景和俏皮的对话来取得幽默的效果。虽然后期的优秀剧本逐渐侧重于讽刺时髦的上层阶级，但仍充斥风趣的谈吐，几乎无严肃的主题可言。毛姆的戏剧作品虽然数量很多，也曾轰动一时，但是缺乏深度。今天，它们已很少被人问津，在文学史上的影响微乎其微"①。

相比之下，毛姆在长篇小说方面取得的成绩就高得多。对此，国内研究者的看法较为一致。他们认为毛姆的长篇小说这一文类的内容丰富多变，但是大部分重要作品都有一条明显的主线，即探索人生的意义。毛姆塑造的许多人物都自强不息，和周围的阻力进行不懈的斗争，为实现心中的梦想努力奋斗。《人生的枷锁》中的菲利普、《月亮和六便士》中的思特里克兰德、《刀锋》的主人公拉里都是这一类型人物的代表。人性的阴暗面和复杂矛盾也是毛姆小说中经常探索的一个主题，吴元迈主编的《外国文学史话》就以"异域风情显人性"这一标题来介绍毛姆。

关于毛姆的短篇小说，国内研究者一般认为，其内容大致可分为三类：一是描写英国殖民者在海外殖民地的生活，揭露他们在异域卸下了文明的伪装，表现出令人震惊的真实面目；二是通过英法等资本主义国家中人们的社会生活，挖掘出看似正常的现象中荒谬的思想行为；三是间谍小说，但是重点不在于策划惊心动魄的情节，而是通过这种特殊的

---

① 李公昭主编：《二十世纪英国文学导论》，西安交通大学出版社 2001 年版，第 34、36 页。

职业来揭示人性。①

概括而言,除《贵族夫人的梦——毛姆戏剧选》的译本序和陈嘉教授的研究外,国内有关毛姆的戏剧评论一般未在深入剖析作品的基础上展开,而是限于一般性的概述。关于他长篇小说的研究则较为深入,研究者从不同角度对作品进行了细致的解读,可惜的是研究对象主要集中在前文提到的四部作品上,其他长篇小说例如《兰贝斯的丽莎》、《卡塔丽娜》和《别墅之夜》等作品目前还没有相关的评论出现。在短篇小说研究方面,最重要的成果当属各种短篇小说集的译者所写的前言或是后记。这类文字往往言简意赅,句句有分量,分析得相当到位深刻。

从根本上说,毛姆作品的内容和文学巨匠的相比显得不够深刻,这是他致命的一个缺陷。傅景川就此点明:"比起20世纪最杰出的作家,他的作品可能缺乏广度和深度,缺乏高度完美的艺术风格。"②尽管毛姆一方面揭露了上流社会的伪善冷酷等种种丑恶,另一方面流露出对受压迫受欺凌的下层人民的同情,但是囿于客观写作的原则,他只是如实描述事件,没有进一步展开分析议论,削弱了批判的锋芒。另外受世界观的限制,毛姆很少从社会和阶级的角度来考察社会现象。他把生活中出现的不正常不公平的现象归因于人性的复杂和邪恶。虽然他对人性的观察鞭辟入里,但是往往强调人性的邪恶,怀疑、排斥他人和社会。这里要提出一个误读现象:受传统思维模式的影响,不少评论从阶级和社会意识形态的角度出发,赞扬毛姆勇于揭露资产阶级的丑陋本质,同情受压迫的劳苦大众。事实上,在毛姆的笔下,人与人之间并不是以阶级地位而是以人性善恶来区分的。

---

① 参见[英]毛姆:《毛姆小说集》,刘宪之译,百花文艺出版社1984年版,第493页。
② 吴元迈主编,傅景川著:《外国文学史话·西方20世纪前期卷》,吉林人民出版社2001年版,第49页。

（三）关于毛姆作品的艺术特色的研究

在情节安排上,毛姆始终坚持讲故事的传统,反对那种淡化情节、只传达印象和心理的观点。他认为小说应当讲述一个完整的故事,有开端、高潮和结尾。他以饶有趣味的故事和曲折生动的情节吸引了广大读者。国内研究者对此达成了共识。早在《世界文学》1979 年第 1 期,编者就在毛姆短篇小说的译文前写道:作品故事性强,一般都有伏笔,有悬念,有高潮(或反高潮),有余波;情节变化较多,都还能不落窠臼。

异域风情是毛姆作品的一大特色。不少评论指出毛姆的作品之所以能长盛不衰,除了引人入胜的情节外,故事的异域背景也起了很大的作用。对异域生活的出色描绘给他的作品带来了特别的魅力。他的许多作品都带有浓郁的异国情调,这也是它们吸引读者的一个重要原因。

毛姆小说中的叙述方式也是独特的。他没有采用 19 世纪现实主义文学中常见的全知全能式的叙述,而是偏爱第一人称旁观者的叙述方式,使得作品的效果客观、真实可信。毛姆的创作深受医学教育、身高和口吃缺陷的影响:医学教育培养了他深邃的观察力和冷静的品质;矮小的身材和口吃使得他敏感孤僻,站在一旁冷静细致地观察。他在自己的笔记中记载:"如果我不口吃,或者个子再高上个四五英寸,我的灵魂和现在就会大有不同。"①因此他善于通过纷繁芜杂的社会现象,剖析出其中的实质。林语堂非常佩服毛姆敏锐的观察力。他在自传中谈及辜鸿铭时,觉得毛姆在人物刻画上比自己写得更生动传神,因此大段翻译引用了毛姆对辜鸿铭的访问记。林语堂说:"我想毛姆的人物造型是真实的(我曾立誓不用批评家所爱用的曲词套语"有洞察力"那个字)。"②曹文轩对毛姆敏锐的观察力和冷静的态度作了较详细的分析。曹文轩说:"旁观者的毛姆,获得了一个距离,而这个距离的

① ［英]毛姆:《作家笔记》,陈德志、陈星译,南京大学出版社 2011 年版,第 390 页。
② 林语堂:《从异教徒到基督徒:林语堂自传》,陕西师范大学出版社 2007 年版,第 33 页。

获得,使他的观察变得冷静而有成效。"①他还着重指出毛姆内心的孤独。英国不过是他名义上的祖国。他也没有可依赖的团体,是独自奋斗的职业作家。孤独使得毛姆冷峻深刻,敢于挑战自视甚高的西方文明,撕碎其完美高尚的幌子,这在西方作家中是罕见的。

在塑造人物形象方面,国内评论家一般认为毛姆多采用白描手法。他在作品中常常是直接刻画人物,但是写得含蓄简洁。他的描述从不拖泥带水,往往通过一句话或是一个动作就传达了深刻的内容,寥寥数笔就能勾勒出一个生动鲜明的人物形象,既具独特性,又富感染力。他笔下勾画的人物,上至外交大臣,下至乞丐,无不性格鲜明,栩栩如生。即使今天读起来。仍然那么新鲜、亲切,仿佛就在你的周围,具有强烈的现实感和感染力。② 还有评论以《彩色的面纱》为例说明了毛姆在塑造人物形象上具备的一定功力和独到的风格,认为其手法细腻、深刻,鞭辟入里,分寸感极强;书中的每一个出场人物都写得别具一格,栩栩如生,毫不雷同;每一个人物的性格都丰富多彩,充满矛盾和极深的内涵,模式并不单一化。③

最后在语言特色上,相当一部分文章认为毛姆的文笔简练、行文流畅、清新自然、幽默诙谐。因此有不少评论说他在英国小说中再现了笛福的通俗风格。潘绍中甚至称毛姆是英语语言大师,认为他的作品可以作为当代英语的范文。④ 但是毛姆朴实无华的语言同时也引起了非议。有批评家认为毛姆在创作中使用口语化的语言,浅显易懂,缺乏新意和丰富的辞藻,称不上是英语文体专家。"与本世纪最出色的作家相比,质朴明达、简洁流畅固然是毛姆的长处,但他的语言常常流于平

---

① 曹文轩:《一根燃烧尽了的绳子》,作家出版社 2003 年版,第 100 页。
② 参见[英]毛姆:《天作之合——毛姆短篇小说选》,佟孝功等译,湖南人民出版社 1983 年版,第 1 页。
③ 参见吕进:《掀开彩色的面纱》,《长篇小说》2000 年第 16 期。
④ 参见[英]毛姆:《毛姆短篇小说选》,潘绍中译注,商务印书馆 1983 年版,第 6 页。

淡,缺乏鲜明的节奏,缺乏个人独创,有时还不免落入俗套。他的比喻大多是已经用熟了的,缺少新鲜的气息和独特的形象;用词锤炼不够,因而缺乏精确性与含蓄性,不同人物的语言也缺乏明确的性格特征。这些语言修养上的不足,使毛姆至今尚无从跻身于堪称'语言大师'或'文体专家'的第一流专家之列。"①

　　纵观国内有关毛姆作品艺术特色的研究,不少评论文章谈到了情节安排、故事背景、创作态度、叙述者、人物形象和语言风格等各个方面。涉及面虽然宽广,但是却不够深入。相当一部分评论如蜻蜓点水,浅尝辄止,如果能继续挖掘下去,很可能抓到要害,但令人惋惜的是,人们往往前行了几步就止步不前了。

---

① 侯维瑞:《现代英国小说史》,上海外语教育出版社 2001 年版,第 129—130 页。

第二章　英美的毛姆研究综述

毛姆在读者中的崇高声望和他在英国学术界得到的评价之间,形成了鲜明的对比。在英国,他似乎还没有得到作为一个严肃作家应当得到的承认。时至今日,英美批评界对毛姆仍然争议不休,观点大相径庭。翻开林林总总的英美毛姆研究,扑面而来的是错综复杂的评论:既有轻视怠慢、谩骂攻击,又有惋惜尊重、钦佩赞美,还有相对平静客观的评价。也许没有一个作家像毛姆那样,被褒扬得如此之高的同时又被批判得如此低俗。他成为文坛中最有争议的人物之一。他不应该抱怨自己的作品不被重视;相反,他应庆幸正是他的创作使得批评家有事可做。大西洋两岸,毛姆和文学界的知识分子对话了几十年,作为被评论者的他令人困惑地、似乎是有规律地在赞扬的顶峰和苛评的低谷之间徘徊。①

第一节　英美学术界对毛姆的总体评价

一、对毛姆的负面评论

在毛姆有生之年,不少文学史著作对毛姆视而不见,根本不提他,

---

① 参见 Anthony Curtis and John Whitehead eds., *W. Somerset Maugham*, *the Critical Heritage*. London: Routledge and Kegan Paul Ltd., 1987, p.2。

例如《二十世纪的英国文学》(J.W. Cunliffe, *English Literature in the Twenties Century*. New York: The Macmillan Company, 1934)。谈及毛姆的文学研究著作也往往拒绝给他很高的赞美。在《英国文学导论》中，他被认为是史蒂文森和康拉德的追随者、模仿者。① 《现代英国文学简介》认为他为了取悦伦敦的观众，模仿王尔德的成功风格，还在创作中故意避免深奥的思想。② 《英国文学和它的背景》一书提出：和毛姆形成鲜明对比的是福斯特，一个有哲学头脑和富有嘲讽想象力的天才作家。③ 利顿·斯特雷奇(Lytton Strachey)④傲慢地以"二级甲等"一句话就把他打发在一旁。评论家安东尼·柯蒂斯(Anthony Curtis)禁不住感慨道："翻开战前的《新政治家》，我们看到的是批评家对毛姆小说的大肆攻击。"⑤他的代表作《人生的枷锁》都遭受了严厉的批评，被指责为冗长散漫、多愁善感，小说的结局不可信。关于他的戏剧，有批评家尖刻地说："毛姆抓住观众喜爱的风格后，大量制造，像制作戏剧的计算机似的。"⑥埃德蒙德·威尔逊(Edmund Wilson)⑦是严厉抨击毛姆的代表人物之一。下面的评论是被许多文章引用的、最广为人知的一部分。

　　我不时碰到一些有品位的人，他们建议我应当严肃看待毛姆。

① 参见 John Mulgan and D.M. Davin, *An Introduction to English Literature*. New York: Oxford University Press, 1969, p.152。

② 参见 Elisabeth B. Booze, *A Brief Introduction to Modern English Literature*. Shanghai Foreign Languages Education Press, 1984, p.125。

③ 参见 Bernard D. Grebanier, *English Literature and Its Backgrounds*. New York: Holt, Rinehart and Winston, Inc.,1964, p.128。

④ [英]利顿·斯特雷奇(1880—1932)，英国历史学家、传记学家，以其文雅的、诙谐的、批评的传记作品闻名。

⑤ Thomas Votteler ed., *Short Story Criticism*. Vol. 8, Detroit: Gale Research Inc., 1991, p.367.

⑥ Carolyn Riley ed., *Contemporary Literary Criticism*. Vol.15, Detroit: Gale Research Co., 1982, p.67.

⑦ [美]埃德蒙德·威尔逊(1895—1972)，美国现代文学的领袖，著作包括小说、戏剧、诗歌和游记等，但是尤以评论出名，1944—1948 年任《纽约客》(*New Yorker*)的评论员。

但是我无法让自己接受他是个二流作家以外的其他任何东西……

众多毛姆的崇拜者抗议说我上次的评论对他不公平,请求我阅读他的短篇小说。在他们的强烈要求下,我翻阅了《东方与西方》……这些故事是杂志类的货色……和福尔摩斯差不多在一个级别,但是福尔摩斯更有文学尊严,主要原因是他不那么做作。毛姆过分夸张了更严肃的主题,他的作品里充斥着虚假的动机。我认为,他对我们这个时代而言,就像福尔摩斯对狄更斯的时代一样:一个半垃圾的小说家,写得糟透了,却被半严肃的读者吹捧,这些人哪管什么写作不写作。①

威尔逊的批评是毛姆几十年来遭遇到的最严厉的斥责之一。他的作品被贬低到了垃圾小说的档次。

毛姆在晚年摒弃了自己不满意的作品,挑选出他认为优秀的 91 篇作品编辑成短篇小说集出版。但是约翰·怀特海德(John Whitehead)②却说这是一件错误的事情。他认为这部作品集包括了大量的垃圾作品,这些作品的写作目的是为了获得立竿见影的、唾手可得的效果,它们是经受不住严肃批评家的审阅的;其中有好几个广受欢迎的故事依靠性影射来获得效果——《珍宝》、《生活的真相》、《上校夫人》、《外表与事实》和《冬日巡游》——这些故事曾经被评价为腐臭的;散杂在选集里的还有曾经在《世界主义者》上发表过的短篇小说,大部分都没有什么价值;在这样的集子中,大多数故事迟早将被人们遗忘。③

毛姆经常被蔑视为仅仅是"讲故事的人"。英美知识界里普遍存在着一种观点:毛姆的作品只达到刊登在流行杂志上的水平,看他的书

---

① Robin Maugham, *Somerset and All the Maughams*. London: Heinemann Ltd., 1966, pp. 138-139.

② 约翰·怀特海德(1924—),英国作家,编辑出版了毛姆以前未发表的作品。

③ 参见 Thomas Votteler ed., *Short Story Criticism*. Vol. 8, Detroit: Gale Research Inc., 1999, p.380。

是品位低级庸俗的表现。且不说钦佩,单表示出对毛姆作品的喜爱,就意味着将在知识界失去名誉地位。在过去,他的作品被排除在英美大学的现代小说经典的审美研究之外。在当代,美国批评家约瑟夫·爱普斯坦(Joseph Epstein)①到了20世纪80年代,仍然提出一个悬而未决的老问题:"读毛姆的书合适吗?"概括而言,批评家更倾向于把毛姆看作聪明的、完美的技巧大师而不是艺术家,一个讲故事的人而不是思想深刻的作家。② 他的写作技巧被批评成:"从文学史的阁楼里借来的,就像继承下来的家具的一部分,已经过时了,适用性强,结构也结实,没有镀多少金但是雕刻得很精致。"③西里尔·康诺利(Cyril Connolly)④曾经称毛姆是"最后一个伟大的职业作家"。他的意思是表示尊敬。事实并不总是这样的。比职业作家后退一小步就是雇佣文人,向上一大步就是艺术家。更多的批评家倾向于把毛姆往下拉一步,而不是把他抬高一步。⑤

二、对毛姆的肯定性评论

和上述轻蔑的评论相对的是另一种声音:由衷的称赞。毛姆曾经说过在他的一生中只有两位批评家认真对待他的创作。德斯蒙德·麦卡锡(Desmond McCarthy)⑥就是其中之一。他尤其高度评价毛姆的戏

---

① ［美］约瑟夫·爱普斯坦(1937—　),美国散文家、小说家,1975—1997年担任《美国学者期刊》(American Scholar Magazine)编辑,西北大学文学系终生教师。

② 参见 Booz Elisabeth, A Brief Introduction to Modern English Literature 1914—1980. Shanghai Foreign Language Education Press, 1984, p.78。

③ Klaus W. Jonas ed., The World of Somerset Maugham. London: Peter Owen Ltd., 1959, p.169.

④ ［英］西里尔·康诺利(1903—1974),英国文学评论界的重要人物,1940—1950年任《地平线》(Horizon)编辑。

⑤ 参见 Thomas Votteler ed., Short Story Criticism. Vol. 8, Detroit: Gale Research Inc., 1999, p.368。

⑥ ［英］德斯蒙德·麦卡锡(1887—1952),英国优秀评论家,《新政治家》(New Statesman)的编辑,《星期天时报》(Sunday Times)的主要评论员。

剧和短篇小说，把它们的源头追溯到法国自然主义。另一个应该是西里尔·康诺利，他赞扬毛姆作品的流畅，称赞他是 20 世纪最伟大的短篇小说家和"英国的莫泊桑"。他质问批评毛姆的人："难道我们在看到优秀的时候不敢承认吗？"①此外，还有一些严肃的批评家也认为毛姆应该在文学史上占有一席之地，称其为"英国小说史上最有创造性的天才"②。还有评论提出："毛姆无论是作为小说家还是剧作家，都将会是一流佼佼者中的一员，地位崇高的、影响深远的、真正伟大的作家。"③

毛姆的写作生涯长达 65 年，是文学史上最多产的作家之一。他本人能用英、法、德、意和西五种语言说和写。他在 20 世纪 60 年代初把自己的藏书捐献给了坎特伯雷的母校，其中涉及了文学、艺术、哲学、宗教和科学等各种类型的、各种语言的著作，而且从捐献给图书馆的书的情况看，几乎所有的书他都读过。他是一个广泛阅读、勤奋思考、严肃认真地探索知识的人。他是文学界里一个罕见的人才，鲜有作家像他那样刻画了一群与众不同的人物形象，有如此丰富多样的作品问世：长短篇小说、游记、戏剧、文学和艺术评论，还有与其他人合作的电影剧本。

许多评论家都认为毛姆在短篇小说这一领域处于领先地位。英国作家安东尼·伯吉斯（Anthony Burgess）称赞道："短篇小说是毛姆的真正职业。他的一些短篇小说是英语文学中最好的。"④《1880—1980 年间的短篇小说》一书还指出："如果哪一本 20 世纪的短篇小说集没有

① Robin Maugham, *Somerset and All the Maughams*. London：Heinemann Ltd., 1966, p.140.
② Klaus W. Jonas ed., *The World of Somerset Maugham*. London：Peter Owen Ltd., 1959, p.23.
③ Thomas Votteler ed., *Short Story Criticism*. Vol. 8, Detroit：Gale Research Inc., 1999, p.364.
④ Thomas Votteler ed., *Short Story Criticism*. Vol. 8, Detroit：Gale Research Inc., 1991, p.355.

收录毛姆的作品,它就没有什么意义。《秃头的墨西哥人》《风筝》和《机会之门》都是优秀的作品,不仅如此,毛姆还有很多杰出的故事可以和它们相比。"①

在欣赏毛姆的评论家眼里,毛姆是有能力的小说家、技巧娴熟的戏剧家。他们还一致认为:不论是作为剧作家、长篇小说家还是短篇小说家,毛姆都能胜任作家这个职业。有时候,他还超越这个层次,他不再是平庸的、冷酷的、锐利的;他在素材中忘记了自我,笔下的人物有了生命力,他阐述思想、感动心灵。② 他虽然从未自称伟大,但是他的诚实、他作为小说家、剧作家的技巧和天分保证在文学史上有他的一席之地。在他的时代,几乎没有作家为文学献身这么多年,做得这么好。③

三、对毛姆相对客观的评论

在以上两种评论意见之间,客观一些的评论既不谩骂也不称颂,认为毛姆作为小说家的成绩是不平衡的,既创作了一流的作品,也写出了不入流的作品。比较一致的观点是:如果毛姆不写其他东西,他优秀的短篇小说将保证他在文学史上拥有一个重要的位置。威廉·特雷弗(William Trevor)④曾对毛姆作了较为精确的评述:"毛姆不是一个二流作家:他在最糟的时候是五流……他是一个奇怪的少见的文学现象,一个既糟糕又出色的作家。"⑤还有类似的评论说:"当毛姆写得

---

① Clare Hanson, *Short Stories and Short Fictions*, 1880—1980. Basingstoke Hampshire:Macmillan Press Ltd., 1985, p.49.

② 参见 Thomas Votteler ed., *Short Story Criticism*. Vol. 8, Detroit:Gale Research Inc., 1991, p.355。

③ 参见 Klaus W. Jonas ed., *The World of Somerset Maugham*. London:Peter Owen Ltd., 1959, p.8。

④ 威廉·特雷弗(1928—　),爱尔兰小说家,著作有《露西·高尔特的故事》(*The Story of Lucy Gault*)等。

⑤ Clare Hanson, *Short Stories and Short Fictions*, 1880—1980. Basingstoke Hampshire:Macmillan Press Ltd., 1985, p.49.

好的时候，像小姑娘一样非常地好。同样地，当他写得不好时，糟糕得可怕。"①

毛姆的自我评价是"二流作家中的佼佼者"。许多评论家同意这一论断。要想跻身伟大作家的行列，光靠多产和写作时间长是不够的。许多伟大的作家创作出思想深刻、形式革新的作品，然而毛姆作品的思想性不够是显而易见的，固守讲故事的传统技巧也是众所周知的。《萨默塞特·毛姆短篇小说研究》一书指出："伟大的作家必须转变既定的文学形式，毛姆没有做到这一点。基本上他是一个传统作家，未曾想改变短篇小说的叙述方式。他的长篇小说和戏剧也存在同样的缺陷。"②

大多数批评家把毛姆看作一个能胜任作家这个职业但并不突出的普通作家。毛姆的多产及其作品的平均质量，构成了这样一种印象，即一位机敏的文学家写出了合格的但不优秀的小说。安格斯·威尔逊（Angus Wilson）③说："毛姆写了一百多篇短篇小说，其中有一些是优秀的，但每一篇都是非常合格的。"④李·威尔逊·多德（Lee Wilson Dodd）⑤说："毛姆知道怎样安排一个故事并把它写出来，合格这个词就是对他这种方式的概括。"⑥杰拉尔德·古尔德（Gerald Gould）⑦在《星期六评论》中写道："毛姆以一种几乎是随意的姿势提供给读者非常出

---

① Thomas Votteler ed., *Short Story Criticism*. Vol. 8, Detroit：Gale Research Inc., 1991, p.364.

② Gordon Weaver ed., *W. Somerset Maugham——A Study of the Short Fiction*. New York：Twayne Publishers, 1993, p.69.

③ 安格斯·威尔逊（1913—1991），英国作家。

④ Gordon Weaver ed., *W. Somerset Maugham—A Study of the Short Fiction*. New York：Twayne Publishers, 1993, p.109.

⑤ 李·威尔逊·多德（1879—1933），美国作家，著作有《强者之家》（*A strong Man's House*）和《低能儿》（*The Changelings*）等。

⑥ Thomas Votteler ed., *Short Story Criticism*. Vol. 8, Detroit：Gale Research Inc., 1991, p.356.

⑦ 杰拉尔德·古尔德（1885—1936），英国诗人和批评家。第二次世界大战以后成为《观察家》（*Observer*）的主要小说评论员，对当代英国小说的走向有重要影响。

色的东西。他合格的技巧……推测起来应该已进入了他的潜意识,就像呼吸和走路一样不费力气。"①毛姆本人对合格这个词并不领情,甚至说是恼火。

> 他们经常使用的一个称谓使我困惑。"合格"这个词被他们惊人地频繁使用。从表面上看,我应该把它当作称赞,因为合格地做一件事当然比做得不合格值得表扬,但是它是在蔑视的语境下使用的。我问自己这些批评家脑子里在想些什么……我想原因可能是我作品形式的明确完整。我冒昧私下作此揣测是因为法国从未作过这样的评论,在那里评论家和大众对我创作的认可远胜于英国。②

尽管许多批评家认为"一个合格的职业作家"是对毛姆的公正评价,但还是有评论提出他能维持一个长久而成功的作家生涯不仅仅是"合格"能概括的。在他最好的时候,他并不像一些批评家说的那样差劲。虽然毛姆精心设计的一些剧作现已过时(尽管仍在上演),但是他的小说却不能被轻易忽视。除了《人生的枷锁》、《月亮和六便士》和《刀锋》这几部长篇小说外,他最受人尊重的创作是短篇小说,他的名声也主要是建立在短篇小说上。评论家们以毛姆短篇形式上的非凡成就为依据,称赞他的许多作品是 20 世纪英语短篇中的上乘之作。

第二节　关于毛姆创作特色的评论

关于毛姆的总体评价,英美批评界众说纷纭。具体到他的创作特

---

① Philip Holden, *Orienting Masculinity*, *Orienting Nation*. Westport: Greenwood Press, 1996, pp.153-154.

② Thomas Votteler ed., *Short Story Criticism*. Vol. 8, Detroit: Gale Research Inc., 1991, p.362.

色,评论家的观点也是千差万别。各种不同观点的交叉,却在一定程度上说明了他备受争议、毁誉并存的原因。

一、技巧大师

毛姆作品的一大优势是技巧高超,精心设计。即使是最古老的主题,他也能"化腐朽为神奇",让它看上去跟新的一样好。① 甚至有评论称毛姆的短篇小说是有技巧的、尽责的艺术的典范。② 难以想象有人读毛姆的小说会觉得厌烦。即使是一个你不感兴趣的主题,他也能通过叙述技巧促使你从头读到尾。

L. A. G.史特朗(L. A. G. Strong)③声称自己对毛姆的写作技巧有着很高的崇敬,称赞短篇小说集《第一人称单数写的六个故事》就像在"豪华饭店里晚餐时,熟练弹奏出来的优美音乐"④。伊夫林·沃是另一个仰慕毛姆的作家,他说:"当人们翻开《圣诞假日》时,就会意识到这是一个经验丰富的作家的创作。在阅读过程中,人们会因为他的写作技巧而渐生敬意,当人们看到一流的细木工在切割楔形榫头时也会产生这种欣喜的感觉……我认为他是当今唯一一个人们向他学习会获益的作家。他没有什么明显的癖性会对学生产生不良的影响。他精确、简洁和有节制的特点是眼下年轻作家最缺乏的。"⑤

毛姆在结构方面的设计臻于完美。《现代英国文学指南》甚至说:

---

① 参见 Anthony Curtis and John Whitehead eds., *Maugham*, *the Critical Heritage*. London: Routledge and Kegan Paul Ltd., 1987, p.219。

② Joseph Warren Beach, *English Literature of the 19th and the Early 20th Centuries*. New York: The Crowell—Collier Publishing Company, 1962, p.235.

③ L.A.G.史特朗(1869—1958),英国诗人和小说家,因作品《旅行者》(*Travelers*) 获 1946 年布莱克奖。

④ Anthony Curtis and John Whitehead eds., *Maugham*, *the Critical Heritage*. London: Routledge and Kegan Paul Ltd., 1987, p.14.

⑤ Anthony Curtis and John Whitehead eds., *Maugham*, *the Critical Heritage*. London: Routledge and Kegan Paul Ltd., 1987, p.328.

"尽管毛姆显得艺术趣味平庸,但是即使是他最微不足道的小说也是设计巧妙的、技巧完美的。"①在戏剧创作上,不论主题是什么,毛姆的每一部剧作都接近精致、整洁和完美,保证了看戏的人能获得乐趣。1927年2月25日《泰晤士报》刊登了一篇关于《情书》的评论:"这部戏的技巧是多么灵活!写得多么简洁,对舞台使用理解得多么透彻!它从不停顿或让人觉得磕磕碰碰,没有一个要点是模糊的。它显然就是毛姆的创作,不会再有其他人。"②由此可见,毛姆的风格已经形成了自己的特色,深入人心。好的技巧不是艺术创作中最高层次的东西,但是它能使拥有这一优势的人写出成功的作品。毛姆在技巧上的特长几乎无人异议,即使是一心要贬低他的人也不例外。

二、愤世嫉俗

在批评家对毛姆的所有指责中,最伤害他的是"愤世嫉俗"。《观察家》(Observer)1930年10月5日那一期刊登的《私人生活》这样写道:"毛姆的耳朵一定已经超过对愤世嫉俗这个词的忍耐极限而被激怒了。"③毛姆乐于发现人们身上的致命弱点,这是他为什么被称作愤世嫉俗的原因。他曾经说过:"我认为如果一个人了解了整个(社会)真相,他就会是堕落的恶人。我不相信有集善美于一身的人。"④这种看法给他带来了愤世嫉俗的名声。"他对生活和人类的态度没有随时间而改变,似乎一直是一个冷淡的、讥讽的愤世嫉俗者,对生活没有什么期待,对事情不感到震惊,怀疑人们的志向,为人类的愚蠢而

---

① Martin Seymour Smith, *Guide to Modern World Literature*. London: Macmillan Press Ltd., p.225.

② Anthony Curtis and John Whitehead eds., *Maugham, the Critical Heritage*. London: Routledge and Kegan Paul Ltd., 1987, p.251.

③ Anthony Curtis and John Whitehead eds., *Maugham, the Critical Heritage*. London: Routledge and Kegan Paul Ltd., 1987, p.187.

④ Anthony Curtis and John Whitehead eds., *Maugham, the Critical Heritage*. London: Routledge and Kegan Paul Ltd., 1987, p.293.

发笑。"①1932 年 11 月 13 日的《纽约先驱论坛报》刊登了一篇研究毛姆的文章,标题就是《一个愤世嫉俗的有才华的短篇小说家》②。毛姆的愤世嫉俗在英国作家中是罕见的。他是怀疑论者、愤世嫉俗者和人类的敏锐观察者。他发现流氓恶棍比规矩的市民有趣,他的容忍使得他试着去理解而不是谴责人的恶性。尽管他看到善时承认欣赏它,但是他觉得写善不如写古怪、邪恶和罪恶有趣。③ 在毛姆去世一年以后,戏剧家诺埃尔·考沃德(Noël Coward)回忆说:"他是一个复杂的人,至少,他对人类的看法是有偏见的。他有卓越的才华和清晰的表达能力,却几乎没有塑造一个有同情心的人——我猜测,也许,他真的认为这种现象是不存在的……他对人的心没有信心。"④这一番话说明了愤世嫉俗的毛姆对人类不抱希望,这也就促成了他的另一特点:冷酷无情。

三、冷酷无情

在文学史上存在着一个毛姆之谜,简单地说就是:为什么《人生的枷锁》不同于他的其余作品?为什么毛姆在创作这部作品之后变成了怀疑论者、无情的实际主义者?有评论认为毛姆天性的多愁善感(由于对社会的不满和失望)久已冻结成为讽刺,以至他忘了少许一点温暖便能够做出多少事来。他笔下的各个人物,除了坏人外,都由于缺乏感情而动作呆板。⑤ 作为一个作家,毛姆显得非常冷酷。他不带感伤和同情地把英国人放在放大镜下观察,这使他得到了愤世嫉俗和冷酷

---

① Anthony Curtis and John Whitehead eds., *Maugham, the Critical Heritage*. London:Routledge and Kegan Paul Ltd., 1987, p.449.

② 参见 Anthony Curtis and John Whitehead eds., *Maugham, the Critical Heritage*. London: Routledge and Kegan Paul Ltd., 1987, p.201。

③ 参见 Gordon Weaver ed., *W. Somerset Maugham——A Study of the Short Fiction*. New York: Twayne Publishers, 1993, p.10。

④ Forrest D. Burt, *W. Somerset Maugham*. Boston: Twayne Publishers, 1985, p.13.

⑤ 参见[美]特德·摩根:《人世的挑剔者——毛姆传》,梅影等译,湖南人民出版社 1986 年版,第 351 页。

无情的名声。① 他站在远处，用轻蔑的、可怜的眼光看着人们自欺欺人的现象，射出无情冷漠的讽刺。H.E.贝茨(H.E.Bates)②认为毛姆的作品给人一种低级劣质的感觉，因为他缺乏一个特别重要的特点：同情。他说毛姆没有心，在心的地方别人会产生感情，毛姆却只把它当作上了发条的装置。③ 与此相反，另有评论家指出："毛姆不动感情地剖析情感，不含同情地操纵一个他感觉不到同情的世界。他的条理清晰和冷酷无情确实降低了题材。如果伟大的艺术必须有内在的善，他的作品就不是伟大的。但是他是一个多么出色的作家！"④

四、平淡陈腐

毛姆是一个受过医学教育的人，学会了理性客观地看待生活，是一个不太可能被描绘成诗人的作家。他以简洁、明晰和悦耳为文体的三大标准，并且也致力于把它们贯彻到自己的创作中，于是有评论说："他的散文流畅到几乎没有色彩，悦耳到乏味的地步。"⑤还有批评家抨击道："他天生缺乏诗意，他的风格就像法庭案例的新闻报道一样客观，有时还一样糟糕。除了偶尔的例外，他聪明地避开了辞藻华丽的段落，但是他显然没有意识到自己用词的平常陈腐。"⑥他的叙述态度给读者的总体印象是语气平静和不动声色，几乎没有失控情绪和激情四射。

---

① 参见 Sean O'Connor, *Straight Acting——Popular Gay Drama from Wilde to Rattigan*. London：Cassell Press, 1998, p.62。
② H. E. 贝茨(1905—1974)，英国作家和批评家。
③ 参见 Thomas Votteler ed., *Short Story Criticism*. Vol. 8, Detroit：Gale Research Inc., 1991, p.363。
④ Anthony Curtis and John Whitehead eds., *Maugham, the Critical Heritage*. London：Routledge and Kegan Paul Ltd., 1987, p.310.
⑤ Anthony Curtis and John Whitehead eds., *Maugham, the Critical Heritage*. London：Routledge and Kegan Paul Ltd., 1987, p.294.
⑥ Thomas Votteler ed., *Short Story Criticism*. Vol. 8, Detroit：Gale Research Inc., 1991, p.364.

毛姆的作品还被斥责为缺乏内涵深度。创作的内容如此浅显易懂,小说的意思往往浮在表面上,文本不需要探讨深究,使得读者的智商似乎受到了侮辱。《英国文学序言》一书写道:"毛姆在文学史上的地位,或者说缺乏地位的原因是多方面的。他被批评界仇恨和蔑视,也许是因为毛姆未征得他们的同意就获得了巨大的商业成功,还因为他的作品缺乏深度,尽管表面上反对毛姆的理由是他写通俗文学,而且写得很糟,风格平庸。其实一种好的风格就是能实现作者目的的风格,但是必须承认毛姆写得确实有一些平庸。"① 例如《月亮和六便士》就被批评为像是一个退休的公务员在讲述一个痛苦的天才的故事。它以一种无重点的谈话方式,无象征的陈腐方式写成。② 总而言之,毛姆的语言接近陈腐的口语,作品缺乏深刻的思想。一句话,他的风格平庸,无可救药地平庸。

愤世嫉俗、冷酷无情和平庸陈腐是众多批评家指出的毛姆三大缺陷,是毛姆创作被轻视的缘由。但是正如前文所述,不少评论一针见血地指出真正的原因是他在读者中的盛誉让人妒忌得眼红。

　　批评家在评论一个作家时,有时不免受到作家名望的影响,毛姆就明显地因此蒙受损害。他的成功无疑招致批评家的打击,这些人认为如果一个作家的书销售超过500本,或者他的戏剧有17个以上的人看,他就没有任何优点。牛津、剑桥和艺术院校出来的热心年轻人在写现代文学评论的时候,很少垂顾毛姆,但是他在我们文学史上的地位是坚固的、高的。③

取悦读者一时不难,难在取悦一代又一代的读者。毛姆能够获得读者长久的青睐,有力地证明了他不是一个简单的通俗作家。无论真

---

① W. W. Robson, *A Prologue to English Literature*. London: B. T. Batsford Ltd., 1986, p.228.

② 参见 Carolyn Riley ed., *Contemporary Literary Criticism*. Vol. 15, Detroit: Gale Research Co., 1982, p.369。

③ Klaus W. Jonas ed., *The World of Somerset Maugham*. London: Peter Owen Ltd., 1959, p.143.

正的原因是评论家妒忌也好，作品本身低级平庸也罢，他始终是无数读者热爱的、给大家带来愉悦享受的作家。

第三节　毛姆声望的浮沉

统而言之，虽然批评界在每一个时期对毛姆都是众说纷纭，虽然学术机构和文学评论对毛姆作品的抵制由来已久，但是毛姆的声望并非无波动沉浮，它自身有一个曲线变化的过程。

评论界一般把 1897—1907 这十年看作毛姆的学徒期，即从他发表处女作《兰贝斯的丽莎》到以戏剧《弗雷德里克太太》轰动伦敦的十年。在这一阶段，批评界大体上是以友好的态度来欢迎这位新秀的。爱德华·加内特（Edward Garnett）[1]认为毛姆的处女作真实地描写了兰贝斯地区人物的对话、放纵、暴力和善良。他说："这本书的性质和语调是健康的，决不是病态的。这本书是客观的，这一肮脏地区的氛围和环境丝毫没有被夸张……毛姆有洞察力和幽默感。他的名字一定还会被人听到。"[2]

但是在第二阶段，即 1908—1929 年，毛姆却因为戏剧创作深入人心，财源滚滚，招致批评界的非议，名声跌入了低谷。《当代文学》1908年8月刊登了一篇文章《毛姆戏剧成功的悲剧》。它尖锐地指出毛姆现在写的是只引人发笑的戏剧，伦敦的剧院都在他的脚下了，这不仅是伦敦剧院的悲剧，也是剧作家的悲剧。[3] 毛姆没有给风俗喜剧这一旧

---

① 爱德华·加内特（1868—1937），英国作家和评论家，鼓励和引导了许多作家，其中包括康拉德和高尔斯华绥。

② Robert Calder, *Willie, the Life of Somerset Maugham*. London：Heinemann Press, 1989, p.50.

③ 参见 Robert Calder, *Willie, the Life of Somerset Maugham*. London：Heinemann Press, 1989, pp.108-109。

主题带来新的变化,他只不过一直是一个聪明的熟练的技工。重读毛姆的剧本之后,人们会问:"高档喜剧的机智和智慧是什么？作为一个风俗喜剧家,他除了给人们关于他们对上流社会的已有概念之后还有什么呢?"①

虽然在这一期间,毛姆还发表了短篇小说集《叶之震颤》和《大麻黄树》,及长篇小说《月亮和六便士》等重要作品,但是他在戏剧上的辉煌成功却使得批评家低估了他的小说创作。他的小说被苛评的另一重要原因是:20世纪20年代是现代主义的盛行时期,毛姆按照传统方式来创作,显然不符合当时的风尚。他的代表作《人生的枷锁》又因为第一次世界大战的爆发,出版得不合时宜。为此有评论指出:"如果《人生的枷锁》发表于1910年,毛姆就会成功地成为小说中有影响的派别领袖。但是在1915年,英国社会的知识分子和有审美能力的人因军队服役而无暇顾及,这本书在小说史上变得过时了。毛姆错过这班车达五六年的时间。"②

第三阶段:20世纪30年代以后毛姆的声望蒸蒸日上。1930年毛姆发表了《寻欢作乐》。这部作品出版以后,他成为批评家眼中的重要作家。他在远东之行后发表的一系列短篇小说集,对提升他在批评界的声誉更是起了重要作用。短篇小说集是毛姆远东旅行的产物。正是旅行的成果使得大西洋两岸的评论,决定性地转向有利于毛姆的方向。短篇小说的杰出成就帮助毛姆赢得了最多的尊敬。有评论指出:"他在短篇小说中不可否认的塑造人物的才华,应该赋予他不低于莫泊桑的位置。"③还有学者这么表扬他:"毛姆和莫泊桑一样碰巧写了长篇小

① Newell W. Sawyer, *The Comedy of Manners from Sheridan to Maugham*. Philadelphia：The University of Pennsylvania Press, 1969, p.228.
② Klaus W. Jonas ed., *The World of Somerset Maugham*. London：Peter Owen Ltd., 1959, p.15.
③ Anthony Curtis and John Whitehead eds., *Maugham, the Critical Heritage*. London：Routledge and Kegan Paul Ltd., 1987, p.430.

说,其中一两部还是很有影响的,但是他是一个天生的短篇小说家,是短篇小说家中最有技巧、最多产的一个。"①经过批评界对他的多年轻视和冷落后,到了 20 世纪 30 年代,毛姆终于在文学史上赢得一个较高的位置。他终于满意地看到了迟到的批评家们争先恐后地追赶大众对他的认可。西里尔·康诺利认为爱德华时代人的名声真正在 30 年代得以提升的是福斯特和毛姆,而高尔斯华绥、本涅特和劳伦斯等人已经去世或过时了,萧伯纳、威尔斯和吉卜林的位置基本保持不变。②

长寿对毛姆的名望起了很大的作用,使他在晚年获得了更多的荣誉。尽管有两次世界大战横在现代读者和毛姆的创作之间,他还是被确立为最著名的、最具有可读性的老作家之一。③ 下述句子明确表达出毛姆的幸运:"毛姆长寿,对此我们感到欢欣鼓舞;如果他过早离开了我们,我们现在应该会痛惜几代评论家的鉴赏能力的缺乏。然而事实是:毛姆在年轻人的欢呼声中,在同代人的快乐妒忌中步入了老年。"④

到了 50 年代,对 20 世纪重要作家的评论大量出现。毛姆和康拉德、福斯特等人一起成为英美批评界研究的主要对象。⑤ 毛姆在最后的日子里一跃成为文坛巨匠,备受人们崇敬。他在获得法国图鲁兹大学的名誉文学博士学位后不久,1952 年又被牛津大学授予名誉博士学位,弥补了他没有上过牛津大学的遗憾。1954 年加里克俱乐部(Garrick Club)⑥为

---

① Thomas Votteler ed., *Short Story Criticism*. Vol. 8, Detroit：Gale Research Inc., 1991, p.366.

② 转引自 John Batchelor, *The Edwardian Novelists*. London：Duckworth, 1982, p.1。

③ 参见 Anthony Curtis and John Whitehead eds., *Maugham, the Critical Heritage*. London：Routledge and Kegan Paul Ltd., 1987, p.336。

④ Klaus W. Jonas ed., *The World of Somerset Maugham*. London：Peter Owen Ltd., 1959, p.12.

⑤ 转引自 Alvin Sullivan ed., *British Literary Magazines, the Modern Age*, 1914—1984. New York：Greenwood Press, 1986, p.98。

⑥ 加里克俱乐部,1831 年一群文学名士在英王的兄弟苏塞克斯公爵的帮助下建立了加里克俱乐部,以 18 世纪著名演员大卫·加里克(David Garrick)的名字命名。今天它的会员达到 1300 人左右,包括了英国最出名的演员和文学界人士。

毛姆的八十寿辰举行庆祝会,他是自狄更斯、萨克雷和特罗洛普以来获此殊荣的第四人。同年 6 月伊丽莎白女王授予他荣誉勋章,表彰他在文学上的成绩。1957 年德国海德堡大学授予他名誉校董的称号。1958 年毛姆当选为英国皇家文学学会副会长。他还是华盛顿国会图书馆的荣誉会员和美国文学院的荣誉院士。美国好几所大学也提出给予他类似的荣誉称号,但是毛姆以年老力衰、难以远赴重洋为理由婉拒了这些荣誉。老年的毛姆一跃成为当时世上伟大的作家之一。他终于以苦涩复杂的心情等到了这一天,尽管仍然还有一些人拒绝承认毛姆。但是作为一个难以抗拒的短篇小说家,他几乎没有被超越过。①

毛姆逝世后,耶鲁大学为他建立了档案馆以资纪念,批评界对这位长期遭受忽视的作家的研究变得严肃起来,对他的研究陡然升温,出现了十几部有分量的学术著作和传记。和学术圈的认可相比,声名远播、读者爱戴就是对毛姆最好的纪念、最高的肯定。今天,在水磨石(Waterstone)②的每一个分店都有一长排他的作品;在法国乡下,在雅典或里斯本,人们可以很容易地找到他的二手书以便在旅途中浏览。难以想象,还有哪一个 19 世纪 70 年代出生的作家和我们保持如此近的距离。③

第四节　毛姆在文学史上的贡献和影响

英美评论界普遍认为毛姆没有什么创新之举,旧的叙述方式贯穿他的作品,他只是一个技巧出色的讲故事的人而已。H.E.贝茨说:"毛

---

① 参见 A. C. Ward, *Longman Companion to Twentieth Century Literature*. London：Longman Group Ltd., 1975, p.351。
② 水磨石,1982 年建于伦敦,到 2003 年它已成为英国最主要的专门售书商,它在伦敦的总店是欧洲最大的书店。
③ 参见 C. A. R. Hills, "Commentary", *New Statesman*, Vol.16, (June 2003), p.55。

姆只是延续了一个传统——直接、客观地讲述故事,这大部分是源自法国的自然主义,所以毛姆的影响现在不会,将来也不会深远宽广。"①弗吉尼亚·伍尔夫和她的朋友们也认为毛姆没什么好谈的,言下之意是他太平庸了。1925 年弗吉尼亚·伍尔夫在攻击三位爱德华时期的巨匠威尔斯、本涅特和高尔斯华绥时,完全把毛姆忽略了。

但是纵然毛姆不是一个文学革新家,我们也不应该无视他的影响和贡献。他创作的戏剧维持了英国舞台的风俗喜剧传统,架起了长达二十几年的王尔德和考沃德之间的桥梁。毛姆还对其他作家产生了影响,其中有维·苏·奈保尔、安东尼·伯吉斯和乔治·奥威尔等名作家。例如奥威尔就对毛姆作品中强大正直、毫不伪饰的力量非常钦佩,声称毛姆是对他本人影响最大的现代作家。

在英国,毛姆的短篇小说广为人知。《萨默塞特·毛姆的世界》一书称毛姆为当今英语小说家的领袖,意思是在超过四分之一世纪的时间里,毛姆是唯一的一个接受过高等文化教育的精英们、老练的读者和许多作家的共同偶像;他对年轻作家产生的影响日见增长,同时他还给超过一百万的普通人送去欢乐,使他们的生活有意义,影响他们的生活。② 事实确实如此,毛姆不是文坛先锋那又有什么关系呢? 至少他比许多文学创新家带给读者更多的欢乐。

毛姆是一个受大众欢迎胜过批评家认可的作家典范。评论界对毛姆的冷淡由于读者的极大热情而在某种程度上被抵消了。除了批评家外,几乎没有人不读他的作品。这种不寻常的受欢迎程度是令人吃惊的。③ 他成为自狄更斯以来读者最多的作家、20 世纪里拥有最多读者

① Thomas Votteler ed., *Short Story Criticism*. Vol. 8, Detroit：Gale Research Inc., 1991, p.364.

② 参见 Klaus W. Jonas ed., *The World of Somerset Maugham*. London：Peter Owen Ltd., 1959, p.163。

③ 参见 Anthony Curtis and John Whitehead eds., *Maugham, the Critical Heritage*. London：Routledge and Kegan Paul Ltd., 1987, p.398。

的英语作家。特德·摩根甚至认为毛姆在许多方面对 20 世纪而言,就像狄更斯对于 19 世纪一样。欣赏他的读者遍及全球,使他成为有史以来最流行的作家之一。第二次世界大战时,由于毛姆在美国广受欢迎,英国政府把他视为英国利益的最佳代言人,派他前往美国宣传抗战,获得了显著的效果。1956 年英国广播公司(BBC)开展了一项名为"我最想遇见的人"的调查,结果毛姆被听众选为他们最期盼相遇的作家。迄今为止,毛姆的书籍销售量已经超过了四千万。一百多年来,毛姆为世界各地的读者提供了愉悦和益处,而且毫无疑问,他还将继续把欢乐带给后来的人。西里尔·康诺利对毛姆作了一个意味深长的总结:"如果一切都消失,仍然会有一个讲故事的人的世界,从新加坡到马克萨斯群岛,这毫无疑问就是永恒的毛姆世界,一旦我们走进这游廊和马来帆船的世界,就像走进柯南·道尔的贝克街一样,怀着快乐的、永远回到家的感觉。"①

---

① Anthony Curtis and John Whitehead eds., *Maugham*, *the Critical Heritage*. London: Routledge and Kegan Paul Ltd., 1987, p.18.

第三章　毛姆作品的文类研究

毛姆是个冷静理智现实的作家,个性中缺乏浪漫主义的因子。因此,在文学的四大体裁中,他除了留给后人屈指可数的几首诗歌外,把主要精力放在其他三种体裁上,创作了大量的小说、戏剧和散文。他的短篇小说和长篇小说各具特色,所以下文将分别展开论述。他的戏剧在 20 世纪前期轰动一时,现在却鲜有问津。这一从成功到失败的现象发人深思。毛姆的剧坛之路清楚地告诉后人什么才是有价值的戏剧。他所著的散文既包括文学评论、创作经验,又有游记等等。由于第四章将探讨他的文学成就,其中涉及了许多他在散文作品中谈到的内容,所以本章节不再重复,仅考察他的游记。

第一节　毛姆短篇小说研究

一、毛姆短篇小说的摇摆结构和节奏

20 世纪的许多短篇小说进行了革新实验,摒弃了完整的故事结构。正如高尔斯华绥评价契诃夫的短篇小说像只乌龟,无头无尾,只有中间部分。但是在现代小说风起云涌的背景下,毛姆仍然坚持以传统的讲故事手法来吸引读者。他说:"我喜欢用句号来结束我的故事,而

不喜欢用四散的星点来结尾。"①这样一位一板一眼写作的作家如何在现代主义小说的包围下杀出重围、闯出一条康庄大道？

传统上，根据不同的侧重点，小说可以划分成"故事小说"和"人物小说"两大阵营。"人物小说"着重刻画人物形象，强调描写人物行动、语言和细节，所以它的情节相对松散随意。"故事小说"特别注重情节的安排，跌宕起伏，扣人心弦。毛姆的小说是故事型，与众多小说理论家的观点不谋而合。例如福斯特就在《小说面面观》里多次强调：小说必须讲故事。

在确立了创作"故事小说"的导向后，如何把故事写得生动有趣？《英美小说叙事理论研究》中提到：小说叙事的两大问题：一是使读者处于恐惧与希望中，这是叙事得以发展并紧紧抓住读者的关键；二是统一的情节，其他故事都为这个情节服务。我们在理查逊和菲尔丁的论述中时常看到相似的观点。② 毛姆的许多短篇小说成功地具备了上述两个基本条件：情节在具有很强的戏剧性的同时，紧紧围绕着一条主线展开。

平淡无波澜的故事读起来令人乏味。人们容易被曲折的情节所吸引，正所谓"曲径通幽"。在讲故事时，毛姆擅长抓住一个中心，但是又"节外生枝"，适时收回，不随意蔓延。纵观其短篇小说，不难发现其中许多故事采用了摇摆的结构，带给读者愉悦的审美感受。爱伦·坡十分重视小说的美感，宣称"构思的对称"是短篇小说的必要条件。③ 罗伯特·艾尔特也强调这种对称艺术，在称赞菲尔丁整齐的叙事结构时指出："最重要的是要看到，就菲尔丁对小说的发展所起作用而言，他是用真正建筑结构的眼光来看待小说的第一人。"④上述对菲尔丁的评

---

① ［美］伊恩·里德：《短篇小说》，思涵等译，北方文艺出版社 1988 年版，第 101 页。

② 参见申丹、韩加明、王丽亚：《英美小说叙事理论研究》，北京大学出版社 2005 年版，第 17 页。

③ 转引自［美］伊恩·里德：《短篇小说》，思涵等译，北方文艺出版社 1988 年版，第 95 页。

④ 申丹、韩加明、王丽亚：《英美小说叙事理论研究》，北京大学出版社 2005 年版，第 25 页。

价也适用于独具匠心的毛姆。他的小说结构既有扎实的地基,又有对称的布局。他洞悉读者的心理,知道怎样引起并保持读者的兴趣直至最后一刻。读者往往根据常识判读故事下面的走向,毛姆反其道而行之,使情节的发展往往脱离读者的猜想,勾起读者往下看的欲望。他的小说里反复出现这样的勾引,像挂钟那样左右摇摆,吸引人的目光,尤其是最后一次摇摆,动人心魄,脱离常识的轨道,却又合情合理,使得人们看完故事后意犹未尽,回味悠长。

在《蚂蚁和蚱蜢》里毛姆先重述一遍众所周知的拉封丹寓言,让读者下意识地认为接下来的故事将证明该寓言的正确。然而作者笔锋一转,写哥哥乔治辛勤工作,接济游手好闲的弟弟汤姆二十多年,却一次次被欺诈拖累。乔治兢兢业业到了老年,终于攒下一笔退休费用。正当大家感慨他苦尽甘来、可怜他懒惰的弟弟将老无所依时,汤姆却和一个老女人订婚了。不久后女方去世,给他留下五十万英镑和豪宅。人生中一个小小的偶然,扭转了生活轨道,令努力工作的人失望,给无赖者带来幸运。原来寓言不是放之四海而皆准的真理。看完这个故事,读者禁不住偷笑甚至苦笑,然后似乎还能窥见作者的嘲笑,嘲笑芸芸众生的自以为是,白费力气,殊不知每个人在翻云覆雨的命运之手面前,无能为力。

《人生的严酷现实》里挂钟的摇摆次数就多了,读者的心至少有五次,随着作者的文笔左右摇晃,被诱惑得步步深入。故事里的多次摇摆并不雷同——每晃动一次,就会产生许多新的因素,丰富了小说的表现力。开篇第一次摇摆:加尼特的儿子尼基在剑桥大学学习。为了不耽误孩子的功课,他反对儿子去蒙特卡洛参加网球赛。在母亲及儿子的努力下,父亲终于松口。紧接着下文进行了三次激烈的摇摆。加尼特像《哈姆雷特》中的御前大臣波洛涅斯在儿子雷欧提斯出行前提出忠告那样,告诫出国参赛的儿子不要去做三件事:一不要去赌钱;二不要借给任何人钱;三不要跟女人有任何瓜葛。父亲让儿子相信只要不沾这三件事，在国外就会平安顺利。可是尼基不但在蒙特卡洛赌博，还赢了一大笔钱；不但借钱给别人，还如数收回；不但跟女人交往，还从交往中赚了六千法郎。当儿子归国告诉父亲自己的经历后，父亲懊恼儿子不再对他言听计从。长期以来他在儿子面前树立的威严高大的形象崩塌了。尼基的确做了三件沾边后容易惹麻烦的事情，但是侥幸凭机智和运气逃脱了。这三次摇摆正所谓无巧不成书。这个故事本是由于机缘巧合，但在小说结尾处，加尼特的朋友说道：生来有福的人比生来富贵的好。这一画龙点睛的句子又是一次摇摆，使读者对父亲的态度从同情转为羡慕，羡慕他有个鸿运高照的儿子。在父亲心里不舒坦时，读者想故事大概就此结束了，但是最后一次摇摆不仅再次否定了他们的思维定式，而且还在一定程度上升华了主题，该小说的结尾不愧是像豹尾一样有力。

另以《简》为例，其中的十二次摇摆，把读者的心弄得忽左忽右，不由自主地被作者牵着走。现选取小说中关键的几次摇摆进行分析。55岁的简在初次露面的时候，是个富有的寡妇，打扮俗气老式，即将再嫁。读者想当然地猜测简的未婚夫是个秃头胖子，这样的人和简正好相配。万万没想到，她的未婚夫是一个纤瘦的年轻人，比她小27岁！大家禁不住想女大男小如此不般配，应该是男方看上女方的财富。的确，简比吉尔伯特富有得多——男方的经济条件差到不敢请假去旅游。正当人们窃喜自己猜到了两人结合的真正原因时，又被作者给了当头一棒。简提议每年给未婚夫1000英镑被拒！吉尔伯特声称自己的钱虽然不多，但是够用了。有些读者可能进一步推测男方很狡猾，正如小说里的托尔夫人猜想的那样。她觉得简和吉尔伯特完全不合适，断言他们的婚姻不会超过6个月。想来许多读者也抱着类似的念头。简再次登场时已经结婚两年了。在吉尔伯特的帮助引导下，她变得时尚靓丽，落落大方，成为众人追捧的座上客。叙述者再次见到简时完全认不出她。也许，婚姻生活是否幸福外人看不清，只有当事人才知道。在读者无可奈何地打算祝福两人白头偕老时,作者突然抛出一个震惊的消息:简即将与吉尔伯特离婚!读者想着终于可以歇口气了,因为故事的发展正如人们预料的那样,不般配的婚姻是不可能持久的。旁人正想可怜她、安慰她,不料故事又来一次剧烈的摇摆——不是吉尔伯特要离开简,而是简为了与爵士结婚,主动提出分手!在一次次的摇摆中,故事的张力得到凸显。一个独立自主、有个性有魅力的女性形象逐渐变得丰满,呈现在读者面前。这种不停晃动的情节,像波涛那样起伏,令读者的心灵随之荡漾,满怀惊奇和期待,只想紧跟作者的生花妙笔一口气看完整个故事。倘若不是这种反复的摇摆,一个一马平川的故事,会使读者产生审美疲劳,没有耐心看完全文。毛姆通过这些左右的摇摆,制造新鲜感,让人不时眼前一亮,情不自禁尾随作者点亮的灯光前行,直至走到终章。

毛姆的摇摆对称结构设计已臻化境。这样的结构无疑是具有美感的,情节循环往复,富有韵味。但是他不满足于作品的对称美、匀称美,不时调节叙事的节奏来讲述故事。在阅读过程中,读者能够感受到节奏之美。节奏原是音乐术语,指音响运动的轻重缓急呈现出一定的规律。现在节奏这个词不局限于音乐,泛指有规律的运动。季节的冬去春来,海浪的潮起潮落,山脉的此起彼伏,房屋的高低前后,绘画的明暗深浅,无一不是在运动变化着。小说也是这样,在跳跃的叙事节奏中显示生机勃勃的生命力。生活本身千变万化,小说来源于生活,所以它讲述的必然也是波动发展的故事。

小说的节奏基本上可以分为加速和减速两大类。长篇小说使用减速较多,因为呈现一长幅纷繁复杂的历史画卷需要大量的时间。翻阅托尔斯泰、亨利·詹姆斯、乔伊斯等人的长篇巨作,时间顿时变得缓慢悠长。短篇小说与此形成鲜明对比,由于篇幅的限制,时间往往被压缩,很可能在阅读几页纸的时间里一个人物走完了一生。这种加速处理的策略是短篇小说家拿手的技能。但是倘若在短篇小说里一直使用加速,让读者马不停蹄地追着情节跑也是不妥当的。毛姆作品里的轻重缓急的节奏感很明显,表明作者对分寸把握得当。

在《简》的开头,叙述者回忆首次见到简的情景。"我"在托尔夫人家里打量装饰一新的客厅,回忆之前的摆设,听托尔夫人说起简明天将来做客,介绍简的情况。时间正以亘古不变的速度缓缓流逝,门铃突然响起,令人心中一紧。管家领着简走进了客厅!她的提前到来瞬间加快了小说之前的平稳步调。"我"适时告辞,把时间留给妯娌俩说体己话。故事的节奏再次归于平缓。第二天,托尔夫人还没等"我"起床就打来电话,宣布简即将结婚。这个突如其来的消息顿时又把故事提速了。不时变化的节奏推动着情节的发展,使叙事富有动感。

加速和减速只是最基础的节奏。如果借用热奈特的叙事理论,小说的节奏被归纳成四大类。按照阅读时间与故事发生的实际时间的比例,从小到大依次排列为:省略<概述<场景<停顿。省略即阅读时间非常短,甚至接近于零,而故事发生的实际时间非常长;概述即阅读时间短于故事时间;场景即阅读时间大致等同于故事时间;停顿则是阅读时间特别长,故事时间几乎没有。

《路易丝》从女主角结婚前写起,一直写到她去世。几十年的时光被压缩在一个短篇小说里,其中多次用到了省略。路易丝小时候是个有心脏病的姑娘。她的第一任丈夫汤姆是运动员。他发誓要尽一切可能来照顾路易丝,她的父母被感动得把宝贝女儿交付给了他。作者用一句话就交待了路易丝第一次结婚的历程,其中省略了汤姆费尽心思抱得美人归的艰辛,省略了父母出于对女儿身体的担忧,进而对婚事反复斟酌。后来汤姆得了感冒,一命呜呼。路易丝的初婚就此被作者一笔带过。在汤姆死后一年,路易丝和乔治结婚。这期间路易丝经历了死别,抚养幼女,再次被求婚,但是这些关键点都被省略了。战争爆发后乔治死在战场上。她的第二次婚姻又匆匆告终。小说中几乎没有描写他俩的婚姻生活。路易丝把自家别墅改为军人疗养院,经营得风生水起。辛苦的工作并没有把瘦弱的她累倒。毛姆用"这段日子过得很好"就总结了她在战争期间的漫长岁月。一个寡妇把女儿拉扯大的艰难可想而知,但是毛姆轻而易举地就把十多年的辛苦用十几个字解释完毕:她的女儿伊丽现在也已长大,不久就恋爱了。路易丝最后在女儿的婚礼上心脏病发作死亡。毛姆适时运用省略手法讲完了路易丝的一生,就像电影里的跳切手法,以大幅度的跳跃式镜头组接,突出某些必要内容,省略时间隧道里无足轻重的日常琐事。这种极度加速的方法在短篇小说中是很常见的,只有这样才可能把小说的篇幅控制在一定的长度内。

概述和场景是使用频率较高的两种类型。《奇妙的爱情》里雷德和萨莉短暂的甜蜜爱情、雷德被船长灌醉后被绑架走、萨莉在爱人失踪后的悲痛欲绝等等都是概述。作者对实际时间进行了压缩处理,仅用少量的笔墨概括了发生在较长时间里的事情,读者的阅读时间要短于事件在现实生活中实际占用的时长。

场景通常体现在人物对话中。读者的阅读时间与故事时间基本相当。人们在阅读作品的时候,仿佛看到人物在他们面前表演对话,与现实生活的步调大体一致。

最后一种是停顿。顾名思义,在此期间没有故事发生;但是作者仍然写了一些内容,占用了一定的篇幅,具体可表现为环境描写和心理活动等。尽管停顿没有情节,但是带来了节奏上的变化,调节了阅读过程中可能出现的疲倦心理。

曹文轩特别重视节奏的作用,把它当作产生美感的不可或缺的因素。他甚至把这种处理看成小说家的看家本领。从某种意义上讲,一位小说家是否已是修炼到家的小说家,仅从他在节奏的掌握一项上看便可认定。[①] 显然,毛姆在这方面已经修炼得出神入化。

许多评论家称赞毛姆的短篇小说结构匀称,设计精湛,反映了作者

---

① 参见曹文轩:《小说门》,作家出版社 2002 年版,第 180 页。

精雕细琢的态度和炉火纯青的功力。具体说来,他们指的是摇摆的结构和节奏的变换。它们对毛姆短篇小说的成功是不可小觑的。读者阅读毛姆的小说就像坐在行驶中的汽车那样,一会儿加速,一会儿减速,一会儿冲刺,一会儿刹车,其中的转换并不突兀,衔接得如行云流水,好似一种乐事。读者坐着毛姆驾驶的车,欣赏着窗外时时变换的旖旎风光,赏心悦目,不亦乐哉。

二、空间对毛姆短篇小说的意义

在许多文学理论著作中,人物、情节和环境被看作构成小说的三要素。人物和情节的重要性毋庸置疑,相对而言,故事发生的地点环境却受到了轻视。然而,一部没有空间的小说是无法想象的,因为任何一部小说所描述的对象都无法离开空间而存在。

空间在毛姆的短篇小说里,不再是一个静止的符号存在,而是一种积极的动态力量,含义深远。许多短篇小说,往往只选择一个地点来展开故事。单一的环境虽然有利于集中处理矛盾冲突,但是它也有弊端,即一个封闭的场所缺乏外延,限制了小说的活力和表现力。而多重空间则为作品的走向提供了无限的可能性。小说的旺盛生命力在不同的空间中呈现。毛姆深谙此道,往往给故事设置了不同的背景。许多小说家也给自己的作品安排了不同的发生场所,但多是地域感,而不是空间感。他们往往仅把空间当作故事发生的地点和叙述的背景,为角色提供活动场所而已,但是毛姆还把空间设计成了矛盾和冲突的起源,推动着情节的发展转变,导致惊人的结局,像上帝之手那样主宰故事的产生、发展、高潮和结局。毛姆笔下的空间正如托多洛夫所言:"在这里,逻辑关系和时间关系都退居次要地位或者干脆消失,而其结构组成依赖于各因素之间的空间关系。"①空间对毛姆来说,发挥着举足轻重的

---

① [俄]托多洛夫:《文学作品分析》,中国社会科学出版社1989年版,第80页。

作用。

短篇小说《疗养院》里发生了一个感人至深的爱情故事。坦普尔顿少校和毕肖普小姐在疗养院相识。他们不顾医生的告诫，冒着生命危险，结婚了。疗养院是小说中人物采取行动的背景。"疗养院坐落在一座小山顶上，从这里鸟瞰，雪后的山村，银装素裹。病人们斜靠在轮椅上，零零碎碎地散落在阳台各处，他们聊天的聊天，看书的看书。不时地爆发出阵阵咳嗽声，这时你可以看到他们都惊惶不安地看着自己的手帕。"①这个不同寻常的空间定下了全文的基调，即人物的生活笼罩在死亡的阴影下。在死神面前，在身边都是医生、病人的环境里，人们往往把俗世间鸡毛蒜皮的小事抛在脑后，把有限的时光留给最重要的事情。少校本是一个花花公子，追求享受，不断物色新欢。他因为肺结核已病入膏肓，不得不进入疗养院。医生断言少校只剩下两三年的寿命。在生命屈指可数的时光里，在生命的最后居所——疗养院里，少校遇到了正派的毕肖普小姐。他以往捕获女性欢心的那一套都不管用了。他意识到对方不是水性杨花的过客，而是值得结婚的对象。他曾经渴望自由，不希望被女性束缚，但是住进疗养院的他，备受病痛折磨，已经不可能有太多自由。少校想在生命的最后时刻活得快乐肆意一些。不愿静静等待死亡的少校做出向毕肖普小姐求婚的惊人之举。尽管结婚将缩短他的寿命，但性格注定了他将在离开人世前再洒脱一次。二十多岁的毕肖普小姐离家8年，青春岁月埋没在疗养院里，家人对她渐渐不闻不问。有一个真心、热心对待她的男子恰似苦闷寂寥的日子里洒进一缕阳光。苏格兰的这家疗养院给他们俩的生活带来了彻底的改变。疗养院是他俩爱情的丘比特。脱离了疗养院，这桩爱情将无疾而终。疗养院在这篇小说里好似被人化的形象、被具体化的命运之神，是主导故事进程的决定性力量。

---

① ［英］毛姆：《天作之合——毛姆短篇小说选》，佟孝功等译，湖南人民出版社1983年版，第181页。

曹文轩在《小说门》中写道:"场面作为角色出现,是由来已久的。我们看到,古典小说中的那些城堡、废墟、大院或是一条河流、一座山峰,随时都可能成为生命的载体而参与故事,甚至成为主角,成为故事的焦点。"①《一个五十岁的女人》里的焦点是意大利的一个古老别墅。这个空间好似一个无形的人物角色,引发了一个乱伦故事、一个人间惨案。蒂托在婚后因手头日益拮据,不得不放弃佛罗伦萨的公寓,搬进祖上留下来的别墅与父亲同住。在该住所里,他渐渐发现妻子与父亲关系越来越亲密。为了杜绝将来发生难堪的事情,他希望迁回佛罗伦萨。但是妻子和父亲两人都拒绝了他的提议。忍无可忍之下,蒂托枪杀了父亲,自己则被送进精神病医院。小说中的意大利别墅代表着上一辈人的据点。住进这里就意味着受老人的控制,离开这里,则象征着展开自由的新生活。蒂托敏锐意识到别墅的腐朽气息,年轻时离开了家。可是囿于婚后经济的窘迫,他又被迫回到困境中。在他第二次意图挣脱囚笼的时候,妻子执意要与公公呆在别墅,反而多次劝他一个人到外地散心,印证了他对妻子与父亲乱伦的猜测。一幢房子毁灭了一个家庭。空间的改变,导致了父子、夫妻、公公与媳妇之间关系的改变,从而像多米诺骨牌那样引发了后续的悲剧。

在《机会之门》中,橡胶园发生了暴乱。阿尔班作为辖区长官,本应带属下 9 名警察前去平乱,但是他胆小怕事,直到两天后上级派来增援部队才出发。当他们到达橡胶园时,骚乱已经被邻近伐木场的经理带着 3 名工人及朋友平息了。一位经理做了治安官员的分内之事,无疑是对政府无能的嘲讽。阿尔班成了整个殖民地的笑料。如果不是殖民地发生了该事件,安妮就很难发现丈夫如此怯懦,最终和他分道扬镳。如果他们一直居住在英国,阿尔班胆怯的性格就不容易被察觉。可是在殖民地,这一弱点被暴露了出来,进而导致了婚姻的解体。

---

① 曹文轩:《小说门》,作家出版社 2002 年版,第 180 页。

　　《贞洁》讲述了驻扎在马来西亚的民政专员莫顿回国而引发的爱情悲剧。马热丽和丈夫理查本来在伦敦过着快乐的生活，但是这一切被不速之客打碎了。29 岁的莫顿回伦敦休假。在该城市举目无亲的他偶遇 44 岁的马热丽，两人瞬间陷入疯狂的爱恋中。两个月后，莫顿回到殖民地继续他的工作。他以为短暂的爱情将随着他离开伦敦而结束。但是人们没想到马热丽的痴情和固执如此之深，她搬离丈夫的家，给莫顿写信，打算去殖民地和情人相聚。英国和马来西亚远隔千山万水，再加上轮船是当时的主要交通工具。待这封信寄到莫顿手中，他再回复给马热丽，这一来一回花费了不少日子。这段时间内发生了什么呢？查理在妻子离家后，无法忍受孤单的生活自杀了！不久以后，马热丽收到情人回信，说当地不适合白人妇女居住，请她不要过来。马热丽既失去了丈夫，又没有了情人，孑然一身。这篇小说有两个主要的空间：伦敦和马来西亚。没有这两个相差天壤之别的环境，悲剧就不可能发生。莫顿对伦敦没有归属感，他在那里的寂寞甚至比在马来西亚还深，所以他在陌生冷漠的环境下，碰到一个热情的女子，冲动之下与她发生婚外情。莫顿完成休假回到东方后，认为这个插曲也结束了。若是带着一个老女人回殖民地，等待他的将是嘲笑讥讽，甚至是失去工作。所以清醒理智的他收到马热丽的信后，清楚地表明了拒绝。可是被激情冲昏头脑的马热丽却把莫顿的逢场作戏信以为真。她为了比自己小十多岁的情人，抛弃了丈夫。如果英马两国相距再近一些，如果交通工具快速发达一些，如果理查拖延几日后才轻生，被情人拒绝的马热丽还可能回到理查身边。可事实是她没有了回家的路。伦敦——莫顿的度假地，既促成了双方的狂恋，又造就了他们的别离。马来西亚——莫顿的工作地，既注定了他们不可能在一起，又是导致人命终结的刽子手。毛姆巧妙地利用空间来设计小说的结构，推动了情节的发展和产生了意外的结局。没有不同空间的转换，悲剧故事就不可能发生。

小说中各个空间的关系可能存在多种形式,例如像上文那样的并列空间,或者是像俄罗斯套娃那样空间之下还有空间。《不可征服的》讲述了第二次世界大战期间的四重空间里的故事。德军入侵法国后,汉斯作为德国军人,本应随部队前往法国城市苏瓦松,但是中途迷路了。他敲开村里一户人家问路,第一次见到了法国女教师安妮特。这条走错的路不是一条普通的路,而是引发命运转折的路,不仅改变了他也改变了安妮特一家的生活。巴赫金认为:"道路从来不是简单的道路而已,它要么是整个的人生道路,要么是人生道路的一部分;选择走的路就是选择人生道路。"①汉斯在喝酒冲动之下强奸了安妮特,事后留下一百法郎追寻部队去了。故事并没有随着男主角的离开而结束。汉斯随德军辗转巴黎、图尔、波尔多等地,三个月后又被派往了苏瓦松。正是因为他重回故地,故事峰回路转。一个无所事事的下午,汉斯前去探望被他强奸的姑娘,发现她怀孕了!汉斯满心欢喜期待孩子的诞生。他一次次前往村庄看望安妮特,适得其反地加剧了对方对他的憎恨。由于战时医生都被征军了,安妮特无法成功打胎,只好等待孩子出世。一个法国女人怀了敌军的孩子,是一种耻辱。不仅是母亲,还有孩子都将被人唾弃,无脸面对邻里乡亲。为了阻止日后的难堪羞辱,安妮特在可怜的婴儿出生当天就把他溺死在河里。母亲的行为看似残忍却可以理解。如果不是因为战争,德军入侵法国,男女主角就不可能有国家的深仇大恨。如果汉斯不迷路,就不会遇见安妮特。如果不是因为部队迁移,汉斯重回安妮特所在的城镇,她就很可能不会溺死婴儿。安妮特的兄弟和未婚夫都在战争期间丧生。她年迈的父母难以继续耕种庄稼。农田需要劳动力,男婴是庄稼人的渴望。为了家人的生计,她会理智地处理一个新生命。可是空间的转换,像是一个魔法,扭转了事情的发展轨道。在这篇小说里,有四重空间。德法两国是第一重,法国城市

---

① [俄]巴赫金:《巴赫金全集》(第三卷),白春仁、晓河译,河北教育出版社1998年版,第313页。

苏瓦松是第二重,苏瓦松邻近的小村庄是第三重,安妮特的家是第四重。毛姆没有描写大场面,而是通过一个小场面——一个农民的家,揭露出德法战争给普通百姓带来的伤害、灾难及仇恨。场面的大小不一定与价值大小成正比。小场面里也可能蕴含着巨大的力量。安妮特的家就是这样一个代表。德法两国的矛盾集中爆发在这里。冲突的结果是毁灭性的。安妮特在体力上无法战胜敌人,但是以意外的处理方式给了德军狠狠一击。这也是题目"不可征服的"之义:德军可以在武力上征服法国,但是法国人以其他方式坚强不屈地反抗着。

小说是一门关于时间的叙事艺术,这一共识已经被多人阐述过。莱辛在《拉奥孔》里比较了诗和画,提出绘画和雕刻是空间艺术,诗属于时间艺术。但是正由于"小说本质上是时间艺术,对空间形式的追求之于小说永远是一个颇有吸引力但又可望而不可即的诱惑"[①],毛姆把小说中通常的"时间第一性,空间第二性"颠倒过来,凸显了空间的地位。空间在毛姆的小说里不单单是一个静止的背景,而是起着比人物角色还重要的作用,它是串联一桩桩事件的线索,理清故事脉络的关键,激发矛盾冲突的缘由,导致悲剧结局的根源。毛姆的短篇小说常以殖民地长官署或者种植园主家为空间。它们集中体现了不同文化、不同种族的冲突,更能凸显出空间在故事中发挥的巨大力量。空间就像一把钥匙,打开了毛姆短篇小说的大门。毛姆在写作技巧上的登峰造极令众人仰慕。他之所以能对此游刃有余,秘诀之一就是善于设计小说的空间。他对空间环境的重视与早期的自然主义观息息相关。他相信人们在不同的环境下会产生不一样的思考计划,作出不同的行为反应,从而暴露出内心的真实。一个个空间像一个个舞台,呈现给读者一幕幕真相,揭露出真实的人性。

---

① 张介明:《空间的诱惑——西方现代小说叙事时间的畸变》,《当代外国文学》2001年第1期。

三、异域之旅——毛姆短篇小说的核心

毛姆的大部分短篇小说都是讲述旅行见闻的，换句话说，没有旅行，就没有毛姆的短篇小说。毛姆于1947年设立"毛姆奖"，由英国作家协会每年5月评奖一次，奖金为1.2万英镑，颁发给最优秀的作家，或者是在过去一年出版过一本书的35岁以下的作家，供获奖者在国外旅行使用。从该奖项的设立可见毛姆鼓励作家外出采风，重视旅行对作家体验生活、拓新题材的意义。人们旅游有诸多原因，例如开阔视野，更广泛地接触社会，结识不一样的人，对生活有不一样的感悟，对世界有新的理解等。弗兰西斯·培根在随笔《论旅行》中开篇名义：对年轻人来说，旅行是教育的一个部分；对于老年人来说，旅行是经验的一个部分。① 在20世纪上半叶，伴随工业时代和殖民浪潮，越来越多的人离开祖国前往殖民地处理事务或旅游观光。东方在许多人眼里成为一块富有吸引力的土地，那里有茂盛的棕榈树、神秘的丛林、重峦叠嶂等旖旎风光。仅凭遐想和阅读难以满足西方人对东方的好奇思慕，再加上现代交通的便捷更是促进了出国旅游的兴旺。

毛姆本人在英国定居的时间很少，大部分时间花在周游世界上。除了上述提到的缘故之外，毛姆离开英国还有私人的原因：一是为了和同性伴侣杰拉尔德·赫克斯顿自由地生活在一起，在陌生的地方不会有社会舆论和熟人给予的压力；二是毛姆热爱自由，渴望摆脱生活在西方所受的种种责任和义务的羁绊；三是毛姆对人性的好奇。他希望借旅行探究人性的神秘复杂。人们在不同的环境下有不同的面目，远离熟人后，在更质朴、崇尚自然的东方，尤其可能卸下文明社会里的面具，表现出真实的一面。这些前后判若两人的举止行为激发了毛姆的写作兴趣，正如他在《马来故事集》的序言中所言：

---

① ［英］弗兰西斯·培根：《培根文集》，王义国译，商务印书馆2015年版，第96页。

我在故事中仅着眼于身处遥远异国的白人在行为方式上所受的影响。不过主题很有限。这些地方的生活很新奇,但很简单,就像用缺色的画盘绘成的画。当作家用到了需要异国背景的主题时,最终他会发现自己已经把它们写光了。他要刻画的角色通常都有些不同寻常,因为处在这些环境中,个性的发展常远超于其他环境中的人,但他们多少都有些相似之处。他们往往会向某种典型趋同。就算他们性情古怪,这些古怪之处都有类可循。实际上,他们都是普通人,而相同的因在他们身上得出了相同的果。在他们身上,通常无法发现文明地生活在高度社会化的环境中的人所具有的那种复杂性,正是这种复杂性让这些人成为永远探究不了的主题。若是一个作家已经成功刻画了异国环境中的陌生人或是陌生事件,那么他便能驾驭所有的故事。①

读者不难发现:在毛姆创作的异域背景下的小说里,一些人的思想行动令熟悉他们的人瞠目结舌。有些人在国内彬彬有礼,在海外摆脱了阶级地位教养等诸多限制后,卸下了斯文的伪装。有些人在国内势利冷漠,在海外囿于周围没有多少白人,所以对难得一见的同胞异常友善热情。

多亏了毛姆兴起旅游的念头,走遍五湖四海,沿途留下诸多宝贵的文字记录,娓娓道来一个个新鲜有趣的故事,呈现给读者一幕幕异域风情。旅途中的风景在毛姆笔下从来不是多余的。对许多作家来说,环境描写在小说中起到渲染气氛、刻画性格、借景抒情和揭示主题等诸多作用,但是在毛姆的小说里,最突出的功能是推动情节的发展。每词每句都有用意,就像下棋时随手丢几个棋子在远方,看似无用,却在后文显示巨大的力量。没有这些事前铺垫,后续的故事就难以开展。毛姆相当重视风景在小说中的功能。他在批评浪漫主义为描写而描写风景

---

① [英]毛姆:《马来故事集》,先洋洋译,译林出版社 2014 年版,第 4—5 页。

时说:"许多描写固然很美,但离题万里;只是到了很久之后,作家们才明白,不管多么富有诗意、多么逼真形象的景物描写,除非它们有助于推动故事的发展或者有助于读者了解人物的某些情况,否则就是多余的废话。"①

在《尼尔·麦克亚当》中,作者对原始森林作如下的描绘:"葱郁的攀缘植物缠绕着巨大的树木,形成了很多似乎永远也解不开的缠结,使人不禁望而生畏。他们开始在灌木丛中穿越这片森林。他们在暮色中前行,只能偶尔从茂密的树木中瞥见一缕阳光。"②正是由于这难以辨别方向的森林,尼尔才得以摆脱纠缠他的女房东达里娅。达里娅乘丈夫不在身边,紧随尼尔不放。尼尔厌恶这个女人,在丛林里狂奔起来,后来他凭借随身携带的罗盘,回到营地,而达里娅则迷失,永远彻底地迷失在丛林中,生死杳无音信……原来,作者在前文着重渲染原始森林的茂密,是为了给女主角的失踪埋下伏笔。

《整整一打》在开篇对海边的阴郁凄凉作了形象的描绘:

> 海面灰蒙蒙的,空气很冷。几只海鸥在紧挨着沙滩的海面上飞着。由于是冬天,帆船的船桅都落了下来,被拖上满是鹅卵石的海滩。灰暗而破旧的更衣棚一间紧挨一间,排成了一列。小镇的管理部门在海滨大道两侧安置了不少长凳,但这些凳子上现在都空无一人……那一排排的出租房屋就像是一些邋遢的老处女在苦等着永远也不会露面的情人。③

作者用老处女的明喻提示了下文情节的进展:出身名门的54岁老处女波切斯特小姐和一个刚刚释放的犯人、身无分文的骗子私奔了。年轻时,高贵美丽的波切斯特小姐曾经订过婚,因未婚夫偷情而退回了婚约,30年来再也没有交过男友。如果不是这样压抑阴沉的环境,不

---

① [英]毛姆:《读书随笔》,刘文荣译,上海三联书店2000年版,第22页。
② [英]毛姆:《马来故事集》,先洋洋译,译林出版社2014年版,第241页。
③ [英]毛姆:《第一人称单数》,张晓峰译,译林出版社2014年版,第48页。

给人留点希望;如果不是在这沉寂落寞的海边,被骗子的温柔体贴打动,波切斯特小姐怎么可能做出和往常判若两人的举动? 由于风景给出了暗示,读者才有了心理准备,才会接受门不当户不对的两人私奔的可能性,才相信这样一个荒诞不经的故事的真实性。正如亚里士多德所言:"不可能发生但却可信的事,比可能发生但却不可信的事可取。"①毛姆创作了许多不可能发生但却令人信服的故事,这其中景色的铺垫功不可没。

虽然毛姆的旅行足迹遍及全球,但是他特别偏爱写发生在远东的故事。尽管毛姆无意于借自己的作品宣传西方至上、殖民统治,但是囿于 20 世纪初期那个特殊的年代,他讲述的许多短篇小说或多或少折射了殖民的现实。悉尼大学教授罗伯特·迪克森(Robert Dixon)在考察了旅行写作与殖民统治之间的关系之后指出,旅行文学与殖民扩张及统治之间存在一种隐性的共谋关系。② 虽然许多作家在叙述东方旅行故事时暴露出了不同程度上的东方主义与殖民霸权痕迹,但是把这些小说都看作是欧洲中心主义主导叙事,则是片面的、不客观的。

毛姆对殖民的态度矛盾复杂。他在小说中既塑造了真心实意热爱殖民地的官员,又刻画了傲慢欺凌殖民地人民的长官,详见后文"殖民统治"那一节。他不认同那些高高在上的西方霸权主义者,但是作为一个西方人,潜意识里又有西方胜于东方的优越感,因此,毛姆对东方的态度既有欣赏也有歧视。比如,他喜爱东方缓慢悠闲的生活节奏。"河岸边有许多小房子,马来人就在里面过着他们那古老的生活。他们很忙,但不慌乱,你能从他们的行动中感受到他们的幸福与平常心。"③与此相反,他在小说里有时也流露出对东方的不屑。英国人尼

---

① [古希腊]亚里士多德:《诗学》,陈中梅译注,商务印书馆 1996 年版,第 170 页。
② 转引自杨保林:《"近北"之行——当代澳大利亚旅亚小说研究》,博士学位论文,苏州大学外语学院,2011 年,第 100 页。
③ [英]毛姆:《马来故事集》,先洋洋译,译林出版社 2014 年版,第 217 页。

尔在街上看到"那些满脸胡须的阿拉伯人，他们戴着白色的无檐便帽，让人忍不住在心里对他们表示轻蔑"①。以民族特有的衣着贬低某个民族，无疑是一种狭隘的种族观念。在毛姆的短篇小说里，有些白人到了东方后学习当地的语言，后来能说流利和地道的马来语等方言。有些白人则不屑于学习，即使在当地呆了好几年，仍然只会说英语。他们认为花钱请个翻译就能解决交流问题，特意去学当地语言是脑子有问题。不愿意学习东方语言也是轻视东方的一种表现。从作品中各种角色从事的工作来看，白人大多是官员、经理和种植园主，东方人则是仆人、厨子和苦力。作者给不同的人物分配了迥异的工作职位，在无意中影射了东西方人地位的高低。

在后殖民主义把握话语权的一段时间里，不少人普遍把旅行文学看作殖民主义与东方主义话语思维的写作。东西方被二元对立。东方是野蛮的、愚昧的、落后的；西方是文明的、理性的、先进的。尽管毛姆骨子里是西方人，但是纵观其作品，我们不难发现他对东方并不歧视，而是一位有包容心、较客观看待东方文明的作家。下面这段话是印度之行给毛姆留下的深刻印象，它清楚表明毛姆对殖民地人民的同情。

> 不是泰姬·马哈尔陵……而是憔悴万分的农民，他们赤身裸体，只遮着一块遮羞的破布……他们颤抖于黎明的寒冽，挥汗于正午的炎暑，在红日已越过干枯的田野落下之后依然在辛勤地劳作……他们饥肠辘辘，不停地干着，为了勉强度日而干着……这就是在印度最使我激动不已的景色。②

毛姆东方小说中呈现出的矛盾复杂的态度和他的生活经历有关。他生于法国，在法国度过愉快的童年，父母离世后不得已回到英国，寄居在亲戚家，所以他内心深处与英国有隔阂有距离，因此敢于呈现其丑

---

① ［英］毛姆：《马来故事集》，先洋洋译，译林出版社 2014 年版，第 209 页。
② 转引自潘绍中：《在国外享有更大声誉的英国作家——萨默塞特·毛姆》，《外国文学》1982 年第 1 期。

陋的一面。他对英国始终没有归属感,禁不住让人联想起拜伦《恰尔德·哈洛尔德游记》的诗句:船儿呀,带我乘风破浪,横渡波澜起伏的海洋;随你把我送到哪处,只要不是我的故土。① 毛姆在某种程度上是一个"局外人",导致了他对英国的抵抗情绪。他不把自己认同于西方,在叙述东方故事时展现了开阔的胸襟,乐于传达东方文明优秀的一面。毛姆笔下的东方小说不同于那些偏激的反映霸权主义的东方小说。他创作的一系列殖民地小说对人们跳出东方主义、摆脱欧洲中心主义的视角、重新审视他者——东方有新的意义。爱德华·W.萨义德有一个观点:"一个人离自己的文化家园越远,越容易对其作出判断;整个世界同样如此,要想对世界获得真正了解,从精神上对其加以疏远以及以宽容之心坦然接受一切是必要的条件。同样,一个人只有在疏远和亲近二者之间达到均衡时,才能对自己以及异质文化作出合理的判断。"② 毛姆,无疑是这样一个作家,他借异域旅行故事表达了对西方文明的部分质疑、对东方文明的一些向往。

第二节　毛姆长篇小说研究

一、转型中的英国成长小说——《人生的枷锁》

青少年的成长是英国文学史上的传统主题,以 20 世纪初为分水岭,之前与之后的英国成长小说泾渭分明。半自传体成长小说《人生的枷锁》代表着毛姆长篇小说的最高成就。毛姆早在 1897 年就开始该书的创作,但是因为书中的部分情节是作者本人的亲身经历,魂牵梦萦的悲惨往事令他不忍再看再修订,所以写作过程断断续续,直到 1915

---

① ［英］拜伦:《恰尔德·哈洛尔德游记》,杨熙龄译,上海译文出版社 1990 年版,第 12 页。
② ［美］爱德华·W.萨义德:《东方学》,王宇根译,生活·读书·新知三联书店 2007 年版,第 331—332 页。

年才出版。《人生的枷锁》是英国成长小说史上的承前启后之作,在延续传统成长小说的基础上,呈现出新阶段的成长小说的部分特征,具体表现为主人公在身份地位、成长方式、成长代价以及成长结局上既有继承也有突破。

英国作家偏爱给成长小说的主人公设置孤儿的身份。狄更斯的《奥列佛·退斯特》、《大卫·科波菲尔》和《远大前程》均是如此。孤儿由于失去了父母的庇护,更难适应社会的要求,和常人相比将遭受更多的磨砺。人物面临的苦难越多,越能表现成长的艰辛曲折,越能扣人心弦、感动读者。《人生的枷锁》的主人公菲利普因父母先后去世,被寄养在家境一般的伯父家。伯父自私且吝啬。在菲利普到达的第一天,为了慰藉其长途跋涉的辛苦,伯父切下一个鸡蛋的尖头给他,把大头的鸡蛋则留给自己享用。伯母懦弱木讷,她乐意接纳侄儿,但是不知道怎么表达关爱。在这种与先前迥然不同的环境下生活,本性羞怯的菲利普变得愈加敏感内向。

除了相同的孤儿身份,菲利普与前期的成长小说主人公在身份地位上有明显差异。首先,他天生瘸脚。残疾妨碍了他像正常的孩子那样奔跑。因此他不仅备受冷落,没有什么玩伴,还受到其他孩子的欺负。孤儿加上残疾的身份,注定了菲利普天生是个弱者。他的面前不是康庄大道,而是荆棘遍布。读者为他叹息之余又有好奇,不知道他将如何克服重重障碍,获得幸福。

其次,尽管菲利普从殷实的医生家庭下降到普通的牧师家生活,仍然衣食无忧,还没有差到自谋生路、当童工被虐待的境地。《人生的枷锁》是作者根据亲身经历创作出来的。他回顾童年生活,较如实地把父母亲戚的经济背景、生活状况写进小说。他无意于编造故事,只想陈述事实。该小说的自传性是毛姆没有在书中描绘广袤的英国社会画卷的原因之一。在菲尔丁或者狄更斯的作品里,孤儿往往处于社会下层,迫于生计,颠沛流离。所以他们有机会与形形色色的人物交往,可能遭遇各种离奇事件。他们跌跌撞撞的成长之旅展现了当时的风土人情,揭露了社会的阴暗丑陋。和这些作家相比,毛姆撷取的社会背景要小。他着力讲述的是一个有稳定住所、有生活保障的孩子的日常生活。在此过程中,主人公接触的生活圈子相对固定狭窄,所以只能间接地折射出部分社会风貌。虽然毛姆在反映宏观的现实方面不及某些作家有广度和深度,但是他以细腻真实的笔触勾勒了一个寄人篱下的孩子的曲折心路历程,剖析了平凡生活对儿童成长的重大影响,具有人性洞察的深度与涵盖普遍的意义。与传统成长小说相比,《人生的枷锁》围绕主人公的个人情感生活展开,少了庞杂的社会大场面。它之后的成长小说在情节上支离破碎,只是通过撷取几件有代表性的生活片断来展示人物成长之旅,更谈不上全面呈现当时的社会状况。

《人生的枷锁》在探究主人公的成长方式方面,也具有转型期的特征。在传统的成长小说中,孤儿由于种种原因,居无定所,过早进入社会,在旅途中成长,较少涉及人物的精神思想。菲尔丁的《汤姆·琼斯》正是通过从乡村到伦敦的旅程,勾勒了弃儿汤姆的成长经历。毛姆之后的成长小说往往通过挖掘人物内心的深邃的生活感悟,来表现主人公的成熟。《一个青年艺术家的画像》和《尤利西斯》以意识流的手法,展现主人公丰富的心理活动。《人生的枷锁》中的菲利普身上反映了这两种成长途径的结合。他既有离家远行的经历,又有精神上的探索。离开坎特伯雷学校后,菲利普首先进入伦敦会计师事务所学习。当他发现自己对会计不感兴趣后,便前往巴黎学画。在巴黎期间结识了不少有共同语言的艺术家,可惜他对绘画仅有兴趣,却缺少天赋。巴黎的画坛大师断言他在绘画上没有前途后,菲利普果断放弃了艺术,回到伦敦学医。他在自立谋生之前,虽然在英法之间来回行走,浪费了一段时间和精力,但是对真实的人生有了切身的体会。除了旅行经历之外,他本人还不停地在思想上探索人生的意义。孤僻的童年让菲利普退出同龄人的社交圈,转向书本寻求慰藉,养成勤于思考的习惯。“不知不觉间,菲利普养成了世上给人以最大乐趣的习惯——博览群书的习惯;他自己并没意识到,这一来却给自己找到了一个逃避人生忧患苦难的庇护所;他也没意识到,他正在为自己臆造出一个虚无缥缈的幻境,转而又使得日常的现实世界成了痛苦失望的源泉。"①他不明白美丽善良的母亲为什么早早撒手人寰,不明白上帝为什么给他一副残缺的身体。诸如此类的苦恼繁多,让他的小脑袋像陀螺那样转个不停。菲利普经常反思自己的生活。纠结固然痛苦,但是若不经过反复的思量,追寻答案,就不可能意识到身上的重重枷锁,进而打破这些枷锁,明白人生的意义。

儿童在成长过程中,由于不同的时代背景,付出的代价也有所差别。前期的成长小说侧重从教育和贫穷角度写对孩子的考验,后期的成长小说则更关注儿童成长中遇到的信仰和艺术困惑。这些磨难在《人生的枷锁》中都一一呈现。不止于此,菲利普还承受了身体的枷锁、情欲的枷锁、死亡的枷锁,越过重重障碍后,才摆脱束缚,获得新生。

小菲利普首先要面对的是身体的枷锁。腿脚的残疾让他与众不同,遭受了小伙伴的排挤欺凌。有的孩子故意把他推倒;有的强迫他伸出跛脚让大家观看;有的甚至辱骂殴打他。菲利普人单力薄,反抗是徒劳的。最后他总是被迫求饶,屈从于对方的要求。他痛恨自己懦弱无能。这种侮辱比肉体上的痛苦更让人难以忍受。幼小的他意识到自己要走一条不寻常的艰难路,变得越来越敏感内向。他在书籍中寻找安慰。才思敏捷的他越来越瞧不起浅薄无知的同学,善于挖苦他人,把自己和他人之间的无形屏障竖得更加牢固。可是天知道:他宁愿自己是全校最笨的学生,只要身体健康就好;他一说出尖刻的话就后悔,恶语伤人不是他的本意。菲利普就这样陷入恶性循环的怪圈中,直到成年后才学会控制自己的情绪,面对异样的眼光也能装得若无其事。

---

① [英]毛姆:《人生的枷锁》,张柏然等译,上海译文出版社1998年版,第41页。

　　第二重、第三重的枷锁分别是信仰和教育。菲利普在宗教氛围浓厚的环境下长大。伯父是位牧师,布道时高谈阔论,在日常生活中却言行不一。菲利普看透了他的虚伪欺骗,对宗教的虔诚动摇了。伯父告诉他只要心够诚,专心向上帝祷告便能治好瘸脚。小菲利普信以为真,在下大雪的夜晚,他脱了睡衣光着身子在冰凉的地上祈祷。一次次的希冀过后是一次次的失望。他开始怀疑上帝。菲利普进入教会学校读书后,曾经把校长珀金斯先生当偶像,可激情来得快消失得也快。校方的条条框框限制了他的自由,教师重复他已经知道的知识使他对学校产生了厌恶。他发誓不重复伯父和校长的老路,打定主意从教会学校毕业后绝不进入牛津深造、然后领圣职当牧师。他决心进入尘世,到大千世界闯一闯。在他的竭力抗争下,伯父不得不同意他提前结束中学教育,自费到海德堡学习德语等科目。在新的环境里,他接触了新的人物,其中有不信英国国教的天主教徒,甚至有不信基督教的中国人,使他很容易从另一个角度思考问题。在德国,没有了外因的压力,加上内因的驱动,菲利普摆脱了宗教教育的束缚,随心所欲地学习自己想学的知识。

　　摆脱了宗教和教育的枷锁后,菲利普又陷入了艺术的枷锁。他从小对画画有浓厚的兴趣,闲来涂鸦之作得到身边人的赞扬。在朋友的鼓励下,在年轻热情的驱使下,他前往巴黎学习艺术。看到周围一群自持禀赋出众、意志坚强的人绘画多年也没有佳作,穷困潦倒,下场凄凉;看到自己努力作画参加画展,作品却被退回,菲利普感到迷惘。他不知道自己是否该坚持下去。他害怕自己缺乏天赋,却一意孤行,将来和许多其他人一样虚度年华,一事无成。最后他恳请巴黎首屈一指的美术教师富瓦内看看他的作品,指点自己该不该继续学画。富瓦内直言不讳:

　　　　在你给我看的那些东西里,我没有看到横溢的才气,只看到勤奋和智慧。你永远也不会超过二三流的水平……要是你想听听我的忠告，我得说，拿出点勇气来，当机立断，找些别的行当碰碰运气吧……等你追悔不及的时候再发现自己的平庸无能，那才叫人痛心呢。①

菲利普听了心里凉了半截，却又如释重负。理智告诉他光凭激情和勤奋是没有用的，明知不可为而为之是多么可笑。热爱生活、勇于尝试的他果断放弃学画，停止了看不到前途的努力，重新寻找适合自己的新方向。

在种种枷锁中，菲利普在情欲方面受到的打击最耐人寻味。他前往伦敦学医时，在点心店初遇女招待米尔德丽德。她瘦长的个子，脸色苍白，没有惊人的美貌。独特之处在于她对顾客冷淡傲慢，却又分寸把握得当，言辞犀利巧妙得足以让顾客抓狂，却又难以向经理告状。如果她对菲利普热情招待，就没有后面的曲折故事。恰恰由于她不把菲利普放在眼里，引发了小伙子的好奇心。年轻气盛的他被激情冲昏了头脑。菲利普经常去米尔德丽德工作的店铺吃点心，低声下气讨好她。当女方拒绝了他的求婚、告知即将嫁给一个收入比他高的德国佬时，菲利普强忍被挫伤的自尊心，心力交瘁离去。他以为这是两人关系的终结，不曾料想两人的纠结远没有结束。后来他和年龄稍长的诺拉成了情侣，但是他清楚自己不爱她，只是喜欢听她机智风趣的谈吐，贪恋对方对自己的照顾和同情。这是幼年失怙的儿童长大后渴望母爱的表现，并不是爱情。他像一个受宠的孩子，索取女方对自己的娇惯溺爱。当米尔德丽德发现自己被德国佬骗婚后，挺着大肚子回来了。菲利普知道米尔德丽德比不上诺拉善良、温柔、聪明，可是深陷情欲的他毫不犹豫地选择了旧爱。尽管抛弃诺拉让他良心上感到一丝愧疚，但是一想到米尔德丽德，他就心猿意马，不能自拔。他明明手中拮据，还为大方地给米尔德丽德花钱感到幸福和骄傲。菲利普对米尔德丽德的迷恋

---

① [英]毛姆：《人生的枷锁》，张柏然等译，上海译文出版社1998年版，第348—349页。

到了疯狂的程度。他照顾怀孕的女友,帮助她生下另一个男人的孩子。他为了让女友高兴,出钱请她和自己的舍友到外地寻欢。他在伦敦焦急等待女友归来,最后等来的却是对方不告而别。他恨自己一次次被愚弄,悲痛欲绝。然而,当米尔德丽德再次被抛弃,菲利普又收留了她。甚至在女方堕落成妓女后,他仍然倾囊相助,直至自己连医学院的学费都支付不起,不得不辍学打工。菲利普对米尔德丽德的爱是畸形的。他非常明白这个低俗势利放荡的女人不是他的良配,但是男性的自尊心在作祟。女方一开始的傲慢无礼让他心有不甘。他想通过征服对方获得成就感,彰显男性的尊严。当女方不顾他的劝阻,多次走上街头拉客,菲利普知道自己无能为力改变她,醒悟放手。他终于放下了米尔德丽德,从此情欲再也不是羁绊他前行的枷锁。

菲利普在成长过程中,还目睹或亲历了经济上的窘迫和亲人朋友的辞世。他们的死亡让菲利普更清楚金钱的意义,更珍惜生命的可贵,明白了努力和人生的结局没有必然关系。画室的同窗范妮因为饥饿和贫穷悬梁自尽。她的死亡让菲利普开始慎重思考学画的前途。当他看清了自己再刻苦也不会成为一流画家后,不再和命运拼搏作对,停止了白白浪费时间、精力和金钱。朋友克朗肖病入膏肓,连饭钱都捉襟见肘,他在自己的诗集出版前病逝。菲利普看着物是人非的、笼罩着死亡阴影的房间,想起朋友的人生准则:除了担心街角的警察外,尽管随心所欲。克朗肖生前按此行事,到头来还是落寞离开人间。菲利普困惑于人们忙忙碌碌是为了什么? 决定人们成功与失败的是什么? 仿佛是偶然,仿佛芸芸众生被无形的命运之手操纵。菲利普自己为米尔德丽德花光了父亲留下的积蓄。当吝啬的伯父拒绝给予救济后,走投无路的他只好中止了医学院的学业,到服装店上班。他一心盼伯父早逝,用他的遗产继续求学。在漫长的等待过程中,他甚至想过下毒结束老头的生命。在贫穷面前,人性的复杂卑劣蠢蠢欲动。他最终还是等到伯父病逝,凭借遗产重返医学院,完成学业,顺利当上医生,走上了自食其力的坦途。贫穷不再是困扰他的枷锁。死亡也不再让他恐惧。克朗肖生前赠送给他一条波斯地毯。多年后，菲利普参透了它的寓意：人生如地毯，看似花团锦簇、编织复杂，其实是徒劳挣扎，毫无意义。既然如此，生有何忧？死又何惧？死亡只不过是冥冥之中自然循环中的一节。如果逃避不了，不如潇洒活在当下。

从成长结局看，《人生的枷锁》和经典的成长小说如出一辙。传统的英国成长小说以社会为本位，要求主人公牺牲自我和个性，向社会妥协。最后小说的主人公往往在个人和社会的冲突中找到了平衡点，事业成功，家庭幸福。菲利普是当时英国社会中一名普通的青少年，代表着那个群体的常见形象。他背负着沉重的包袱缓慢前行。回首往事，回顾一路走来的曲折艰辛，菲利普在漫长的道路上跨过了一个又一个障碍：身体的枷锁、信仰的枷锁、教育的枷锁、艺术的枷锁、情欲的枷锁、贫穷的枷锁以及死亡的枷锁，最后悟出生命的意义。当他看清了生活没有意思、努力是无用的之后，如释重负，不再苦苦探索人生。他放弃了周游世界、寻求自由的梦想，在小说的结尾和女工莎莉结婚。他将和许多人一样工作糊口，生儿育女，平静地接纳命运的安排，最后安然离世，走完圆满的一生。菲利普想这样的生活安排虽然平凡理性，却是遗憾中的完美之举。

随着时代的脚步，英国成长小说逐渐呈现出新的价值取向，青少年的成长结局与之前的截然不同。第一次世界大战以后的新成长小说以反传统理性主义为特征，其中的主人公不满足于组成安逸的家庭，执意追求自由和理想。他们的结局是开放的，前途是不明朗的。他们的成长过程折射出那个时代的迷惘情绪。这些人物的成长以不同程度和意义上的失败告终。像《一个青年艺术家的画像》、《远航》那样，一代知识青年的悲哀被定格在成长历程里。

综观菲利普的成长之路，可以发现它所涵盖的不仅是一代人成长的旅程，更是特定历史时期、时代精神下耐人寻味的文化与价值导向的影像。在前后期的成长小说的映照之下,《人生的枷锁》因突显出社会变迁下创作方法的传承和时代精神的衍变,显得独具特色,格外耀眼。

二、《彩色的面纱》中矛盾的女性主义观

毛姆在长篇小说《彩色的面纱》中展现了凯蒂的女性意识觉醒之旅,其中又夹杂着男权中心主义话语的写作姿态,反映了其复杂的女性主义观。

该小说取材于但丁《神曲》中的一个故事:锡耶纳的贵妇人皮娅因有给丈夫戴绿帽子之嫌,被丈夫投入有毒气的马雷马城堡,但是迟迟没有身亡。失去耐心的丈夫最后把她从窗户扔了出去。这个故事激发了毛姆的创作灵感,后来他结合旅途中听到的一个类似的故事创作了《彩色的面纱》。他把小说的背景设置在香港,刻画了一个类似皮娅的形象,对故事的尾声作了改动。在《彩色的面纱》里凯蒂对丈夫瓦尔特没有爱意,被一个徒有其表的唐生吸引,红杏出墙。瓦尔特发现他们的奸情后,把妻子带到霍乱肆虐的湄潭府作为报复。具有讽刺意味的是,瓦尔特本人染病去世,但是妻子却安然无恙。这个改动了的结局塑造了一个新女性的形象。通过考察凯蒂的女性意识觉醒之旅,人们不难发现毛姆对女性主义的矛盾态度。

在毛姆的笔下,凯蒂的母亲贾斯汀夫人被描绘成西方文学中典型的"悍妇"形象,尖酸刻薄、势利愚蠢、支配欲强。她瞧不起丈夫贾斯汀的律师职业,却又无可奈何地承认自己的成功只能寄希望于他。可见即使是强势的女性也自觉地把父权文化价值奉为圭臬。在 20 世纪初期,男性仍然主宰着经济、政治等社会公共领域,而女性只能在家庭里偏安一隅。妇女被圈养在家中,被排斥在经济自主、参与公众生活之外,折射出她们低下的社会地位。当时妇女地位的改变往往只能通过男人来实现,所以贾斯汀夫人喋喋不休,整天抱怨敦促丈夫在事业上努力再努力。她本人也拼命巴结能给丈夫带来案源的人,和法官或是有

前途的人打得火热。在丈夫的事业一次次令她失望后，贾斯汀夫人对丈夫心灰意冷，把目光转向两个女儿的婚事上。

贾斯汀夫人希冀通过女儿的婚事提升自己的身份地位。在男权中心的社会里，妇女的生活圈子是狭隘的。她们的视野常常只局限在爱情和家庭之内。如果说她们有职业的话，她们的奋斗目标就是找到一个好丈夫。年轻的姑娘花费心思打扮讨好，争取得到上层男士的青睐。西蒙娜·德·波伏娃在《第二性》中写道："婚姻并不总是以爱情为基础，正如弗洛伊德指出的'可以说，丈夫只不过是被爱男人的替身，而不是那个男人的本身'。这种分离绝非偶然，它隐含在婚姻制度的本质之中，而这种制度的目的，是让男女的经济与性的结合为社会利益服务，并不是要保障他们的个人幸福。"①贾斯汀夫人就是这样一个例证。她的婚姻不是建立在相爱的基础上，她没有通过结婚获得个人幸福，但是她仍然把女性自身的价值只有通过男性才能实现这一观念灌输给了女儿，教导她们按照男方的身份地位金钱来挑选对象，摒弃了心灵的沟通。姐姐凯蒂是个头脑简单的美人，妹妹多丽丝的姿色就普通多了。野心勃勃的母亲重点关注凯蒂，竭力把大女儿打造成交际花。众所周知，西蒙娜·德·波伏娃提出的观点：女人不是天生的，而是被塑造的。凯蒂在母亲的教育影响下，在社交圈混得如鱼得水。但是母亲的高标准剔除了一个又一个的求婚者。转眼凯蒂已经25岁了，仍然没有如意郎君出现。贾斯汀夫人渐渐失去耐心，埋怨愚蠢的凯蒂不懂得抓住机会，却没有往自己身上找原因。这时妹妹多丽丝也到了交际的年龄，迅速和一位富有的准男爵之子订婚。凯蒂不愿在几个月后给妹妹当伴娘，凸显自己老处女的尴尬处境，也不想面对母亲喋喋不休的责骂。因此，当细菌学家瓦尔特向她求婚时，凯蒂尽管心有不甘，还是答应了。正如简·奥斯丁在《傲慢与偏见》中讽刺了以夏绿蒂为代表的青年女

---

① [法]西蒙娜·德·波伏娃：《第二性》，陶铁柱译，中国书籍出版社1998年版，第333页。

性那样,她把结婚当作一条体面的退路。尽管结婚不一定会给她带来幸福,但至少可以保证衣食无忧。贾斯汀夫人要对凯蒂的仓促结婚负有一定的责任。悍妇般的她把女儿逼出家门,推向不般配的女婿的怀抱。

瓦尔特聪明幽默,内敛安静,有思想,却对活泼外向、肤浅的花瓶凯蒂着迷,部分是出于父权文化对女性的期待。在男性主宰的世界里,他们理想的妻子像天使一样,纯洁美丽没有心机。由于最初的凯蒂迎合了男人的心理,满足了男性的虚荣心,所以在妻子出轨之前,瓦尔特对她非常满意,想方设法让她开心。当她不再纯洁美丽的时候,就失去了被欣赏被宠爱的价值,变得一文不值。瓦尔特对凯蒂的爱就像对花瓶的欣赏一样,所以她的地位也脆弱得像花瓶一样,其命运完全被男性控制。

毛姆在小说中刻画了迥异的两种女性形象,形成了一定的张力关系。母女两代人分别代表的"悍妇"和"天使"的形象,都是在男性欲望的复杂作用下设计出来的,揭露出作者具有传统的男性霸权视野下的女性观。"悍妇"和"天使"看似两个截然相反的文学形象,却都体现了男性对女性的歧视。"悍妇"代表着男性对女性的恐惧和厌恶。她们聪明强势,挑衅男性的尊严。男性害怕自己的优势地位被撼动,对"悍妇"口诛笔伐,力图丑化有独立思想的女强人。不止于此,男性还推出了"天使"形象作为挡箭牌,把她们塑造成理想妻子的典范,不遗余力地宣传女子的楷模应该是柔弱温顺的,以此消解"悍妇"的咄咄逼人之势,借机巩固千百年来的男权中心地位。"悍妇"的结局常常是不幸的。贾斯汀夫人病逝后不久,她的丈夫就获得了巴哈马群岛首席法官的职位。她生前苦心经营,一无所获,抑郁而终,死后却如愿以偿,但是再也享受不到生前梦寐以求的生活,这真是绝妙的讽刺。许多男作家,包括毛姆在内,以"悍妇"倒霉的一生为例,力图阐释反抗男性权威的女性注定要受到惩罚。

作为对比,在传统的男性作家作品里,"天使"般的女性人物往往都有幸福的结局。比如童话里的灰姑娘,最后遇到杰出的王子,喜结良缘,过上了幸福的生活。但是毛姆反其道而行之,没有遵循陈旧的观念,而是为凯蒂规划了一条新的人生道路。这种情节的设计符合毛姆一贯的写作风格:出人意料又在情理之中,使小说充满了戏剧性,也更具有新时代的进步精神。凯蒂在嫁给瓦尔特之后,为错误的选择而痛苦。她喜欢唱歌跳舞社交,瓦尔特则对无聊的世俗享乐嗤之以鼻。他们不属于一个圈子,没有共同的语言。更要命的是,瓦尔特作为一个细菌学家在殖民地不是受人追捧的对象。他不能给妻子带来她渴望的高贵身份和奢侈生活。因此,当英俊潇洒的香港布政司助理唐生追求她时,凯蒂心里的天平不由自主地倾斜了。几个月后,瓦尔特发现了妻子与唐生的奸情。看到原本纯洁的"天使"变成了"淫妇",瓦尔特悲愤交加。在男权至高无上的潜意识影响下,瓦尔特决定实施报复。他设法让妻子看清了唐生只愿意偷情,绝无离婚再娶她的可能。无路可走的凯蒂被迫跟随丈夫来到了霍乱蔓延的湄潭府。瓦尔特针对妻子,而不是其情夫展开的复仇,印证了男性对女性的性别歧视和压迫。唐生的妻子多萝西对丈夫拈花惹草了如指掌,却不以为然,说明了女性对男性霸权地位的默许和无可奈何。男性和女性对婚外情的不同态度有力证明了以男权为中心的思想意识,经过不断强化和延续,已经成为一种集体无意识根深蒂固地扎根在人们心里。

故事发展到这里,毛姆开始运用他得心应手的反转技巧。瓦尔特偕妻子前往湄潭府,意在使她染上绝症。令人讽刺的是作为医生的他染病身亡,妻子反而安然无恙;其次,凯蒂不仅身体康健,而且还孕育了一个新生命;最后,凯蒂认识到自己的浅薄,看透了情夫的虚伪,决意摆脱依附男性的生活,获得了精神上的新生。在这种意义上,毛姆把但丁笔下的偷情复仇故事转变成了女性成长的故事。

在凯蒂的女性意识觉醒的道路上,有五大因素起到了重要的作用,分别是她的母亲、情夫、丈夫、修女和死亡。当凯蒂的婚事迟迟不能让霸道势利的母亲满意时，凯蒂不得不匆忙出嫁，摆脱母亲的桎梏。与母亲的分离是她通往成熟的第一步。她模模糊糊地意识到离开母亲，她才可能得到自由和独立。其中论证了女性主义的一个观点：少女只有斩断母女关系的纽带，通过结婚得到男权社会的肯定和接纳，才能确立自己的身份和地位。

步入婚姻殿堂的凯蒂看似独立了，然而她的价值依附在丈夫的羽翼下。人们对她的态度主要取决于她的丈夫。瓦尔特作为细菌学家不是什么大人物，再加上他性格孤僻缺乏人缘，所以他们踏上殖民地香港之后，在社交界不是很受追捧。例如唐生的妻子多萝西在几个星期之后才邀请他们参加宴会。很显然他们是无足轻重的小人物。凯蒂对当时的处境不满，很快被唐生迷人的外表、花言巧语、殷实的家境和较高的职位吸引。当他俩幽会被瓦尔特撞见后，凯蒂憧憬着丈夫和自己离婚，多萝西和唐生离婚，然后她和唐生就可以顺利结合，过上梦寐以求的优越生活。事与愿违的是，唐生为了前程绝不会离开多萝西和她结婚，反而希望她随丈夫去湄潭府。他劝凯蒂说湄潭府堪称疗养胜地，只要注意卫生，即使那里疾病肆虐也不要紧。看穿了情夫的胆小自私后，凯蒂心如死灰，木然随丈夫前往湄潭府。丈夫对她的惩罚以及情夫对她的抛弃，令凯蒂瞬间成长。她明白了爱情是不可靠的。她曾经的人生信条瓦解了。男性看起来信誓旦旦的爱是有前提条件的。一旦女性背叛了男性或者是对男性的前程有碍，女性注定是被牺牲的那一个。凯蒂在年龄上早已成年，但是女性作为社会上的劣势群体，在男权中心制度下不是完全独立的个体。在男权制社会里，女性难以脱离男性而独立生活。女人的生存机会和价值实现很大程度上依赖于男性的恩赐。

凯蒂失去了生活的支柱，抱着必死的信念来到了湄潭府。在那里法国天主教修女不顾生命危险，救助中国孤儿及其他病员的事迹给她的心灵带来了巨大的震撼。她们辛苦地工作,当一个个姐妹病倒离世后,其他地方的姐妹相继赶来支援。在死亡的笼罩下,她们依旧乐观地忙碌着。修道院的院长出生于法国的名门望族,却甘愿放弃高贵的身份,来到贫穷落后的中国小镇,为挣扎在死亡边缘的异族人奉献自己的一生。凯蒂迷惘了,想知道为什么金钱地位买不到快乐,辛苦劳累却令人幸福。受修女们淡定欣然的气氛感染,凯蒂也加入修道院帮忙。在修道院里,繁忙的工作占据了她的生活重心,尘世间的男欢女爱顿时离她有万水千山之远。凯蒂逐渐恢复了活力,对生活有了新的理解。她已经很久没有想起唐生了,即使想起来也不再为他心碎。如释重负的凯蒂为自己摆脱了情欲的枷锁而激动欣喜。

不久以后,瓦尔特不幸患病离世,凯蒂身上的束缚又减少了一重。凯蒂对丈夫的死亡虽然感到遗憾,但更多的是轻松。从此以后,她不必再在众人面前维持夫妻和睦的假象,不必和相看两厌的丈夫朝夕相处,互相折磨。她终于彻底自由了。当众人为怀孕的凯蒂丧失丈夫而深表同情和怜悯时,凯蒂心底却为个人的解脱如释重负。不止于此,凯蒂目睹了丈夫及许多其他中国人的死亡后,对生命的价值有了不同的理解。人的辞世那么突然,那么随意。和宝贵短暂的生命相比,俗世中的小事微不足道。为什么要对生活中的琐事烦恼痛苦?回想唐生与她的纠缠、瓦尔特与她的婚姻,凯蒂觉得当时的自己真愚蠢,孰轻孰重都分不清。

后来,凯蒂在修道院长的婉拒下,在唐生无耻地再次求欢下,决意回到父母身边。但她不再是婚前那个庸俗怯懦的小姑娘了,她已成长为思想独立自主的女性。凯蒂在回英国的途中,收到了母亲去世的电报。荒谬的是,如今勇气倍增的她不再畏惧母亲的轻视和羞辱,却没有机会和母亲针锋相对了。

凯蒂下定决心要把自己的女儿培养成精神自由、经济独立的新女性,而不是寻找一个男人当作后半生的依靠。凯蒂难以站到一定的高度去俯瞰人生,仅仅是从情爱道路上的受挫中,认识到女性不能靠结婚获得幸福保障。但是她能意识到女性要从个人的情爱小天地转向广阔的社会大舞台就是一个进步。

虽然凯蒂在思想上独立成熟起来,但是她在经济上仍要依附她的父亲。经济不独立的女性难以长久维持人格的独立和精神的解放。女性想要在现实社会中获得生存发展的空间,不得不求助于父权价值体系的支持。所以凯蒂恳求父亲上任时带自己到巴哈马群岛去。与强势的母亲相比,父亲贾斯汀在家里没有什么地位。连抽一下香烟,都要看看家人的脸色。但是父亲却因为是男性而拥有话语权,能决定女儿的生存状况和身份地位。这一社会现象折射出耐人寻味的文化内涵:性别优于性格;再懦弱的男性在社会上的地位也高于在家中看似强势的女性;女性在寻求自我身份的过程中,无法摆脱男权中心的制约。

综合上述,通过解读《彩色的面纱》,从小说伊始塑造的"悍妇"母亲贾斯汀夫人和"天使"女儿凯蒂的对立形象,到后期凯蒂幡然醒悟,决意教育自己的女儿成长为独立自主的新时代女性,表明了作者毛姆虽然潜意识里存在男权中心意识,但是已经开始认识到女性应该觉醒成长为独立的个体,而不是处于第二性的劣势地位。同时,小说还揭示了女性在独自走向社会的过程中,仍然难以摆脱男性霸权的束缚。男性在人类社会的中心地位延续了几千年,非一朝一夕可以撼动,男女两性平等还有很长的路要走。

三、《刀锋》中的存在主义思想

《刀锋》是毛姆晚年的成熟之作。书名出自《奥义书》:刀刃锋利,难以越过,圣贤们说此路难行。[①] 作者以第一次世界大战后为背景,对人们在悲观迷惘的处境下进行的各种选择,道出了自己的理解,折射出存在主义的思想。毛姆首次以自己的实名和作家的身份在小说中充当

---

① 《奥义书》,黄宝生译,商务印书馆 2012 年版,第 270 页。

叙述者，讲述了以拉里为主角的一群人物的成功之路。但这绝不是一般人眼中的成功小说。在故事的尾声中，有人散尽家财，潜心学习；有人衣食无忧，家庭美满；有人飞黄腾达，跻身名流；还有人横尸海边，赤条离世。毛姆意在说明：人生之路是多元化的，每个人各得其所就是成功。译者周煦良先生解释说："毛姆的道德观是如我国嵇康在《绝交书》中所主张的'四民有务，各得志为乐'。"①这种不狭隘、不带偏见的观念表明作者在看尽人间百态、历经人事沧桑后，日益成熟和包容。

尽管作者力图客观呈现各种人物作出的选择，但是他最推崇的还是拉里。"我是个俗人，是尘世中人；我只能对这类人中麟凤的光辉形象表示敬慕，没法步他的后尘。"②这个美国小伙子为什么令人崇拜？他又是如何跨越刀锋获得得救之道？一切要从第一次世界大战说起。一战爆发前，还不满 18 岁的拉里和其他年轻人没什么两样。战争打响后，他溜出校门，跑到加拿大，假装已经成年，如愿当上了空军飞行员。他被派往法国参加空战。战争期间，前一刻还生龙活虎的战友突然死在他的面前，从此他思想上再无安宁，陷入了痛苦和迷茫。一战结束后他四肢健全地回到美国，但心灵上受到巨大的震撼和创伤。他向未婚妻伊莎贝儿坦言："你就想到一个在一小时以前还是个有说有笑、充满生气的人，直挺挺躺在那里；就是这样残酷，这样没有意义。你没法子不问自己，人生究竟是为了什么，人生究竟有没有意义，还仅仅是盲目命运造成的一出糊里糊涂的悲剧。"③他没有办法再像从前一样盲目快乐地生活，恳请伊莎贝儿给他两年时间，让他回法国考虑清楚未来，找到心灵的安宁。伊莎贝儿的舅舅艾略特正好是巴黎社交界的名人，把交际当作人生的头等大事。他自诩看透了拉里的心理，主动给拉里提供机会，让他在结婚前纵情寻欢，但是都被拒绝。拉里前往巴黎不是为

---

① ［英］毛姆：《刀锋》，周煦良译，上海译文出版社 1997 年版，"序言"第 5 页。
② ［英］毛姆：《刀锋》，周煦良译，上海译文出版社 1997 年版，第 267 页。
③ ［英］毛姆：《刀锋》，周煦良译，上海译文出版社 1997 年版，第 41 页。

了放纵享乐,而是泡在图书馆里读书。两年之期将至,拉里愿意履行婚约,但是伊莎贝儿却无法接受拉里不去努力工作,仅以一年三千块的固定收益生活。她是普通的世俗女子,追求享乐,对拉里描绘的精神世界不感兴趣。他们平静地解除了婚约,以好朋友相处。这对双方都是幸事。一个闲云野鹤渴望精神上的安宁,一个阿世取容贪图物质上的富裕。他们的爱情只不过是年轻时候的冲动之举,在灵魂上并不相配。次年,伊莎贝儿和富豪的儿子格雷结婚,过上了纸醉金迷的生活,夙愿得偿。拉里则开始了十多年的精神探索之旅。

年轻的拉里想不通世界上为什么有战争那样的恶,为什么有人突然死亡,对人生的无常感到痛苦,无法解脱。他的精神没有归宿,灵魂无处安放。基督教把恶当作上帝对人的考验,希望人能抵制诱惑,克服困难,配得上上帝的恩赐。这种解释不能让拉里满意。他无法理解上帝既然创造了世界和人类,为什么要故意设置障碍,不让人轻易获得幸福,仿佛人类只有通过向他不停地哀求祷告才能显示他的光辉伟大。他大量阅读,希冀从书本中找到答案。他还从事挖煤、下农场、当水手等体力活,体验不同的生活,乘机整理思绪。他听波兰贵族谈神秘主义,与德国黑衣教士聊宗教,向印度圣人学习吠陀经。他一路跋涉,辗转在法国、德国、西班牙、印度各地,学习了德语、希腊语、兴都斯坦语、泰米尔语等多种语言。在拉里读万卷书、行万里路的同时,小说中的配角不时出现,与他的生活产生了交集。

拉里在巴黎偶遇小时候的玩伴索菲。索菲曾经有过美满幸福的家庭。但是在丈夫和孩子因车祸丧生后,她彻底崩溃了,酗酒抽鸦片和他人鬼混。拉里回想起小时候与她在大树下一起读诗的场景,被她瘦弱身躯里的高洁灵魂打动,发觉她才是自己唯一可能结婚的对象。尽管堕落在巴黎的索菲变得厚颜无耻,但是拉里知道他们灵魂深处是一类人:安静内敛,高尚超脱,充满思想,爱读书写作。伊莎贝儿得知拉里打算和索菲结婚后怒不可遏。她无法忍受心爱的人和下流的女人在一起,决意破坏他们的婚事。伊莎贝儿略施小计,邀请索菲来访,自己却借故外出,在桌上留下一瓶好酒。索菲正处在戒酒的痛苦期间,四下无人之际,抵抗不住佳酿的诱惑,偷酒畅饮。事后她偷溜出去,跑到拉里找不到的一个港口城市继续过淫乱的生活。她不指望重回正常的世界。她的人生已经完了,不愿拖累拉里。不久后索菲被不明谋杀。警方在她的住所找到兰波和波德莱尔等人的诗集。这说明在现实生活中放荡的她,内心还是向往崇高的。可惜命运对她不够仁慈,让她从天堂堕入地狱。对生无眷恋的她来说,早死早解脱。求仁得仁,又有何怨?

模特兼画家的苏珊是拉里施以援手的另一个女子。当时大病初愈的苏珊身体孱弱不能工作,也没有亲人愿意帮忙。拉里主动提出带她和她的女儿到一个小镇上休养。苏珊起初为难,因为自己的健康状况极差,不适宜用身子回报对方。可是拉里从没有想过要得到回报。他的大方无私是普通人不习惯的,难以理解的。待苏珊恢复健康后,拉里留下一大笔钱,飘然离去。他力所能及地帮助别人,像一个伟大的圣人,不信上帝却满怀慈爱。

拉里在故事中的每次出场和离去都显得异常淡定从容,随意而至,随风飘逝,就像抽烟后出现的烟圈,无法被握紧在手里。人世间的俗事不是他的羁绊。他坚定地追求理想,对其他的一切视若无物。艾略特与之形成鲜明的对照。艾略特势利精明,以古董生意起步,根据社会地位决定交往的对象,煞费苦心和有身份的人搞好关系,在世俗圈和宗教界混得风生水起。可是随着年龄渐长,过去一叠请帖邀请他赴宴的日子日益减少。失去社交界宠爱的他,惶惶不可终日。在病入膏肓的日子里,他还为没能收到当地的一个大宴会邀请耿耿于怀。叙述者为了安慰可怜的老人,设法帮他弄到了一张请帖。艾略特弥留之际紧紧握着请帖,死也不肯松手。他生来是为社交而活,带着宴会请帖辞世,死而无憾。他的一生何尝不是如愿以偿、成功的一生?

周煦良先生推测拉里的原型是著名哲学家维特根斯坦。他们在独特的精神世界以及传奇的一生上的确有不少相似之处。拉里和维特根斯坦都是第一次世界大战的产物。若不是战争对他们的思想产生触动，就不会有人生道路的骤变。沉默是维特根斯坦的思想体系里很重要的一个名词。他有一句名言：凡是能够说的，都能说清楚；对于不能说的，我们保持沉默。在《刀锋》中，拉里是该名言的贯彻执行者，被许多人当作沉默寡言的怪人。不论是众人云集的宴会，还是三五好友的小聚，拉里都多听少言，几乎不出声。尽管闭口不言，但是没有人能忽视他的在场。拉里执着探索十多年，寻找获得心灵平静的方法。《刀锋》这部小说的副标题是《一个找到信仰的人的故事》(*The Story of A Man Who Found A Faith*)。最后他在印度找到了归宿。印度教提倡灵魂转世的轮回说，把前世造孽当作今生受苦的原因，帮助他放下了对死亡的恐惧和解释了世界上的一些痛苦现象。他接受了人不必去教堂寺庙、通过修行就能够自我完善的观点。他立意放下一个"我"字，去掉私心。他不仅这么想，还身体力行，所作所为像上帝一样仁爱慈善，满怀崇高的理想和道德。小说中叙述者力劝他经济独立是自由的保障，但是拉里认可了印度教的观念，把财富当作修行道路上的束缚。最后拉里和维特根斯坦一样都放弃了财产，过着劳苦的生活，却享之如甘露，印证了加缪的一句名言：贫穷对我来说从来就不是一种不幸，阳光在那儿洒满了它的财富。

　　拉里的思想与存在主义的主要观点是契合的。存在主义产生于第一次世界大战之后。这一场空前的浩劫摧毁了人们对欧洲精神文明的肯定。人们的信仰开始动摇，传统的价值观瓦解，社会秩序不再稳定。存在主义提出世界是荒谬的，人在这个痛苦的处境下无处可逃。它的问世与当时人们的真实心理不谋而合。存在主义主张无神论，换句话说，上帝的存在与否无关紧要。关键是人在荒诞的世界里作出什么样的选择，决定如何走接下来的路。存在主义强调人有选择的自由。在各种处境下，人都可以自由选择自己的行动，并承担由此引起的后果。

他不仅为自己作出选择，还为周围的人作出表率。他的选择将产生影响，所以说人肩负重任。拉里同样不信上帝，但是积极努力地作出选择，采取行动。拉里从印度瑜伽师那里学会了催眠疗伤术，借此帮助格雷摆脱了长期折磨的头痛，帮助索菲三个月不碰酒和鸦片。拉里还把多年收集的资料整理出书，但是不指望销量和书评。他只是把著作送给了一些可能感兴趣的印度朋友和法国熟人。

存在主义还是行动的学说、入世的哲学，强调对社会的介入。叙述者钦佩拉里的所作所为，却不相信他能有所作为，提出质问："以你这样一个人，对美国这样一个贸贸匆匆、忙忙碌碌、目无法纪、极端个人主义的民族会有什么影响呢？这无异想要赤手空拳阻止密西西比河的河水不流。"①拉里回答：

> 一个人变得纯洁完善之后，他的性格就会产生广泛的影响，使得那些追求真理的人很自然地去接近他……这种影响也许并不比石子投入池中引起的涟漪影响更大，但是，一道涟漪会引起第二道涟漪，而第二道涟漪又引起第三道涟漪；很可能有少数几个人会看出我的生活方式带来幸福和安逸，而他们也会转而把自身所学到的传给别人。②

在这种观念的指导下，拉里没有隐居出世，而是积极投入到社会前进的滚滚洪流中。他打定主意回美国工作，不论是当个汽车厂的机械工人，还是司机，总之他要体味大千世界的生活，感悟不同的丰富的人生，不虚此生。拉里是幸运的，接受了存在主义积极的一面，没有成为迷惘的一代。战争曾经使他在一段时期内失去了生活的方向，内心感到失落、空虚和迷茫。但是他在痛苦中思考，立志找出精神救赎之道，并为之锲而不舍地努力。

从某种程度上看，《刀锋》是存在主义哲学在文学上的反映。这部

---

① ［英］毛姆：《刀锋》，周煦良译，上海译文出版社 1997 年版，第 239—240 页。
② ［英］毛姆：《刀锋》，周煦良译，上海译文出版社 1997 年版，第 240 页。

小说塑造了受第一次世界大战影响的一群人物,尤其是精神空虚方面的影响。它固然是一本引人入胜的情节小说,但是其中有长篇对宗教、生死、灵魂、人生的意义等诸如此类的哲学讨论。它陈述并试图解释了战争结束之后,人们对生存处境的困惑、痛苦与绝望,为苦闷的人生打开一扇窗,透进一缕光亮。毛姆抓住存在主义的核心:人有行动的自由,在此前提下应该作什么样的选择。他通过以拉里为首的多个人物形象探讨了什么才是正确的生活道路。人的一生弹指一挥间,短短数十载,有谁能够安宁地度过一生、幸福地告别人世? 小说最后给出的答案是普通人若能实现自己的愿望,就是圆满的一生。一般人难以达到拉里那样的高度,放弃财产,自食其力,不近女色,无欲无求,隐居在茫茫人海里。但是我们需要这样一个超凡脱俗的形象,像一盏航标灯,代表着希望,指引着光明,吸引越来越多的人朝那个方向航行。

第三节 毛姆戏剧研究

一、从李渔的戏剧理论看毛姆的戏剧结构

结构在戏剧中占有十分重要的地位;古今中外的文艺理论家莫不如是认为。亚里士多德在《诗学》中指出,作为一个整体,戏剧包括:戏景、性格、情节、言语、唱段和思想。事件的组合(情节)是成分中最重要的。① 无独有偶,中国明末清初的剧作家、戏曲理论家李渔在《闲情偶寄》中也强调戏剧结构的重要性。他的戏剧美学思想,是在根植于创作实践、结合前人思想的基础上,总结出的经典论述。李渔在书中提出"结构第一"的观点。他说:

> 结构二字,则在引商刻羽之先,拈韵抽毫之始。如造物之赋

---

① 〔古希腊〕亚里士多德:《诗学》,陈中梅译注,商务印书馆 1996 年版,第 64 页。

形，当其精血初凝，胞胎未就，先为制定全形，使点血而具五官百骸之势。倘先无成局，而由顶及踵，逐段滋生，则人之一身，当有无数断续之痕，而血气为之中阻矣。工师之建宅亦然。基址初平，间架未立，先筹何处建厅，何方开户，栋需何木，梁用何材，必俟成局了然，始可挥斤运斧。倘造成一架而后再筹一架，则便于前者，不便于后，势必改而就之，未成先毁，犹之筑舍道旁，兼数宅之匠资，不足供一厅一堂之用矣。①

李渔把结构置于声律、词句之前，通过造物和建宅的比喻来说明结构是剧作的重中之重，是决定剧作成败的根本性因素。剧作家不能像盖房子那样简单地把各种材料堆积罗列在一起，而是要根据前后因果、事物的内在联系，谋篇布局，形成一个统一的、浑然天成的有机整体。

毛姆的戏剧上演伊始就得到观众的青睐，与他精心设计戏剧结构不无关系。他的编剧技巧炉火纯青，被喻作佳构剧的典范。他山之石，可以攻玉。《闲情偶寄》的"格局六"中关于戏剧的开头和结尾问题、以及"词曲部"中的"立主脑"、"密针线"、"减头绪"有助于剖析、揭示毛姆戏剧结构的精湛设计。

开头的好与坏决定了剧本的成功与失败。正如狄德罗所感叹："多少剧本就是毁在开头上啊！"②李渔在阐述戏剧的开头时说："开场数语，包括通篇，冲场一出，酝酿全部，此一定不可移者。"③他希望作家在一开始就把整部戏的时空场景、人物身份和事件缘由介绍清楚，在接下来的冲场（中国传奇剧本的第二折）中种下冲突的种子，预示着后续的矛盾、高潮。为什么李渔要求剧作家尽快向观众交待故事背景、人物关系和冲突起因呢？这与戏剧体裁的特殊性有关。戏剧是一种表演艺术，观众的注意力是非常有限的，必须立刻推出引人入胜的事件才能吸

---

① 李渔：《闲情偶寄·窥词管见》，中国社会科学出版社 2009 年版，第 23 页。
② ［法］狄德罗：《狄德罗美学论文选》，人民文学出版社 1984 年版，第 178 页。
③ 李渔：《闲情偶寄·窥词管见》，中国社会科学出版社 2009 年版，第 44 页。

引住他们。为了在有限的时空中呈现一个扣人心弦的故事,剧作家必须尽可能开门见山,让观众尽早熟悉故事中的人物、时间和地点,迅即呈上冲突的缘由,让观众猜测故事可能的走向。为了证实其猜测的准确和渴望知道解决之道,他们迫不及待地追随情节的发展直至最后。

在《装聋作哑》第一幕里,玛莎和母亲的对话很快道出了即将上场的主要人物及其关系,点明了康斯坦丝的尴尬处境——丈夫约翰和自己最好的女友玛丽偷情。这一起因酝酿着下文即将展开的矛盾冲突。观众好奇母亲是否能成功阻止玛莎告诉康斯坦丝真相。康斯坦丝了解真相后如何处理问题。约翰在康斯坦丝知道自己出轨后,会选择妻子还是情妇? 玛丽将如何面对密友? 这一系列的问题吊足了观众的胃口。毛姆以简洁清晰惊人的开场,迅速有力地展示了角色与场景、埋下戏剧冲突的伏笔,与李渔的理论不谋而合。

李渔在戏剧结构理论上还有一个独创性的贡献——立主脑。他说:

> 古人作文一篇,定有一篇之主脑。主脑非也,即作者立言之本意也。传奇亦然。一本戏中,有无数人名,究竟俱属陪宾,原其初心,止为一人而设。即此一人之身,自始至终,离合悲欢,中具无限情由,无究关目,究竟俱属衍文,原其初心,又止为一事而设。此一人一事,即作传奇之主脑也……后人作传奇,但知为一人而作,不知为一事而作。尽此一人所行之事,逐节铺陈,有如散金碎玉,以作零出则可,谓之全本,则为断线之珠,无梁之屋。①

关于李渔主张的一人一事立主脑的观点,其中的"一人"容易理解。戏剧里出场的人物众多,但是主角只有一位。每一部戏剧是为一人而作,围绕一人出戏。这样的戏剧重点突出,有利于剧情的紧凑和一致,避免了枝节蔓延的松散结构。这里要特别指出的是:李渔的"一

---

① 李渔:《闲情偶寄·窥词管见》,中国社会科学出版社 2009 年版,第 7—8 页。

事"与西方戏剧理论三一律中的"一事"不是一回事。三一律所指的一事是要求一部戏剧只讲一个故事,强调情节的集中与统一。李渔所指的一事是引发下文的导火索,类似多米诺骨牌的第一张牌。他对此进行了阐释,以《西厢记》为例,白马解围不是该剧的主要情节,而是主脑。正是因为白马解围,才有了后续的夫人许婚、张生望配、红娘做媒、莺莺失身、郑恒争妻。对此,黑格尔与李渔的想法不谋而合。他也认为戏剧的开头要能引发后续的冲突。他说:"在经验性的实际情况中,每一个动作都有许多先行条件,所以很难断定真正的开头究竟从哪一点起。不过就戏剧动作在本质上要涉及一个具体的冲突来说,合适的起点就应该在导致冲突的那一个情境里。"①

在毛姆的部分剧作中,他采用了立主脑的方法来统领全剧。根据李渔立主脑的理论,《恶性循环》这个剧中的一人指的是伊丽莎白,一事是凯蒂夫人与波提阿斯私奔。剧作家没有详细陈述30年前凯蒂夫人抛夫弃子、再未与孩子相见的隐情,而是集中火力写儿子阿纳德长大结婚后、儿媳邀请婆婆前来做客的故事。这一看似平常的来访如同在静静的流水里投下一颗石头,击起水波涟漪,引起一幕幕富有戏剧性的场面。如果没有这个主脑,阿纳德就不会有恋母情结,选择与母亲非常相像的伊丽莎白作为妻子。伊丽莎白就不会邀请婆婆回来,与丈夫相聚。阿纳德的父亲克莱夫就不会再见到前妻及其情夫。特迪就不会向伊丽莎白表白爱慕,倾诉衷肠。两人就不可能在阿纳德和克莱夫的自作聪明下,在凯蒂夫人和波提阿斯的出谋划策下,逃离死气沉沉的家庭,私奔到东南亚,重复上一辈人的故事。这一连串的事件,都是由凯蒂夫人偷情一事引发的,并通过伊丽莎白一人把事件紧密串联起来,脉络清晰,不枝不蔓,没有沦落成李渔所说的如同断线之珠、散金碎玉、无梁之屋的局面。

---

① 转引自谭霈生:《论戏剧性》,北京大学出版社2009年版,第119—120页。

随后李渔提出"密针线"一说,对立主脑中初步涉及的情节组织问题作了进一步的说明:

> 编戏有如缝衣,其初则以完全者剪碎,其后又以剪碎者凑成。剪碎易,凑成难,凑成之工,全在针线紧密。一节偶疏,全篇之破绽出矣。每编一折,必须前顾数折,后顾数折。顾前者,欲其照映;顾后者,便于埋伏。照映埋伏,不止照映一人、埋伏一事,凡是此剧中有名之人、关涉之事,与前此后此所说之话,节节俱要想到,宁使想到而不用,勿使有用而忽之。①

李渔的意思是情节的发展要符合逻辑,经得起推敲。细节很重要,不能有破绽。前文埋下伏笔,后面情节才能自然而然地发生,不至于突兀。契诃夫对情节的设计也有同样的理解。他以道具枪为例,声明如果在第一幕里,墙上出现了一杆枪,那么到后面就一定要打响它。类似这样的例子在毛姆戏剧里不胜枚举。他善于利用道具,注重细节,既为情节的进展埋下线索,也给观众一定的暗示。以《贵族夫人》为例,剧中公爵夫人怀疑女友贝儿与自己的情人东尼在茶室私会,所以她趁人不注意,把自己的手提包塞在沙发背后。接着她借口手提包可能忘在茶室里,请蓓西帮忙拿回。蓓西在茶室门口目睹姐姐贝儿和东尼幽会,狼狈不堪地回来。蓓西情绪的突变让打牌的众人意识到事情的不对劲。

公爵夫人:找到了我的手提包吗?

蓓西:(气急败坏地)没有,真的没找到。

公爵夫人:咦,我明明记得放在那里的。我自己去找。芬威克先生请你跟我一起去。

蓓西:不,别去,茶室进不去。

亲王夫人:(诧异)蓓西,是怎么回事?

---

① 李渔:《闲情偶寄·窥词管见》,中国社会科学出版社 2009 年版,第 9—10 页。

蓓西:(勉强发出的声音)茶室门锁着。

公爵夫人:噢,不可能的事。我刚才看见贝儿和东尼进去的。

(蓓西双手掩面,泪如泉涌)

亲王夫人:(跳起身子)明尼,你这缺德的!你搞的什么鬼?①

稍后公爵夫人从沙发垫子底下取出她的手提包,不慌不忙地拿出唇膏、镜子,涂起胭脂来。至此,她故意藏起手提包的目的昭然若揭。前文藏包的一个小动作是为了给下文制造机会,让他人亲眼目睹偷情事件,并公之于众。由于事先作好了铺垫,故事的后续发展水到渠成。通剧观看下来,故事进展如行云流水,环环相扣,天衣无缝。毛姆的许多剧本从幕启到落幕都经得起细致的推敲,结构衔接缜密,恰似李渔所说的针脚细密的衣裳,没有疏漏。

为了对上文提到的立主脑观点进行强调,李渔又补充了"减头绪"的方法:

头绪繁多,传奇之大病也。《荆》、《刘》、《拜》、《杀》(《荆钗记》、《刘知远》、《拜月亭》、《杀狗记》)之得传于后,止为一线到底,并无旁见侧出之情。三尺童子观演此剧,皆能了了于心,便便于口,以其始终无二事,贯串只一人也。后来作者不讲根源,单筹枝节,谓多一人可谓一人之事。事多则关目亦多,令观场者如入山阴道中,人人应接不暇。殊不知戏场脚色,止此数人,便换千百个姓名,也只此数人装扮,止在上场之勤不勤,不在姓名之换不换。与其忽张忽李,令人莫识从来,何如只扮数人,使之频上频下,易其事而不易其人,使观者各畅怀来,如逢故物之为愈乎?作传奇者,能以"头绪忌繁"四字,刻刻关心,则思路不分,文情专一,其为词也,如孤桐劲竹,直上无枝,虽难保其必传,然已有《荆》、《刘》、

---

① [英]毛姆:《贵族夫人的梦——毛姆戏剧选》,俞亢咏等译,湖南人民出版社1987年版,第285页。

《拜》、《杀》之势矣。①

李渔认为经纬万端是戏剧的大忌,观众看得云里雾里,不知所云,应删繁就简,突出一人一事的单线结构,这样才能创造出"孤桐劲竹,直上无枝"的佳作。小说家有广阔的篇幅可供书写,如陀思妥耶夫斯基的复调小说能容纳下多条线索交叉进行。戏剧家却只能在方寸舞台上演绎悲欢离合。剧作家要在有限的空间和时间里,让观众看清楚一个故事,这不是件容易的事。为了达到这样的目的,单线索的结构常常被采用,因为它简洁明了,方便观众不必停下来思考就能理解剧情。毛姆的戏剧创作遵从传统的范式,运用单线索的叙述方式,把一个故事直接客观地呈现在观众面前,有力保证了情节的集中、中心的突出、主旨的明确。

最后李渔在《闲情偶寄》中对戏剧的收尾总结道:

> 全本收场,名为"大收煞"。此折之难,在无包括之痕,而有团圆之趣。如一部之内,要紧脚色共有五人,其先东西南北各自分开,至此必须会合。此理谁不知之?但其会合之故,须要自然而然,水到渠成,非由车碾。最忌无因而至,突如其来,与勉强生情,拉成一处,令观者识其有心如此,与恕其无可奈何者,皆非此道中绝技,因有包括之痕也。骨肉团聚,不过欢笑一场,以此收锣罢鼓,有何趣味?水穷山尽之处,偏宜突起波澜,或先惊而后喜,或始疑而终信,或喜极信极而反致惊疑,务使一折之中,七情俱备,始为到底不懈之笔,愈远愈大之才,所谓有团圆之趣者也。②

李渔说戏剧的尾声应该是故事发展至水到渠成的结果,不能有勉强的痕迹。在结局应顺理成章的基础上,李渔进一步提出故事有始有终,剧情完整圆满虽是众人的期盼,但若仅止于此,未免落了俗套。最

---

① 李渔:《闲情偶寄·窥词管见》,中国社会科学出版社 2009 年版,第 10—11 页。

② 李渔:《闲情偶寄·窥词管见》,中国社会科学出版社 2009 年版,第 47 页。

好是幕落时团圆之喜中又带波澜，犹如余音绕梁，令人意犹未尽。这一神来之笔在毛姆的戏剧中是不争的事实，被他运用得炉火纯青。

在《恶性循环》的结尾特迪和伊丽莎白私奔到东南亚。至此，观众一直关心的两人是否会出走的疑问得到了明确的回答。但是毛姆没有在这里划上剧本的句号，他给观众留下了新的疑问：特迪和伊丽莎白是否会重蹈覆辙，像波提阿斯和凯蒂夫人那样待激情褪去后，变得庸俗冷漠、唠叨刻薄？剧终了，疑问还萦绕在观众心头，犹如余霞散绮。

《苏伊士以东》讲述黛西和亨利结婚后，仍然与丈夫的好友乔治偷情的故事。纸包不住火，推动情节发展的是三人的情感纠葛将何时暴露，如何暴露，各人情归何处。当黛西听信谗言，误以为乔治将和别人订婚时，她被嫉妒冲昏了头脑，在最后一幕里孤注一掷，让丈夫知道自己与乔治私通一事。黛西希望借此逼迫丈夫与自己离婚，成全她和乔治。然而事与愿违，乔治忍受不了情感上的折磨及背叛好友的愧疚感，拔枪自杀。这时亨利从外地赶回来，请妻子告诉他实情。黛西任凭丈夫埋在自己的膝盖间呜咽，一语不发。戏剧就此落下帷幕。他们婚姻的前路未明让观众念念不忘，耿耿于怀。戏剧在收尾时再起波澜，符合李渔关于大收煞的见解。

毛姆一生创作了三十多部戏剧，其中一部分可用李渔的戏剧美学阐释，既证明了中国古典文论的价值，又揭示了毛姆戏剧成功，尤其是结构方面成功的原因。用西方文论解读中国作品是当前文学研究的主流。中国古代文论处于从属、依附的被动地位。也许在某种意义上，它缺乏完整严密的理论体系，但是在今天多元文化共存互补发展的时代，对西方无疑有一定的借鉴意义。李渔是中国戏剧史上里程碑式的人物。他的戏剧美学有独特的中国特色，借此阐释毛姆的戏剧，是一种跨文化的交流。这种跨文化的阐发研究有助于东西方思想的碰撞、沟通和融合，进而达到文学观念的重建。

二、被出柜的王尔德和毛姆——以《理想丈夫》和《装聋作哑》为例

当年轻的毛姆向文坛进军的时候,爱尔兰作家王尔德正享誉英伦。众所周知,毛姆是王尔德衣钵的继承者。他很自然地选择王尔德作为自己的学习对象,除了才华横溢的王尔德风头正盛外,其中一个很重要的原因是同性恋倾向。

一百多年前的英国并不宽容对待同性恋。由于王尔德所处的维多利亚时代是一个顽固保守、注重礼教的时代,王尔德和青年男子道格拉斯之间的恋情引起了道格拉斯父亲的愤怒。在和道格拉斯父亲对簿公堂后,王尔德败诉,被判刑入狱。他的社会名声一落千丈,戏剧创作也就此终止了。

这场官司的失败,使同性恋者在英国迎来了灰暗的岁月。毛姆就是其中一员。毛姆早年在海德堡求学时就和伙伴约翰·埃林格姆(John Ellingham)有过同性恋关系。他还加入了伦敦和纽约等地的同性恋团体。王尔德因为同性恋行为被捕入狱对他产生了深远的影响。由于英国政府对这种有伤风化的行为严惩不怠,使得伦敦文学界人心惶惶,不少文人害怕自己的同性恋倾向被人发现,匆匆逃离英国避难。伦敦警察厅的负责人就曾警告毛姆的举止要谨慎周到一些。毛姆在当时的局面下如履薄冰,小心谨慎地守护着自己的性秘密。毛姆有过一段婚姻,但只是一个幌子,用来遮掩他的同性恋倾向。他的婚后生活是不幸的,充满了争吵和仇恨。大约在1914年10月到1915年1月之间,毛姆遇到了杰拉尔德·赫克斯顿(Gerald Haxton)——毛姆众所周知的同性伴侣,他们一起度过了30年的快乐时光。为了躲避妻子,为了避免不必要的麻烦,毛姆偕杰拉尔德四处旅行,侨居国外。

鉴于英国法律和社会舆论的压力,王尔德和毛姆在世时一直掩饰自己的性取向,但是有些东西是难以彻底遮盖的,雁过岂能无痕,两位

作家的作品里都流露出同性恋的印记。以王尔德的《理想丈夫》和毛姆的《装聋作哑》为例,剧中的同性恋痕迹显而易见。

同性恋作品往往颠覆传统的角色定位。读者不难发现在上述两部戏剧里:女性人物冷静、独立自主;而男性却脆弱、多愁善感。《理想丈夫》里的薛太太掌握了齐爵士年轻时收受贿赂的证据。她非常清楚他的为人,断定他会和自己合作。果然不出所料,在薛太太的步步紧逼下,齐爵士节节败退,最后迫于压力,不得不答应其要挟。但事后他在妻子的呵斥下,又转变了态度,拒绝与薛太太同流合污。令人讽刺的是,作为一名议员,如此重大的、前后矛盾的两个决定都是在女性的压力下,按照女性的意愿作出的。

同性恋诗人爱尔莎·吉德娄(Elsa Gidlow)概括道:"女同性恋主义人格表现为精神的独立,乐意自己为自己负责,自己替自己思考,不屈服于权威,也不盲从权威的格言。"[1]抛开道德上的善恶不谈,独立坚强是薛太太、齐夫人、康斯坦丝等剧中女性人物的共同特征。

齐爵士的好友高大人曾经竭力劝说薛太太不要公开受贿证据,但是她斩钉截铁地说:"女人绝不会因为恭维而心软。"[2]高大人回应道:"据我所知,无论为什么(事情)女人都绝不心软"[3]进一步强调了女性的铁石心肠。自诩聪明的他在薛太太面前禁不住感叹:"这种女人轻易不会被吓倒。没有一个债主能把她逼死,显然她的头脑冷静得出奇。"[4]

《理想丈夫》里的齐夫人也是类似的女强人。高大人认为她有时

---

[1]　转引自薛小惠:《〈紫色〉中的黑人女同性恋主义剖析》,《外语教学》2007 年第 5 期。

[2]　[英]王尔德:《理想丈夫与不可儿戏——王尔德的两出喜剧》,余光中译,辽宁教育出版社 1998 年版,第 76 页。

[3]　[英]王尔德:《理想丈夫与不可儿戏——王尔德的两出喜剧》,余光中译,辽宁教育出版社 1998 年版,第 76 页。

[4]　[英]王尔德:《理想丈夫与不可儿戏——王尔德的两出喜剧》,余光中译,辽宁教育出版社 1998 年版,第 42 页。

候太严厉了,做事往往不给人留有余地。齐爵士对妻子的这一性格也持相同的看法:"她根本不明白软弱或者诱惑是怎么一回事。我呢是泥做的,跟其他男人一样。她呢卓然不群,贤惠的女人都是那样——完美得不留情面——冷峻、严厉而不解慈悲。"①齐爵士是英国即将入阁的大臣,却在妻子面前脆弱得不堪一击,反映了传统的男性霸权正面临着挑战、变更和衰退,折射出女性的强大力量。

同性恋作家常常赋予女性角色明显的男性特征——独立思考、冷静有能力。这在毛姆的戏剧《装聋作哑》里同样得到鲜明的呈现。女主角康斯坦丝在洞悉丈夫和自己最好的女友玛丽出轨后,克制冷静,在长达六个月的时间里躲过母亲、妹妹和朋友的试探,假装不知道这件事,甚至还在玛丽丈夫找上门来质问时,为他俩作伪证,掩饰奸情。面对玛丽丈夫的暴怒,康斯坦丝作为受害方,反而十分镇静地安抚他。康斯坦丝不怨恨丈夫和自己最亲密朋友的偷情,因为她不爱丈夫了。她甚至觉得:由于她对玛丽了如指掌,双方偷情在她的可控范围之内,这是一件幸事。玛丽曾经奇怪为什么康斯坦丝这样漂亮却过得不如意,后来恍然大悟:她是如此冷酷理智,叫男人们退避三舍。此外,女主角对男性的爱失去了兴趣,也从侧面说明了同性恋的一种观点:有些同性恋不是与生俱来,而是出现在生命某一阶段。

同性恋理论还提出:男同性恋作家往往把女性形象塑造成两种类型——天使或者女巫。这一观点在《理想丈夫》中得到了印证。戏剧里的齐玫宝是天使的代表,薛太太毋庸置疑是女巫的化身。王尔德这样描述齐玫宝:"她十足是英国美女的典范,苹果花的一型。她具有一朵花全部的芬芳与自如。"②薛太太则被称为女蛇妖蕾米亚,与齐玫宝

---

① 〔英〕王尔德:《理想丈夫与不可儿戏——王尔德的两出喜剧》,余光中译,辽宁教育出版社1998年版,第70页。
② 〔英〕王尔德:《理想丈夫与不可儿戏——王尔德的两出喜剧》,余光中译,辽宁教育出版社1998年版,第6页。

形成鲜明对比：嘴唇很薄，着色又鲜，苍白的脸上猩红一线。棕红的头发、鹰隼的鼻梁、修长的颈项。胭脂更反衬她生来失血的肤色。灰绿的眼眸不安地转动。①

在塑造男性角色方面，两位作者无一例外地都称赞男性的肉体美、英俊健硕。《装聋作哑》描绘中年的单身汉伯纳德是个漂亮的高个子，皮肤晒得黑黝黝的，很健康的样子。他强壮得完全看不出是45岁的人。《理想丈夫》里的齐爵士看起来也比实际年龄要年轻，胡须剃得干净，五官轮廓秀挺，举止出众，是卓尔不群的一尊人物。更明显的特征是有些男性角色出现了女性化的装扮。易装癖是同性恋的典型特点。高大人就喜欢戴着绸帽，插上襟花。戏剧里多次提到他对襟花的挑剔，不断更换花样。美男子的形象是同性恋作品的标志之一。作家白先勇认为英俊潇洒、有活力的年轻男子象征着男同志对青春和美的追求，在他的同性恋作品里有许多这样的典型人物。他对戏剧家田纳西·威廉斯也作过类似的评述："同性对于他（威廉斯）是代表一种美与青春的追逐……因此他的剧中往往有美少年的出现：《欲望号街车》中的诗人、《奥菲亚斯下地狱》中的流浪者、《牛奶车不再靠站》中的克里斯，他们都代表一种理想，一种希望，也是威廉斯终生在追求的爱情幻影。"②

同性恋者还反对以繁衍生殖为核心的两性秩序。风俗喜剧是以婚姻家庭为题材的作品，但是王尔德和毛姆的风俗喜剧里几乎没有孩子上场，从而再次暴露了他们的同性恋取向。从《装聋作哑》的对白中，读者知道康斯坦丝和约翰有个14岁的女儿海伦，住在寄宿学校，但是她从未在戏剧里直接露面。《理想丈夫》里的齐爵士和太太根本就没有孩子。

在王尔德和毛姆的戏剧作品里不仅孩子缺失，而且所谓的美满婚

① ［英］王尔德：《理想丈夫与不可儿戏——王尔德的两出喜剧》，余光中译，辽宁教育出版社1998年版，第7页。
② 白先勇：《白先勇经典作品》，当代世界出版社2004年版，第41页。

姻也是不正常的、不忠实的、不幸福的。他们质疑异性恋,揭露虚伪的传统婚姻,嘲讽许多貌合神离的婚事。在同性恋视角中,占主流的异性恋婚姻实际上存在着种种问题,是现实生活中各种不幸的根源。

齐夫人曾经崇拜自己的丈夫,把他当作终生的理想,但这不是爱。她知晓丈夫的人生污点后,激动得唾弃他。可是当薛太太手握的证据被销毁,她又爱上了自己的丈夫。原来令她生气的不是丈夫的政坛丑闻,而是秘密被大白于天下,让她蒙羞。只要丑闻不公开,齐大人就是她理想的丈夫。她们就这样生活在自欺欺人之中。该剧中其他夫妻之间的关系也不过如此。巴夫人和马太太感叹:"不论我们身上有什么,做丈夫的根本不欣赏,只好给别人去欣赏了。"①她们俩可是全伦敦公认丈夫最美满的两位贵妇人,但是夫妻生活并不如意。

《装聋作哑》里的康斯坦丝对约翰已经没有爱情,但是仍然维持着婚姻。康斯坦丝不愿意仅仅因为丈夫对自己不忠实,就抛弃收入丰厚的丈夫,抛弃舒适的家。她认为傻瓜才会作出这样愚蠢的选择。剧末,康斯坦丝选择和另一个男人外出度假,出发前直言相告丈夫:"也许我不忠实,可我永远是你的妻子。我一直认为这是我最可爱之处……我结婚很谨慎,我特地嫁了个正派人,我知道,我不过做了跟你一样的事,你不会要跟我离婚的。"②令人讽刺的是,约翰与妻子最好的女友通奸,根本不是个正派人。夫妻俩就这样维护着表面的和平,事实上婚姻已经名存实亡。

除了描绘不幸福的婚姻,同性恋作品还刻画了许多坚持单身、抗拒婚姻的男女。对异性婚姻制度的抵抗是同性恋最直接的表现之一。在《装聋作哑》里,康斯坦丝的妹妹玛莎不打算结婚。她性格直爽暴躁,

---

① ［英］王尔德:《理想丈夫与不可儿戏——王尔德的两出喜剧》,余光中译,辽宁教育出版社 1998 年版,第 16 页。

② ［英］毛姆:《贵族夫人的梦——毛姆戏剧选》,俞亢咏译,湖南人民出版社 1987 年版,第 207 页。

被伯纳德称为一个可怕的女人。康斯坦丝的母亲卡尔弗太太和女友巴巴拉都是寡妇。《理想丈夫》里的纨绔子弟高大人已经 34 岁,在当时属于大龄青年。他的父亲每次出场都催促他结婚。高大人对此厌烦不已,于是说:"不想一连三天都见到父亲……做母亲的就不一样了,母亲都是可爱的。"①他对父亲的反感和母亲的亲近与同性恋理论的一个观点不谋而合,即同性恋男子有俄狄浦斯情结。最后迟迟不想结婚的高大人面对世俗的压力,还是无可奈何地归于婚姻,娶了齐玫宝,因为她漂亮却没有头脑,容易被哄骗。王尔德从中揭示出:不少同性恋都遭受异性恋父权的压制。他们所谓的交异性朋友、结婚是掩人耳目的烟幕弹,逃避异样的眼光,过清静的日子,而不是为了爱。

同性恋者抵制异性恋,但人们总是需要和渴望爱的,既然在异性那里找不到,就会转向同性。同性恋作品强调同性之间的情谊、互相欣赏和亲密关系,在同性爱的寻觅和固守中,寻找接纳和温暖。康斯坦丝和女友玛丽就超过了一般友谊的关系。康斯坦丝直言不讳地说:"我喜欢你。你和蔼,慷慨,有时还很有趣。我甚至对你还有某种爱慕。"②玛丽回应道:"你是知道我多么真心诚意地爱你的。"③在女性情谊的演绎中,男性显得苍白无力。康斯坦丝面对伯纳德的追求,冷静地说:"你刚回来的时候,我们就讲好的,你的感情纯粹是你自己的事。"④

王尔德和毛姆明显的厌女症不同,侧重写男人之间的爱慕。齐爵士在面临身败名裂之际,找好朋友高大人密谈。一人躺在扶手椅上,另一人则靠在椅子旁边,相处亲密。共谋对策后,齐爵士感动地握着对方

---

① [英]毛姆:《贵族夫人的梦——毛姆戏剧选》,俞亢咏译,湖南人民出版社 1987 年版,第82—83 页。
② [英]毛姆:《贵族夫人的梦——毛姆戏剧选》,俞亢咏译,湖南人民出版社 1987 年版,第186 页。
③ [英]毛姆:《贵族夫人的梦——毛姆戏剧选》,俞亢咏译,湖南人民出版社 1987 年版,第186 页。
④ [英]毛姆:《贵族夫人的梦——毛姆戏剧选》,俞亢咏译,湖南人民出版社 1987 年版,第141 页。

的手,称太够朋友了。尽管他和妻子是世人眼中的模范夫妻,但是互不理解对方,难以沟通。他渴望的得不到的亲密关系,在高大人身上得到了回应。

由于时代的进步,毛姆还有一点不同于王尔德,即塑造了走出传统家庭、不再依附男性的独立女性。在他的戏剧里钱比性更重要。女性角色的经济地位往往是其作品的亮点。40 岁的职业女性巴巴拉说:"一个人一天辛辛苦苦做了八小时工作,没兴致再想到谈情说爱上去了。疲劳了的工作妇女夜里只想去看看音乐喜剧,或者打打牌。她不高兴去为爱慕她的男人们心烦意乱了。"①事业飞跃发展后,她一个人难以应付,建议康斯坦丝和自己合作做生意。康斯坦丝起初还犹豫,认为妻子的工作就是使丈夫舒适愉快,替他管好家。巴巴拉反驳了她的落伍想法,提醒她独立是最好的保障。一个女人自力更生了,才能满怀信心地展望未来。这个时代没有理由不让女人同男人一样工作,拼事业。在巴巴拉的鼓励下,在丈夫偷情败露后,康斯坦丝最终离开家庭,出去工作,不再是王尔德作品里常见的寄生虫女性人物。巴巴拉与康斯坦丝之间的情谊有力论证了玛莎·雪莱(Martha Shelly)的观点:"在男权社会里,女同性恋主义是心理健康的标志,因为为了摆脱男性的压迫,妇女们必须团结起来——我们必须学会爱自己,爱彼此,我们只有变得强大有力而又不依赖于男性,才可能站在一个有利的位置来对付他们。"②

在王尔德生活的年代里,尽管少有女性抛头露面工作,但她们身上仍然有男性的特征——投身政治。薛太太称:"政治是我唯一的消遣。你看,这年头呀已经不时兴在 40 岁以前调情,或是在 45 岁以前风流,所以我们这些可怜的女人,30 不到或者自称 30 不到,除非去搞政治或

---

① ［英］毛姆:《贵族夫人的梦——毛姆戏剧选》,俞亢咏译,湖南人民出版社 1987 年版,第 111 页。

② 转引自薛小惠:《〈紫色〉中的黑人女同性恋主义剖析》,《外语教学》2007 年第 5 期。

是搞慈善，就毫无出路了……我宁可搞政治。我觉得政治……比较顺手。"①齐夫人也是持类似的看法："我对政治很感兴趣，我就爱听丈夫谈政治。"②爱情本应是女性的生活焦点，但是在剧作家这里，她们的兴趣居然是男人才普遍关心的政治。这些男性化的女性人物恰如其分地表明作者的性取向不同于常人。

上述种种迹象泄露了王尔德和毛姆是同性恋者。他们活着时拒绝出柜，但是在作品里被出柜了。苏珊·桑塔格把同性恋看作一种艺术、一种感受事物的方式。同性恋作家的性取向在他们的作品里留下了独特的印记，开拓了艺术的空间。王尔德的牢狱之灾使得百年前的人们对同性恋噤若寒蝉。尽管毛姆仰慕王尔德，却不敢公开自己对偶像的崇拜。他只能小心翼翼地以模仿其创作来表达敬意。翻阅毛姆的作品，读者不时能感受到王尔德的特点如影随形。但是毛姆没有局限于此，他在学习王尔德的同时，还糅合了时代的新气象，延续和焕发了英国风俗喜剧的生命。

三、《信》的戏剧改编

1936 年中国旅行剧团在天津上演了毛姆的剧作《情书》。唐若青演女主角莱斯莉，其父唐槐秋扮演律师，陶金饰被杀害的哈蒙德，其妻章曼苹担任律师夫人一角。这些话剧界的明星把故事忠实地搬上了舞台，获得了译者陈绵的赞许。译者在序言里还表明他翻译的初衷是由于剧本的编剧技巧非常巧妙。下文将通过剖析该剧的精心设计，道出毛姆编剧的可取之处。

---

① ［英］王尔德：《理想丈夫与不可儿戏——王尔德的两出喜剧》，余光中译，辽宁教育出版社 1998 年版，第 11—12 页。

② ［英］王尔德：《理想丈夫与不可儿戏——王尔德的两出喜剧》，余光中译，辽宁教育出版社 1998 年版，第 53 页。

　　《情书》这部戏由毛姆本人的短篇小说《信》改编而成。① 他的不少作品由于故事有趣,情节波折,纷纷被改编成戏剧或电影上演,例如《雨》、《服役的报酬》、《山顶别墅》等。1926 年毛姆出版了短篇小说集《木麻黄树》,其中收录的短篇小说《信》于次年被改编为戏剧。短篇小说《信》和戏剧《情书》在内容上基本一致,差别较大的是结构的安排。比较分析它们的不同之处,有助于说明毛姆深谙戏剧情节的设计,在谋篇布局上得心应手。

　　该剧讲述了一个已婚妇女出于嫉妒杀害情夫、进而被审判的故事。故事取材于 1911 年吉隆坡一所学校校长的妻子因涉嫌谋杀男友被判有罪、但最后被赦免的真实事件。在戏剧里,作者把故事背景改设在新加坡。某天种植园主克罗斯比到外地处理事务,晚上未归家时,其妻莱斯莉声称为了摆脱强奸,出于自卫,枪杀了夫妇俩都认识的朋友哈蒙德。乔伊斯律师在试图帮助她洗刷罪名的过程中,发现了证明她有罪的关键证据——信。莱斯莉、克罗斯比和律师试图赎回信,律师的华人秘书黄志成出高价卖信。后来信被买回来,莱斯莉得以无罪释放,但是律师和她的丈夫都知道真正的凶手就是她。

　　原著小说《信》的故事分别发生在 6 个地点:克罗斯比和莱斯莉的家、买信的地方、监狱、俱乐部、律师事务所及律师的家。在戏剧《情书》里,地点被压缩成三处:克罗斯比和莱斯莉的家、买信的地方和监狱。律师事务所和俱乐部里发生的故事被一并转移到监狱里。最初在小说里,克罗斯比和律师是在律师事务所里碰面,商谈为莱斯莉辩护一事。稍后,秘书也是在所里告诉律师:有一封关键的信能证明莱斯莉有罪。律师在确认了信的真实性后到俱乐部找克罗斯比,建议把信买回来。但是在戏剧里,作者巧妙地通过克罗斯比、律师和秘书三人因到监狱探监,碰巧遇到,把律师事务所和俱乐部两个地点删除了。场景的减

---

① 《情书》和《信》的中译本采用了不同的人名。为了行文方便,多使用《信》中的译名。

少并不妨碍情节的完整，相反还加速了故事的进程。被删除的第三个地点是律师家。小说中，莱斯莉被无罪释放后，众人齐聚律师家庆祝。这个地点在小说中无伤大雅，但是对戏剧而言是多余的。戏剧中，莱斯莉从法庭出来，直接回到自己的家。作者这样安排的原因有二。第一是令暂时平静的场面再起波澜。丈夫担心妻子触景伤情，提议卖掉新加坡产业和住所，搬到爪哇岛重新置业。置换新的产业需要一大笔钱，但是丈夫并不知道大部分钱已经被律师用于赎信。为了阻止克里斯比的搬家计划，莱斯莉和律师把实情和盘托出，一浪接一浪的冲击把故事推向高潮。如果像小说里那样，众人来到律师家，而不是克罗斯比家——谋杀现场，丈夫就不会担心妻子有恐惧感，就不会在不适宜的场合——别人家里，提出卖房卖地。第二个原因是为了让观众对故事有清楚彻底的了解，戏剧在最后一幕里回放了谋杀的场面，再现了案发当时的细节。谋杀发生在莱斯莉家中，所以如果像小说那样人物齐聚在律师家，就不方便呈现该场景。

小说和戏剧因使用不同的媒介，所以在空间设置上有所取舍。小说可以随时选择场景、转换场景。相比之下，戏剧的手段显得较"贫乏"。戏剧的空间展现以舞台为限。舞台表演要面对现场观众，当场完成布景的转换。囿于戏剧舞台的特殊形式，作者在把小说改编成戏剧时一定会考虑到场景的选择。这就要求剧作者凭着敏锐的艺术感，根据剧情选取有代表性的场景，减少不必要的环节，以突出重点。《情书》和《信》相比，戏剧的场景有所删减。剧情被精简成三幕，情节集中统一，抓住了各种矛盾的焦点所在，充分体现了戏剧性。该剧在有限的空间内，把戏剧冲突做深做透，从而很好地演绎一个完整的故事。

戏剧演出还往往配合上灯光和音响的使用，在同一个舞台上构建出不同的空间。对舞台灯光和音响的重视，是戏剧区别于小说艺术的标志之一。舞台呈现的是视觉和听觉的艺术。演员的表演，离不开光照和声音。《情书》的第三场第六幕鲜明地表现出舞台艺术不同于小说的这一特性。当莱斯莉向丈夫道出实情:她在好几年前就成了死者哈蒙德的情妇。后来哈蒙德渐渐对她失去了兴趣,转而和一个妓女同居。她再也无法忍受,所以给情人寄了一封信:我的丈夫今晚不在家,我请你千万来看我一看,你 11 点钟的时候来,好吗? 我失望极了,你要不来,那我不定做出什么事。你把车停在远一点的地方,不要叫我的仆人们听见。我求你一定要来呀。① 在她说话的时候,舞台灯光渐渐暗了下去,直至漆黑一片。与此同时,马来西亚音乐响起。音响是舞台艺术成功的重要因素之一,它调动了观众的听觉,创造出特殊的剧场气氛。当观众的注意力被骤然响起的音乐吸引,在黑暗中,莱斯莉乘机换了案发当晚穿的衣服,手枪被摆放在桌子上,丈夫和律师下场。灯光再次亮起,莱斯莉坐在桌子旁边的椅子上,哈蒙德走了进来。两人言语不合,起了争执。莱斯莉眼看着情人决意弃她而去,怒从心起,抓起手枪,朝哈蒙德砰砰射击,直到打光了 6 发子弹。哈蒙德倒地死亡后,灯光再次熄灭。黑暗中,哈蒙德拿手枪下场,丈夫和律师上场,莱斯莉换回了原来的服装。灯光重新亮起,回放结束了,戏剧很自然地回到了莱斯莉向丈夫坦白的场面。灯光是创造视觉形象的重要艺术手段之一,在戏剧演出中起到构建演出背景、推动剧情发展的作用。灯光的合理运用给有限的舞台留下了很大的表演空间。快速的时空转换完成现实和回忆的转换。谋杀阴谋在空间场景中的再现,把观众在阅读小说时的想象变成了逼真的现实。在音响和舞台灯光的帮助下,演出的节奏有了变化,新的氛围被塑造出来,不寻常的内容得以呈现,使观众看戏的心情变得有张有弛。观众坐在有声有色的剧院里看戏,与阅读印刷在纸张上的文字相比,对故事有了更深入的理解。

　　在人物取舍上,与原小说相比,戏剧里增加了警察和律师夫人的分量,并塑造了一个新的人物:修女。作者这样处理首先是因为戏剧最终

---

① 参见[英]毛姆:《情书》,陈绵译,商务印书馆 1937 年版,第 47 页。

是为了在舞台上演出，而不是像小说那样，仅仅作为案头剧供人阅读，所以人物不能在舞台上干瞪眼，一言不发。台词是戏剧的基本要素之一。除非是哑剧，角色往往要依靠台词来传递思想，发展剧情。为此，作者给警察和律师夫人在剧中加台词，避免了独角戏或是冷场的局面。不止于此，作者还在探监那一幕添加了一个修女。莱斯莉在她的陪伴下，与律师见面。除了起到看护犯罪嫌疑人的作用之外，修女和警察、律师夫人一起，三者都有一个共同点：衬托莱斯莉复杂矛盾的双面性格。警察佩服莱斯莉在案发后安安静静的样子，看到她镇定自若地交待案件经过，误以为她把恐惧柔弱都克服了，其实那是她的本来面目。律师夫人与莱斯莉是多年的好友，一直认为她斯文温顺，有良好的教养。她始终不相信莱斯莉是凶手，而是反过来谴责哈罗德好色误事。法庭判决后，她还邀请莱斯莉来家暂住，试图安抚她脆弱受伤的心情。修女本来应是莱斯莉的监控者，但是在六周的相处中，逐渐被莱斯莉感化，坚信她是无辜的。她对律师说："莱斯莉为人太好了，真知道体恤人，一点也不叫我费事。哎呀，您将来走了，我心里一定要难过的……这里哪能是您待的地方。真太没有公理了，怎么能够把您拘留这么多天呢？唉，要是我能做主的话……可惜。"[1]修女的意思是，如果她能做主，早就把莱斯莉释放了。若没有这些旁人的评论，女主角就失去了衬托。她的形象不应该自己说出，而是从别人口中道出，才显得客观可信。若上述三个人物对莱斯莉的共同看法还不足以证明其清白无罪的话，他的丈夫，与女主角朝夕相处的人物，也是持相同的态度，这足以让一大批观众信服。他与莱斯莉结婚十年，始终把妻子当作善良温柔的小女人，心软得连苍蝇都不忍心拍死。从始至终，她都是一副因强奸被迫自卫的柔弱模样，让周围人都相信她是无罪的。然而事实上莱斯莉就是凶手。在她文静柔弱的外表下，蕴含着巨大的杀伤力。她做事情

---

[1] ［英］毛姆：《情书》，陈绵译，商务印书馆 1937 年版，第 49 页。

冷静理智又果断残忍。她能瞒住丈夫好几年,与朋友偷情。她在与情夫摊牌前,提醒对方把车停在远处,以免被仆人发现。她在得不到情夫的情况下,宁可枪杀对方,也不让他离开。她能在杀人后,镇定地吩咐仆人去请丈夫、律师和警察,随后关门休息,尸体就在门外边。在警察来后,她有礼貌地微笑着说给对方添麻烦了。她能在监狱里镇定自如地待着,直到审判后被释放。她能心安理得地回到凶宅居住。莱斯莉的身上体现了人性的复杂、矛盾和不可思议。这是毛姆一直热衷的主题。毛姆重点刻画的这一人物形象,在小说改编成戏剧后,经过多个角色的衬托,变得更加鲜明。

改编后的《情书》运用了不少戏剧技巧,如紧张、悬念、伏笔、延宕、发现、突转和停顿,使戏剧结构紧凑,进展迅速,增强了戏剧效果。小说《信》的开头描写丈夫克罗斯比到律师事务所见律师,了解第二天的开庭事宜。然而在戏剧里,幕启时是在半夜,哈罗德抬脚往门外走,莱斯莉追上一步,怒斥他为忘恩负义的东西,举枪射击。哈罗德中两枪后倒地,莱斯莉继续补发四枪,直到没有了子弹。舞台一拉开帷幕就呈现惨案,深入到矛盾的核心,戏剧冲突紧张有力。毛姆深谙戏剧一开始就要抓住观众的心理,从而在戏剧伊始就将冲突引向高潮。这样的开场令观众震惊和好奇。震惊的是戏剧伊始就是凶杀。好奇的是死者为什么忘恩负义,莱斯莉为什么要枪杀对方,接下来怎么收场。第一幕第一场成功地引发了紧张和悬念。这种直接从高潮写起的手法在中国传统戏剧中比较罕见,因此不失为国内戏剧可借鉴的地方。

延宕是剧作家针对观众渴望了解结果的迫切心理,故意延缓故事进程而使用的一种手段。毛姆运用这一技巧对赎信的过程进行了改动。小说中,克罗斯比和律师一起前去赎信。戏剧中,克罗斯比全权委托律师购信。克罗斯比和律师是多年的好友,再加上他为人老实憨厚,所以无条件地信任律师,请他把信买回来。黄秘书事先打听过克罗斯比的经济状况,开出了他所能支付的最大赎金。可是克罗斯比不在现场,所以他不知道信的代价有多高。这就为后文埋下了伏笔。正当观众期待看到克罗斯比知道天文数字的反应时,作者却笔头一转,写其他事去了,吊足了观众的胃口,使观众产生无尽的遐想,猜测克罗斯比知道买信的巨大开支后的各种可能性。

发现和突转是加强戏剧性的常见技巧。在戏剧创作中,发现和突转通常是紧密联系在一起的。发现可以指从不知情到知情的转变,也可以指发现重要事物,造成了剧情的激变,即剧情向相反的方向突然转变。戏剧的第二幕,黄秘书陪律师一起到监狱探望莱斯莉,在那里碰到了同时也来探监的克罗斯比。鉴于死者生前酗酒好色,莱斯莉看似柔弱温顺,舆论倒向莱斯莉一方。众人相信莱斯莉将在第二天的审判后无罪释放。但是黄秘书告诉律师和克罗斯比:有一封信可以作为关键的证据,证明莱斯莉是凶手。这个道具的出现顿时改变了剧情的走向。眼看莱斯莉的无罪释放将成为泡影。她将被裁定为杀人犯,绳之以法。剧情再次突转。黄秘书建议高价买回信,以免第二天被呈上法庭成为定罪的证据。故事的起起伏伏,激动人心。发现看似无意,却是作家精心设计的结果,成为情节突转的一个推动因素,尤其是往反方向推动故事的走向,扭转了观众按常理对故事作出的推断。这忽左忽右的扭转,怎能不令人全神贯注地观看?

停顿是一种特殊的戏剧节奏,常常在落幕时使用。停顿在戏剧中起到揭示人物内心思想的作用,震撼了人们的心灵,令人回味。小说中,《信》的结尾没有停顿。但是毛姆在戏剧尾声中增加了律师劝说莱斯莉让丈夫冷静一段时间的一幕场景:

> 律师:是的,可以忘记的……以时间的帮助……你再多多地体恤他……不过你是不爱他的,同一个不爱的人生活,而要做得使他觉得爱,这是一件很苦的事。可是你要勉励地去做,因为这就是你所受的责罚。
>
> 莱斯莉:我的责罚吗?啊,比这个厉害得多。我对您说吧,这

个话别人也未必能懂。我的责罚，就是我现在还爱我所杀的人。①

大幕落下，莱斯莉的话仿佛还在耳边，为全剧留下余韵。新结局的处理给观众留下深刻的印象和重新思考的空间。伍尔夫把班扬在《天路历程》里提到的一幕场景精炼为"大凡表象为喜剧的事物，基本上都是悲剧性的；当我们唇边露出微笑时，眼里却已热泪盈眶"②。观众不难想象，莱斯莉日后的生活莫不如是。她将表面上微笑着安抚丈夫，温暖他受伤的心，暗地里独自伤心，忍受无尽的折磨。

小说《信》由于动人心魄的故事、骇人的视觉效果和大量的对话非常适于搬上舞台演出，被成功地改编成了戏剧。毛姆深谙戏剧与小说的差异，在戏剧观念的指导下，对场景的安排、人物的设置以及情节的组织进行了改动。戏剧强调了冲突，情节波浪式的发展，内容更集中紧凑，人物形象也更加鲜明生动。改编后的文本更符合演出的要求，一个痴心女子负心汉"始乱终弃"的后续谋杀故事、一个具有强烈冲击力的场景与一个带来精神震撼的形象在舞台上鲜活呈现。改编后的《情书》使短篇小说《信》具有更旺盛的生命力，拓宽了原作的传播范围。

四、毛姆戏剧沉浮的原因

众所周知，戏剧的本质是冲突。一部没有冲突的戏剧缺乏情节发展的动力，表现得平淡乏味难以吸引观众，很容易枯萎。尽管有些学者反对把"没有冲突就没有戏剧"绝对化，但不可否认的是，在戏剧理论中，冲突占据着显著的地位和起着重大的作用。

引起戏剧冲突的方式各有千秋，大体上可以分成性格冲突和意志冲突两类。主张性格冲突的黑格尔认为："戏剧是以目的和人物性格

---

① ［英］毛姆：《情书》，陈绵译，商务印书馆 1937 年版，第 98 页。
② ［英］弗吉尼亚·伍尔夫：《笑的价值》，杨静远译，载苏玲选编：《不带家具的小说》，上海文艺出版社 2013 年版，第 152 页。

的冲突以及这种斗争的必然解决为中心。"①以法国戏剧理论家布伦退尔为代表的意志冲突说则提出："戏剧所表现的是人的意志与神秘力量或自然力量之间的斗争。"②毛姆创作的戏剧作品多是由巧合即神秘力量串起一幕幕场面，推动情节的发展，反映了他是意志冲突的实践者。

《恶性循环》讲述了父与子两代人都遇到妻子与情人私奔的故事。30 年前凯蒂夫人抛弃了丈夫克莱夫和儿子阿诺德，与外交部副部长波提阿斯私奔到佛罗伦萨。30 年后，凯蒂夫人的儿媳伊丽莎白重蹈覆辙，也和情人特迪私奔，这是题目《恶性循环》的由来。一个家族两代人发生类似的事件，作者没有从人物性格方面作出解释，而是归结于偶然。当阿纳德和伊丽莎白正在等候母亲及其情夫的时候，父亲克莱夫突然不请自来，出现在别墅里。他们尴尬的会面引发了戏剧冲突，这不是性格的冲突，而是纯属巧合。通篇剧作看下来，凯蒂夫人和波提阿斯之间没有相似的性格爱好，他们还不时斗嘴吵架。伊丽莎白和特迪之间突如其来的爱情也同样令人莫名其妙。伊丽莎白向丈夫坦白自己一看到特迪就爱上他了。特迪对伊丽莎白的告白则是："我爱你，不只是因为你美我才爱。即使你老，你丑，我也一样爱你。我爱的就是你，而不是你的美貌。这不只是爱情；爱情见鬼去吧。就是因为我无限喜欢你。我就是要跟你在一起。只要一想到你在身边，我就快乐幸福。我非常非常喜欢你。"③他说了一大通话，但是始终没有清楚表明爱伊丽莎白的原因。"恶性循环"这一雷同模式只好解释为某种神秘力量的驱使，或者说是命运的安排。

《贵族夫人》以欧美人联姻为背景。当时不少富有的美国女性与

---

① 谭霈生：《论戏剧性》，北京大学出版社 2009 年版，第 70 页。
② 谭霈生：《论戏剧性》，北京大学出版社 2009 年版，第 70 页。
③ [英]毛姆：《贵族夫人的梦——毛姆戏剧选》，俞亢咏等译，湖南人民出版社 1987 年版，第 55 页。

欧洲穷贵族结婚,双方各取所需,名利双收。在第一幕里美国女子蓓西答应了布列恩勋爵的求婚,但是在剧末没有和他结婚。他们婚约的解除不是由于两人自身的原因,而是出于外部的因素。蓓西曾经向往英国上流社会,以为它比俗气的美国人高贵得多,所以她向姐姐学习,希望借联姻进入贵族圈子。正当蓓西要迈过这一门坎时,姐姐和那些所谓上流人物鬼混的私生活打破了她的幻想。剧中,姐姐贝儿邀请蓓西及一些社交界名流来家做客,姐夫厌恶这样的场合逃避到外地去了。贝儿一直靠老情人阿瑟的资助过着挥金如土的生活,但是她在大宴宾客的时候背叛丈夫和老情人,与好友公爵夫人的情夫东尼偷情。两人的苟合碰巧被阿瑟、公爵夫人及其他客人一起目睹揭穿。姐姐糜烂放荡的生活给蓓西致命的一击。这一偶然事件与女主角的性格无关,是剧作家精心设计的巧合,瞬间改变了命运的轨道。剧末,蓓西不顾姐姐的挽留,执意离开不顾廉耻的英国社交圈,回到了美国。一个突发事件成为引发冲突、推动发展的决定性因素。若不是该偶然性,蓓西就顺利成了勋爵夫人,布列恩勋爵也解除了经济上的危机。

上述引爆冲突的突发事件与人物的性格没有多大联系,可以说是由外力突然导致的。这些例子表明毛姆偏爱通过外界的神秘力量来制造冲突,与众多主张性格冲突说的戏剧家背道而驰。这些戏剧家坚持认为一部戏剧的魅力很大程度由角色主宰,人物才是应该关注的重点。具有旺盛生命力的戏剧往往是在角色上下功夫,以人物性格发展、人物复杂微妙的关系来贯穿故事。我们首先以高尔基为例:

> 他写戏向来是从人物性格出发,善于由各种扎实的人物性格及其相互关系构成冲突,在他的剧本中,情节就是人物性格及其相互关系形成和发展的历史。他绝不让人物成为某种现成的冲突的图解,更不允许让人物性格去适应既定的情节发展线索。在他的剧本中,情节往往并不曲折,有些剧本的情节甚至并不集中,也不连贯(如《底层》)。但是,冲突却是建立在扎实的人物性格的基础

上，真实而自然，情节的发展绝不脱离人物性格及人物关系的路径，顺理成章，逻辑严密。①

中央戏剧学院谭霈生教授也坚持应该从人物性格中挖掘引发冲突、发展的动力。他批评靠外部神秘力量制造冲突的剧作不仅缺乏普遍的真实，而且易流于肤浅。

　　这样的剧本所缺少的不仅仅是真实性，也很难具有发人深省的思想。这就提醒我们，偶然性的因素是必要的；可是，如果滥用这类偶然性的因素，把人物的动作和冲突的展开、解决完全归为这种偶然性情况造成的结果，而摒弃人物性格的主导作用，抛开决定人物命运的更深刻的、内在的性格的原因，那就往往使冲突的展开、人物的动作失去真实性。而没有真实性的东西是不可能具有戏剧性的。当然，这样的剧本也不会具有深刻的社会意义。②

列夫·托尔斯泰对戏剧的理解如下："任何戏剧的条件是：登场人物。由于他们的性格所特有的行为和事件的自然进程，要让他们处于这样一种环境，在这种环境里，这些人物因为跟周围世界对立，与它斗争，并在这种斗争里表现他们所禀赋的本性。"③从中可以看出，他也强调性格在戏剧中的重要性。事件在戏剧中并非不重要，但是它的主要功能是为人物提供展现性格的舞台。正因为不同人物有不同的性格，所以人们在同一事件面前，会有不同的考量，作出不同的抉择，进而影响了故事的走向。如果在事件的跌宕起伏中，性格与之紧密吻合，那么从中挖掘出的戏剧冲突更能令观众信服。许多优秀的戏剧都是以人物的性格为切入点，通过事件来呈现人物丰富的内心世界，塑造独特鲜明的人物形象，深深地刻在观众脑海里。人物性格的力量是巨大的。它能吸引观众一看再看，回味无穷。莫里哀是性格喜剧的集大成者。斯

① 谭霈生：《论戏剧性》，北京大学出版社 2009 年版，第 68—69 页。
② 谭霈生：《论戏剧性》，北京大学出版社 2009 年版，第 160 页。
③ 谭霈生：《论戏剧性》，北京大学出版社 2009 年版，第 100 页。

人已逝,却永远活在人们心里。人们一提到伪君子就很容易想起答尔丢夫。阿巴贡则成了吝啬鬼的代名词。阿契尔说得好:"要使戏剧的兴趣能保持长久,就必须要有人物性格。"①人才是戏剧中最有活力的因素。他的丰富多彩使戏剧产生永恒的艺术魅力。如果过于关注情节的曲折变化,忽视了人物的塑造,剧本就显得单薄肤浅。把笔墨重点放在人物形象的塑造上,而不是绞尽脑汁设计故事情节,这才是戏剧成功的康庄大道。

毛姆选择以突发事件而不是人物性格来设计冲突,这和他最初以小说家的身份进入戏剧界有关。由于戏剧与小说是不同的文学类型,所以他在小说创作方面虽然有丰富的经验,转向戏剧创作时却不一定如鱼得水。毛姆的小说以构思巧妙、情节安排见长,人物刻画是他的不足之处,表现在戏剧创作中以佳构剧为主。"佳构剧"是一种以结构严谨、情节设计而闻名的情节剧。观众不难发现毛姆许多剧作的模式都是"交待情况—发现冲突—解决问题"。剧中出现的偶然事件激发了矛盾,推动了情节的进程。毛姆并非执意要借偶然性制造戏剧冲突,忽视人物性格的力量。受小说创作的影响,毛姆的写作重心放在情节上,重视故事的趣味、结构的安排,从而相对忽视了角色的塑造。尺有所短,寸有所长。令人惋惜的是,毛姆作为小说家擅长设计情节,短于塑造人物,这对戏剧来说是致命的缺陷。毛姆在佳构剧上的成功并不能掩盖他在形象塑造上的局限。文学是人学,戏剧也不例外。没有活生生的、有血有肉的人物形象,单凭曲折的故事,这样的戏剧表面看起来热闹有趣,内里却是空洞无力的,缺乏复杂的内涵和真正的活力,在短暂地吸引观众之后,很快就被人遗忘。当观众看过一遍知道故事内容后就失去了兴趣,因为它再无秘密可言。情节曲折多变,看似冲突有力,却只是浅层次的力度,实为本末倒置之举。因此毛姆的戏剧虽然在

---

① 谭霈生:《论戏剧性》,北京大学出版社 2009 年版,第 185—186 页。

上演时叫好卖座，现在却已经鲜为人知。

毛姆戏剧的陨落除了人物刻画方面的不足外，还是下列因素的综合结果。英国风俗喜剧的先河起始于王政复辟时期，围绕着上流社会的名媛绅士展开，通过他们机智诙谐的谈话和情爱故事，映射出当时的社会风尚。毛姆的风俗喜剧创作于 20 世纪初期，着重揭露中上流阶层腐朽淫乱的一面。他把目光聚焦在社交界的风流人物，以犀利的笔锋绘制了一幕幕情色故事。由于靠离奇来引发冲突，缺乏生活的真实性；由于着重描述权贵享乐放荡的一面，不具备普遍性。毛姆的风俗喜剧既远离真实生活，没有质朴浓郁的生活气息，又不能反映社会问题，没有深刻的思想意义，因此它们在文学史上逐渐销声匿迹自然不足为奇。

毛姆在进军剧坛的时候向王尔德学习、继承和延续了风俗喜剧的传统，但是没有把它推上更高的山峰。余光中评价王尔德说："王尔德聪明绝顶但同情心不强，比起真正的大家来显得有些单薄。但是真正的大家又没有幽默感，王尔德正因为单薄，才显得转身自由、轻盈。"[1]毛姆和王尔德相比，不仅更为单薄，更缺乏同情心，而且还没有王尔德的轻盈之美。毛姆的剧作虽然体现了批判与讽刺社会现实的英国喜剧传统，但不像王尔德那样幽默机智，而是表现得冷酷讥讽，令人退避三舍。王尔德的作品是风俗戏剧最后的辉煌。毛姆的萤火之光，难与王尔德的日月争辉。

20 世纪初的英国剧院是萧伯纳的世界。萧伯纳厌恶旧戏剧里描绘日常生活的平庸琐事、虚构无聊的情节。毛姆擅长的佳构剧、风俗喜剧是他大肆批评的不入流之作。萧伯纳在戏剧里往往提出严肃的社会问题，进行讨论。毛姆没有紧跟这一戏剧改革的浪潮，离历史前行的脚步越来越远。

戏剧的生存和发展与观众的爱好息息相关。1901 年至 1910 年，

---

[1] 苏妮：《余光中推介"王尔德四部喜剧"》，《南方日报》2010 年 9 月 1 日。

即爱德华七世执政时期,歌舞升平的生活已是末路的疯狂。在世界大战乌云压顶的前夕,旧日的太平景象结束了。不久后爆发的世界大战摧毁了纸醉金迷的生活。普通老百姓更关心的是生命的安危、生活的基本需求,而不是社交界名流的爱情婚姻。风俗喜剧不再为人们喜闻乐见。观众口味的变化可以说是该戏剧衰亡的重要原因之一。

真正有价值的戏剧往往塑造出经典的人物形象,在艺术长廊上刻下令人难忘的角色,并且通过人物的生活道路揭示出影响其命运的社会问题,反映某一特定时期的风貌。然而毛姆塑造的戏剧人物,既没有强烈的个性,也没有染上鲜明的时代色彩。这是他的一大局限性。此外,除了他的少数几部作品,我们难以从毛姆的剧作中感受到当时普通人的真实思想和重大社会矛盾。他牺牲了戏剧的真实性,逃避了所处时代的社会问题,而是着重以跌宕起伏的情节取悦大众。毛姆没有如实地把具有普遍意义的市民生活搬上舞台。观众几乎看不到其戏剧中蕴含着深刻的社会现实意义。这种脱离人民大众现实生活的作品显然不会长期得到观众的青睐。所以毛姆的戏剧尽管风光一时,但是逐渐被湮没在历史的尘埃里。

第四节　毛姆游记研究

一、透过"中国屏风"看文明的冲突

文明的冲突由来已久。从不同类型的文明碰撞的那一刻起,矛盾就产生了。不少文明都把自己看作最正确、最先进、最优秀的,并进而贬损其他文明。当今世界不仅是一个多文明的世界,而且是文明冲突激烈的世界。针对这一问题的书籍层出不穷。亨廷顿于20世纪90年代撰写的《文明的冲突与世界秩序的重建》就是这样一部有代表性的著作。书中描述了人们由于所属文明的不同产生的冲突。尽管他对世

界未来的命运忧心忡忡，但还是期望人类能相互容忍、理解、接受各种文明并存的局面从而维护全球的和平。根据亨廷顿的划分，中国文明和西方文明是两种基本的文明类型。它们的冲突自 1842 年鸦片战争以来尤其明显。读完亨廷顿的理论之后，我们再回头看看 20 世纪初的中国，对文明的冲突有了更深一层的理解。

1919—1920 年英国作家毛姆到中国游历达半年之久。回国后不久他发表了《在中国屏风上》一书。这部游记很好地诠释了两种文明的冲突，更难得的是作者不像当时许多殖民者那样自恃高人一等，以为强大经济实力支撑下的西方文明也胜过中国文明，相反他还为中国文明的衰落不为人了解而痛心不已。

20 世纪初中国在经济和军事上的落后使得西方帝国主义国家在这片古老的大地上耀武扬威。伴随着经济实力而来的是西方文明的伸张。西方人因他们国家的强大自然而然地把西方文明看作高级文明，轻视中国文明。同时人们习惯于对与自己思想不一致的人建立起警惕的心理，用怀疑和恐惧的眼光审视异己。因此在毛姆的笔下，西方人对待中国文明的态度大多是轻蔑、嘲笑、厌恶乃至仇恨。这些西方人之所以来到中国大多是不得已而为之。商人为了经济利益到中国投资。他们对中国的了解仅限于他们的业务所必需的那么一点。西方人眼中的"盖世无双"，一家外国公司的领袖，他在中国已经 30 年了，却为自己不会说一句中国话而自豪。与之打交道的仅有的中国人是他的员工和听差。他告诉作者他恨这个国家、这里的人民，当他赚够了钱就打算远走高飞。连这样一个在同胞中出类拔萃的人心胸都如此狭隘，目光短浅，文明的隔阂又怎么可能被打破呢？

毛姆在中国期间还接触过许多传教士。一个传教士应当具有博爱的精神，把其他人看作自己的兄弟姐妹。但是他们却认为中国人愚昧无知、低级落后，把中国人看作厌恶的对象，仅仅因为中国人没有按照他们的方式生活、工作和思考，和他们的信仰、价值观念不同。他们告诉毛姆中国人是说谎的人,不能信任的、残酷的和肮脏的。作者在和一位传教士交流了一番思想后,对方高兴地说没想到在离文明这么远的地方还能进行有意思的谈话。言外之意是中国根本不存在文明,是一个野蛮、未开化的地域。

西方人眼里的中国形象是这样,那么中国人又是怎么样看待西方的呢?《在中国屏风上》这本书中,中国人除了以苦力的形象出现之外还有一些是高官学者。苦力代表了中国最广大的劳苦人民,他们关注的是日常生计问题。在战乱频繁、民不聊生的年代,中国人不愿惹是生非、温顺、忍耐的特点表现得愈加突出。他们连最基本的生活都操心不过来,自然更无暇顾及文明的冲突。因此对于外国人的出现,他们仅限于漠然和好奇。

文明的地位决定于身后权力的高低。中国文明处于劣势是当时的情势使然。由于资本主义国家的强盛国力,书中提到的许多中国官员和学者对西方文明表示了欣赏和仰慕。只有辜鸿铭,一个中国传统文化的卫士不屈服于西方的强权,凛然质问西方是否在学术思想上胜过中国?难道中国文明不如西方的博大精深?中国用智慧而不是武力来治理国家,这就远比西方文明进步。可悲的是在机枪大炮的火力下中国文明失语了。

毛姆是一个自视甚高的人,但是他在辜鸿铭的面前却非常谦卑恭敬。作为一个英国人,来到当时贫穷落后的中国,心理上的优越感自是不必言说。难能可贵的是毛姆却能抛弃殖民者居高临下的气势,赞同辜鸿铭的说法。毛姆有别于大多数西方人,他是怀着对中国文明的崇敬来到遥远的东方。他从香港到北京,从上海到成都,足迹跨越了大半个中国,就是为了追寻心中的帝国。在《在中国屏风上》的"幕启"中,作者就道出他对中国文明的神奇与奥秘的向往。门窗上复杂精致的花格、无价的古瓷青铜还有雄伟庞大的长城,所有这一切都深深感动着他。当内阁部长请毛姆欣赏他珍藏的图画时,作者禁不住屏住了呼吸,唯恐亵渎了伟大的艺术。

全书不仅贯穿着对中国悠久深邃的文化的景仰,还有对勤劳善良的人民的歌颂。来中国之前,毛姆常常看到一些外文小说描写中国人丧失人样,在污秽的地方抽鸦片,这让他不寒而栗。但是他亲自来到烟馆后,看到的却是一个安逸舒适的环境,人们友好地朝他微笑。所以他在《燕子窝》这篇文章的最后写了虚构的小说与现实生活相去甚远。一些不负责任的作品夸张、歪曲和丑化了中国在西方的形象。不仅"瘾君子"给作家留下了愉快的印象,中国普通民众更是他讴歌的对象。在中国游历的半年,他感动于轿夫、船工及其他苦力们吃苦耐劳的精神,同时又感到无限的怜悯和同情。他没想到中国人竟然有着人所不堪的负重。看到苦力挑着重担着急赶路,听着纤夫在长江边拉船的号子,作者感到沉重的压抑,禁不住感慨生活的艰难和残酷。

对勤劳朴实的中国人民,毛姆给予同情和赞赏,对于骄横无理的殖民者,他则进行了讽刺和批评。当时半殖民地半封建的中国遭受西方列强在文化上的压抑和霸权。以吉卜林为代表的殖民主义作家,在作品中极力颂扬大英帝国的强盛,理所当然地认为西方文明高于其他的文明。以康拉德为首的作家,通过创作表达了对殖民统治的怀疑和担忧。毛姆却在书中对歧视中国文明的西方人进行了嘲讽。在他创作《在中国屏风上》的20世纪20年代之后,反讽逐渐成为殖民文学的一种重要形式。但是无论是奥威尔还是格林,他们在运用这一写作手法讽刺殖民者的同时,都怀着对英帝国的热爱。他们虽然清楚地意识到西方的衰落已是无可挽回,但是英国至上的信念在他们心中始终不渝。

毛姆不仅率先在作品中揶揄殖民者,而且不为一个帝国的末路即将来临而痛心,为此遭受了许多英国同胞的指责。他们批评他最突出的毛病就是玩世不恭。倘若英国的批评家能转换一下立场,用他者的观点重新审视殖民主义写作,就会得出不同的结论。看到同胞们在中国的土地上的种种表现,毛姆为他们的浅薄无知、狂妄自大深感不齿。

尽管毛姆恪守客观的作者立场,避免在作品中直接表露自己的爱憎,但是读者通过书中看似轻描淡写的一个动作、一句话就领会到了作者的批评意图。

由于殖民主义造成了霸权话语,中国文明在20世纪初处境艰难。难得有毛姆这样的有识之士,以一个世界主义者的眼界,提出文明平等的观念,批判西方文明的普世主义。毛姆在游记中阐释了两种文明碰撞后形成的局势的原因。中国人由于自身国力衰落,遭受到西方列强的侵凌。这使得大多数民众觉得中国之所以落后挨打是因为经济实力不如人,进而觉得文明也不如人。中国的衰败都是源于中国文明的落后。因此他们不愿意再把中国文明敬奉为绝对的真理、不可违背的教条,而是纷纷学习西方的文化。从欧美回来的留学生们不尊敬也不信仰自己的文化。毛姆禁不住感叹道:古老的世界知名文化被无情地抛弃了。

除了客观的经济原因之外,中国人自身的国民性对中国文化退居边缘地位也负有不可推卸的责任。一个英国费边社的成员刚到中国时,宣称中国人是他的兄弟、和他一样平等的人。三年后毛姆在上海遇见他时,他却告诉作者不必对中国人有任何的怜悯,他们惧怕英国人,他们需要主人,并且总愿意有人来统治。为什么一个具有近似社会主义观念的人会对中国人失望到鄙视的程度呢?这和中国人的自卑、懦弱和奴性不无关系。人们会同情一个被压迫的民族,但不会可怜那些甘心接受压迫、奴颜婢膝的人。要让西方肯定中国,首先自己就不应该瞧不起自己的文明。前文已经提到辜鸿铭是毛姆遇见的唯一一个敢于诘问西方文明凭什么高居中国文明之上的人。他那大无畏的精神值得我们钦佩。

在《在中国屏风上》的结尾,毛姆通过"山城"这篇文章,总结了他作为一个西方人身处中国时的感想。他说经过幻想上的努力,他可以马马虎虎把中国人当作自己的同胞对待,可是两者还是陌生人,对方也把他看作陌生人。毛姆在文章中呼吁不同文明下的人能互相理解、平等交往。作为一个英国作家，他能在当时的环境下发出这样的声音实属不易。时隔 70 年，亨廷顿也认为解决当今的文明问题需要西方意识到西方文明的独特性而不是普遍性，放弃西方文明的普世主义。但是他和毛姆的出发点不同，毛姆是出于对中国文明的仰慕，而亨廷顿是担心世界和平的局势遭到破坏。亨廷顿之所以撰写中国与西方文明的冲突，是因为他已经意识到中国是一个不可忽视的国家。他在《文明的冲突与世界秩序的重建》中文版序言中说中美之间的关系比世界上任何国家之间的关系都重要。如果西方不改变对待中国文明的态度，那么双方的冲突将导致灾难性的后果。毛姆在 20 世纪初的期望在新的世纪里得到越来越多人的赞同，这是一个可喜的现象。只有当多数西方人，而不是少数有识之士都试图了解、平等看待中国文明的时候，东西方才能进行有效的沟通，通过对话而不是对峙，真正实现文明的共同发展。相信这一天的到来不会遥远。

二、《客厅里的绅士》——昔日东南亚掠影

《客厅里的绅士》记录了毛姆 20 世纪 20 年代游历东南亚的旅程。当年毛姆的足迹遍及仰光、蒲甘、曼德勒、东枝、景栋、曼谷、金边、吴哥、西贡、顺化、河内、海防等城市。这一趟旅行浮光掠影，但是却为后人留下了宝贵的历史纪录。他以文雅敏感的笔触，勾勒了缅甸、泰国、柬埔寨、越南等国家的真实面貌。旅程结束后，毛姆没有立即著书，而是沉淀这段经历长达了 7 年之久，1930 年该书得以问世。因此，读者阅后不难发现它和以往描述景色的传统游记不同，其中凝聚了毛姆独特的个人感受体验，夹叙夹议，展现了他个人对东方的理解和阐释。

毛姆喜爱带书踏上旅途。出远门之前，毛姆把一本赫兹里特的随笔选集收入行囊中。他习惯以读书开始一天的生活，就像晨浴一样愉悦身心。白天行进途中，毛姆也随身携带着小开本的书，或者把厚重的书拆成好几份，以便随手翻阅。书名《客厅里的绅士》源自赫兹里特

《论旅行》中的一段话:"妙哉! 挣脱俗世与舆论羁绊——把我等那苦苦纠缠、令人烦恼、没完没了的自我身份丢于自然之中,做个当下之人,清除所有累赘——只凭一碟杂碎维系万物,除了晚上的酒债,什么也不亏欠——不再寻求喝彩并遭逢鄙视,仅以客厅里的绅士这一名衔为人所知!"①毛姆坦言自己读到这段话拍案叫绝,当即决定以"客厅里的绅士"来命名远东游记。他在欧洲的日子正如赫兹里特所叙述的那样,被琐事、世俗和舆论烦扰。他意图奔向东方,抛开尘世的羁绊。东方的确没有辜负他的期望,安抚了他躁动不安的心。安宁是该趟东南亚之行献上的一大馈赠。"这地方如此可爱,平房及其草地与树木如此温馨安宁,有一阵子,我不禁想在这里不只住上一天,不只住上一年,而是一世。"②"我们一路慢行,只有桨声打破寂静。想到有眼前这些时辰来享受安宁之感,我很高兴。我想,当我再度置身欧洲,关在那些石头城市里,我将多么怀念这个美好的夜晚和令人陶醉的孤独。这将是我记忆里最为永恒的东西。"③类似这样的表述在游记中屡见不鲜。毛姆反复提到东方给他带来了心灵的平静。他多么享受和眷恋某一刻、某一处的安宁。为了获得短暂的平静,先前的辛苦跋涉都值得忍受。它们将永久留存在作者的记忆深处,慰藉他烦躁不安的心。

毛姆坦言:"令我有兴趣形诸文字的,不是事物的外表,而是它们予我的情感。"④在该书中,毛姆身体力行,从未单纯地就景论景,切实做到了情景交融、借景抒情。途经一条河流,毛姆能注意到它和英国河流的不同:"你决不可误认为它是一条英国河流,它既无我们英国河流的温和,也无它们含笑的淡漠;它神秘而悲惨,它的水流有着人类放肆欲求的险恶张力。"⑤"神秘而悲惨"不仅是河流给予他的感觉,而且还

① [英]毛姆:《客厅里的绅士》,周成林译,译林出版社2010年版,第5页。
② [英]毛姆:《客厅里的绅士》,周成林译,译林出版社2010年版,第61页。
③ [英]毛姆:《客厅里的绅士》,周成林译,译林出版社2010年版,第198—199页。
④ [英]毛姆:《客厅里的绅士》,周成林译,译林出版社2010年版,第173页。
⑤ [英]毛姆:《客厅里的绅士》,周成林译,译林出版社2010年版,第106页。

是亚洲其他众多人和事物给他留下的印象。躺在树林中休息,他难以入睡。尽管林中甚为喧闹嘈杂,虫鸣鸟啼,水流淙淙,但是作者心中有种奇怪的不安,觉得静得可怕。也许是因为人们在大自然面前自觉渺小,心生畏惧吧。探访吴哥窟时,他沿着陡峭的台阶一层层往上登,高高的阶梯让他联想到神明的遥不可及和高深莫测。不论攀登到哪里,每层高楼都有四个用于洁净的大水池。在如此奇怪的高处,他看到那些水不由得屏声静气,心生畏惧。

赶集的时间到了,毛姆听到山民手持竹管乐器在演奏。"乐声忧郁而颤抖。在那含糊的单调之中,我似乎不时捕捉到带着渴望的一些音符……提及心中深埋的期望与绝望……它是他们发出的一阵悲伤与质疑的哭喊……以此借助人类友情的神圣慰藉,让自己恢复信心去对抗世间的孤寂。"①毛姆从当地人的乐声中听到的不是欢快,而是忧郁、绝望、悲伤、质疑、孤寂。这些负面的情绪与作者的心灵相呼应,音乐传达了他本人心中的感伤。

毛姆在途中雇佣一个当地人当厨师,但是他酗酒误事,常常把好好的食材糟蹋了。毛姆忍无可忍之下,终于解雇了他,然而目睹其弱小的背影,拖着沉重的步伐,蹒跚离去,留给旁人可怜、悲惨乃至绝望的印象,顿时心生怜悯。幸好,一旁的侍从说他对厨子已经很宽宏大量了,要是自己早就开除了对方;并且安慰他厨子会在另一个地方找到工作,才使得他不安的心稍微好受些。

回想起散落在丛林中的几所荒寺和博物馆里的几件雕像,毛姆不由得心酸难过。它们让人想起曾经兴盛强大的高棉帝国,现在衰亡荒芜在历史的尘埃里。鲜明的对比彰显了岁月的力量、历史的无情。了解历史的人回顾当年奢华的艺术成就,怎能不感伤痛心?昔日风光不再。如今人们只能凭借想象、记载和遗迹缅怀一个逝去的光荣时代。

---

① 〔英〕毛姆:《客厅里的绅士》,周成林译,译林出版社 2010 年版,第 86 页。

囿于当时的东方受制于西方列强,百废待兴,衰败的环境定下了寂寥荒凉的基调。

与异域风情相比,毛姆更感兴趣的是人,形形色色的人。与其说是风景,不如说是人勾起了毛姆的旅行兴致。作为一个以讲故事闻名的作家,毛姆在游记中也点缀着他与欧洲人、当地人交往的故事。有些故事被稍作改动后收录在短篇小说集里,例如《梅布尔》、《马斯特森》、《九月公主》和《便当的婚姻》等。这些充满人间烟火的故事让游记富有生气,突破了以往静态风景的局限。旅行帮助他收集了众多故事的素材,提供了源源不断的灵感。"常常有人给我讲他自己的故事,而我相信这些故事他从未告诉任何人……某种渴望让他敞开心扉。这样,我一夜之间对他们的了解,比认识他们十年的人所知道的还要多。你要是对人性有兴趣,这就是旅行的一大乐事。"①正是他对人的情有独钟令其游记与众不同,脱颖而出。他通过皇后侍女之口写下了缅甸末代皇帝热宝王的宫廷剧变。他陈说了英国男子与缅甸女人、越南女人的情感纠葛。他转述轮回的故事,一个村民找到自己前世的家,但是子女不肯承认他,他只好把家里席卷一空,偷偷离去。他在康斯坦丁·福肯故居前回顾了这位西方冒险家在泰国传奇浮沉的一生。他编撰了泰国九月公主的故事,心地善良、放飞小鸟自由的她嫁给了柬埔寨国王,过上了幸福的生活。他受邀参加越南皇宫举办的春节典礼,描述了觐见皇帝和庆祝佳节的全过程。他记录下与同船航行的旅客交往的有趣经历。这些五光十色的故事如乱花渐欲迷人眼,令读者翻开书后爱不释手,欲罢不能。

这本游记中另一个常见的主题是宗教。佛教和基督教两种不相干的宗教被作者巧妙地融合进书中。沿途毛姆路过许多简朴的小庙,也经过庄严的大庙,似乎他更欣赏小庙。它们外面是木墙与茅顶,里面是

---

① ［英］毛姆:《客厅里的绅士》,周成林译,译林出版社 2010 年版,第 37 页。

矮小寻常的塑像。这种质朴的风格与佛教的教义相吻合。他还由佛祖在野外树下悟道，联想到佛教好似农村的宗教，而不属于城市。当然，城市里并不乏宏伟的寺院和佛塔。莲花宝座上的巨大佛像静坐沉思，好像对周围一切不闻不问。走进去里面黯淡无声，沉寂得让人害怕。镀金与镶嵌的图案看似富丽堂皇，实则露出衰败之相。曾经繁荣兴盛，而今日暮西山。来自发达国家的毛姆敏锐地觉察到了当时东方的落寞气息。

欧洲还给东方带来了上帝的使者。传教士肩负播撒上帝福音的使命，跋山涉水，甚至深入人迹罕至的村庄，一方面是出于对信仰的虔诚，另一方面是由于现实的考虑。偏远地区的山民更有可能接受基督教，因为他们尚未开化，畏惧自然，崇拜鬼神。宗教从根本上说具有排他性，每一种宗教都有自己的神。有趣的是，有传教士与和尚畅谈，欣赏他的学识，敬重对方的信仰，认为佛教是很好的宗教。

毛姆本人不相信宗教，所以读者不时在他的作品中发现他大胆地把佛教和基督教拉下了神坛。毛姆的一个旅伴丘卓曾经向许多人一样，做过沙弥。他炫耀自己出去托钵从未失败过。他骗来饭菜，回家后随手丢弃，然后大快朵颐自家美食。世人本是出于对信仰的虔诚，给予他布施；而他反过来利用人们的心理戏弄了佛教，为一次次成功蒙骗他人而得意偷笑。

清晨太阳初升，小沙弥在佛像前供奉上米饼。他前脚刚走，一只早就守在那里的野狗飞快地溜进来，叼起米饼跑了。供品真的是献给神灵食用的吗？事实上，都被狗吃了。毛姆接着描绘佛像沐浴在阳光下，染上了一种本身没有的华美，意在说明木塑泥雕的神并不神圣，是人为的因素把它们变成了神。

毛姆喜欢佛教中的因果轮回说。前世的所作所为决定了今生的幸福痛苦，今生的行为又将影响他来世的命运。这样的解释帮助人们忍受现世的苦难，争取未来的幸福。但是他坚持一切神灵并不神秘，只是依靠善男信女的崇拜才变得高大。与其说有神明,不如说是大自然。在所有的未知力量中,自然的威力最可怕。高高的菩提树屹立在大地上,路过的人们顶礼膜拜。它看似神圣庄严,不可小觑,可是在威力无比的自然面前,胜负已然分晓。有一天,瓢泼大雨倾盆而下,轰隆隆的雷声骇人。毛姆躲在庙里避雨,即便如此他还是胆战心惊。他意识到那些庙堂和神像在大自然面前无计可施。人们建筑寺庙,塑造神像,在凶猛的自然界和人类社会之间竖起一道看似保证安全的屏障,其实不过是为了心灵慰藉,纯属自欺欺人。

对于基督教,毛姆也毫不留情。一个传教士向他坦白,自己没有在母亲临终前回国见她最后一面,因为他担心自己回去后没有勇气再回到东方。传教士对传播宗教真的虔诚吗?如果他的心够诚,就不会有这种担忧。传教士后面接着说没关系,他和母亲可以在天堂相见。一个连自己都信不过、信仰不坚定的人,居然认为自己死后能进入天堂获得永生。毛姆质疑传教士是否笃信上帝,由此联想到他们离开人世的场景。

> 在那神志清醒的最后时刻(那些陌生的棕色面孔俯视着他),他会不会恐惧和怀疑,因而察觉在死亡的后面有的只是毁灭,然后,他是否会有一种强烈的反感,因为他徒然放弃俗世给予的一切……尽管如此,他是否仍将觉得自己这辛劳、克己、坚忍的无畏人生很有意义……此刻,他们肯定终于知道了自己是否真的相信。①

毛姆没有在书中给出明确的答案,但是他相信人们心中自有论断。毛姆还在游记的终章借一个美国犹太人之口表明了他对基督教的不以为然,犹太人在大庭广众之下说了很多贬低天主教的话。叙述者指出旁边有几位神父,他在神父面前这样说是不礼貌的。为了弥补过失,他

---

① [英]毛姆:《客厅里的绅士》,周成林译,译林出版社 2010 年版,第80页。

掏出一大笔钱。神父不愿意接受这样的馈赠，但是又难以拒绝现实的诱惑。犹太人劝说道：自己并不信教，但是如果神父下次祈祷时提到自己及自己的母亲，那也没什么坏处，他们就互不相欠了。在现实生活中，宗教在金钱面前弯下了腰。毛姆通过这个故事展示了金钱的强势、信仰的弱势。宗教是可有可无的，至少在他的眼里。

今天的东南亚已经发生了翻天覆地的变化，但是读者可以通过毛姆的游记重游一下昔日的美丽东方。毛姆尽其所能竭力给后人留下了珍贵的文字记录。对旧时衣着好奇的读者，不妨借助这本游记遐想一下："中国商贩安详地吸着水烟，穿着蓝色的裤子与黑色的紧身外套，头戴黑色的绸帽。他们并不缺少优雅。中国人可谓东方贵族。"①越南人的服饰也颇得毛姆的赞赏："穷人的衣服是沃土的棕色，一件两侧开叉的长衫和一条长裤，系着一条苹果绿或橙色的腰带；他们头戴一顶扁扁的大草帽，或是缠着一小方折得很规整的黑头巾。富人缠同样整洁的头巾，穿白色裤子与黑色绸衫，外面常常套一件黑色的蕾丝上衣，这一装束甚是优雅。"②和着装变化多端的西方人相比，他眼中的东方人好似单调明丽的黄水仙。

毛姆还以浓重的笔墨描画了当地的建筑。它们虽然不乏魅力，但是对绘画鉴赏能力颇高的毛姆来说，在美学上是有遗憾的。众多寺庙佛塔楼房，经过岁月的洗礼变得黯淡褪色，但是人们可以从中推想到当年的金碧辉煌。他觉得东方艺人好似儿童，在美的起点处摸索着，以绚丽耀眼壮观为美，但是裹步不前，墨守成规。看多了，容易产生审美疲劳，让人失去兴趣。除了偶尔的例外，许多艺术平庸乏味。行文中，毛姆几次提到皇家的艺术品位令人哀叹，民间的艺术品位就更不值得一提。他看到墙壁上的舞姬雕像，联想起自己亲眼观赏的东方舞蹈，那些弯曲扭转的姿势恒久不变，不禁哑然失笑。他纳闷艺术设计者的创造

---

① ［英］毛姆：《客厅里的绅士》，周成林译，译林出版社 2010 年版，第 86 页。

② ［英］毛姆：《客厅里的绅士》，周成林译，译林出版社 2010 年版，第 193 页。

力哪儿去了？总体而言,东方的美的局限在于缺乏创意,以古制今,往往依靠大规模和鲜艳色彩来震撼观赏者。

巴戎寺庙一条走廊里的浮雕深深印刻在毛姆的脑海里。数百甚至是上千年前,一个民族的日常生活有幸在走廊上留下印记。今天的人们依然像远古的祖先那样烧饭、做菜、捉鱼、捕鸟、经商、看病。他为雕刻所表现的内容千百年来没有变化而感到震惊。他感慨,好奇勤劳耐苦的东方人为什么能坚守古老的传统,一成不变地生活。"在我看来,在这些东方国度,最令人难忘、最令人惊叹的古迹,既不是寺庙,也不是要塞,也不是长城,而是人。那些依循古老习俗的农民,属于一个比吴哥窟、中国长城或埃及金字塔远为古老的时代。"①

毛姆在书中如实描绘了东方人的生活方式、习俗和传统。他记载了村民的日常生活,纺纱、舂米、赶集等等,回忆了城里百姓挑担买卖、上庙敬佛、划船载客。当地人淳朴、快乐、安宁的生活历历在目,难以忘怀,所以他得出结论:"世人犯下的一大错误,是以为东方堕落;恰恰相反,东方人有着普通欧洲人将会觉得美妙的适度。他的美德并非如欧洲人的美德那样,但我认为他更高尚。说到堕落,你必须在巴黎、伦敦或纽约找寻,而非去到那不勒斯或者北平。"②

20世纪20年代的东南亚适逢外国殖民统治时期。毛姆,作为一个英国人,在当时受到了殖民地百姓的隆重接待。毛姆的游记就像一面镜子,如实呈现了东方他者的卑微和西方人的高贵。通常,他每到一个村庄,在村口等候迎接他的有村长、文书、随从、村长的一个儿子或侄儿、长老们……他们不仅献上水果、鸡蛋等食物,甚至还端上盛有八支蜡烛的盘子。蜡烛往往是供在佛像前的,毛姆看到这样的款待感触颇深,觉得自己当不起这样的敬意。当他到了城市,迎接他的有知事等官员。当毛姆离开景栋时,土司派官员护送他到边境,还要求下属沿途给

---

① ［英］毛姆:《客厅里的绅士》,周成林译,译林出版社 2010 年版,第 185—186 页。
② ［英］毛姆:《客厅里的绅士》,周成林译,译林出版社 2010 年版,第 68 页。

他造房子,每所房子仅仅住一晚而已。在毛姆所代表的欧洲人面前,殖民地子民除了有尊敬,还有畏惧。毛姆观察到当地警官,手下还率领着一众整齐的士兵,但是一看到他这个白人,顿时慌张起来。一路上,毛姆还不时遇到村民跪在他面前,恳请他向政府转达修路等各种要求。毛姆在书中清楚表明自己不赞同帝国捍卫者的言论。"我并非政客,我耻于道出帝国的陈词滥调,而以管治帝国为己任的那些人,他们却可脱口而出。"①尽管毛姆在被殖民者的低下和恭顺面前,偶尔流露出骄傲的情绪、西方人的自豪感,但是读者细读文本,能从中感受到他对殖民者的反感和对东方人的同情。

游记中还刻画了一个特殊的群体——向往东方净土的欧洲人。有的在东方城市居住长达几十年,有的独居在一个小村庄,有的隐居在人迹罕至的小岛上。毛姆钦佩他们的勇气,欣赏他们获得了安宁、快乐和自由,但是又质疑他们是否真的无怨无悔。放弃了许多人渴望的舒适现代生活,来到远东平静度日,这样的代价真的值得吗?毛姆本人也曾经挣扎在东方淳朴和西方先进的冲突之中。游记伊始,他骑着小矮马开始旅程,享受悠闲缓慢的节奏,但是一看到院子里停着一辆小汽车就欣喜若狂。他一边开车上路,一边畅想着自己给路旁首次见到汽车的农民带来了文明的象征,吹起了革新的号角。他为自己在丛林中夜宿简朴的竹屋而兴奋,但是一入住酒店,看到里面带着浴缸,阳台上有躺椅,完备的设施更令他开心。现实生活中,毛姆以定居西方、游览东方的实际行动表明了自己的选择。因此从本质上说,他是一个入世的人,伊壁鸠鲁主义者。东方是梦幻的精神家园,西方是毛姆的实际归宿。

---

① [英]毛姆:《客厅里的绅士》,周成林译,译林出版社 2010 年版,第 54—55 页。

第四章　毛姆的艺术成就

文学作品的解析涵盖了多重内容。本章首先论述毛姆作品构成中的基本问题,从作品的常见题材、人物形象、叙述技巧、创作思想方面进行归纳分析;之后,针对当下摇摆在自然主义和现实主义之间的两种论断,裁定他的流派归属;最后按照时间顺序,梳理他漫长的创作一生,解释说明了批评界对他的低估和误解,肯定了他的文学成就。

第一节　毛姆东方作品的基本题材

毛姆的名声在东方之行后得到了很大的提升。他在后期创作中展现了一个全新的世界,某种程度上既超越了自己以往的创作,又别于写东方题材的其他作家,例如吉卜林和康拉德等人。安东尼·伯吉斯称赞道:"毛姆的一些故事是英语作品中最好的。他最成功的故事,包括《赴宴之前》、《书袋》、《马金托什》、《信》和《雨》等利用英国殖民地上令人压抑的气氛,描绘了印度和远东等级森严的殖民社会里的卑鄙阴谋、婚姻不忠、有时还有恶毒的谋杀。"[①]东方和西方在毛姆笔下的殖民地发生了碰撞,他就是在这样一幅地毯上绣了各式各样的图案。概

———————

① Thomas Votteler ed., *Short Story Criticism*. Vol. 8, Detroit: Gale Research Inc., 1991, p.355.

括而言,毛姆描绘了东西文明冲突下的众生相——东西联姻、通奸命案和殖民统治,不仅为自己的创作渲染上了异域风情,而且还为英国的殖民地文学书写下了精彩的篇章。

一、东西联姻

东西联姻在毛姆的东方小说中频繁出现。有评论说:"吉卜林和康拉德也写殖民类的小说,但是毛姆在他的短篇小说中特别地关注异域环境对婚姻或婚外情关系的影响。"①这一特点没有引起国内研究者的关注,因此有必要重点探讨毛姆对跨国婚恋的看法。

20 世纪上半叶已是西方殖民统治的尾声,但是众多宗主国的人们在殖民地上生活了不少年头,他们和当地的女子结合,繁衍生息,由此引发了许多故事。美好的爱情本应该是发自内心的、真挚的、不受世俗规矩和偏见限制的、不分种族和肤色的一种情感,可是当一个土著人或混血儿与白人相恋时,种种现实的障碍便露出了水面。

在考察毛姆对跨国爱情婚姻的态度之前,首先必须明确他的一个基本观点,即带有东方血统的混血儿属于东方人,这是当时人们的共识。不仅西方人把混血儿当作东方人,混血儿自己和东方人也是这样认为的。在《苏伊士以东》里,黛西是中英混血儿,她对情人乔治告白说:"我将像一个中国女子那样生活。我将是你的奴隶和玩物。我想逃离所有的欧洲人。毕竟,中国是我出生的地方,是我母亲的祖国。中国充满了我的整个身心。我讨厌这些外国的衣服。我对中国服装的随意和休闲充满了特殊的渴望。"②《湖畔恋情》里的伊沙尔是挪威和萨摩亚的混血儿。伊沙尔在小说中被描写成"身上还显然受到过文明世界的某些熏陶,所以,在这荒蛮之邦里看到她,你会觉得诧异。她使你想

---

① Thomas Votteler ed., *Short Story Criticism*. Vol. 8, Detroit: Gale Research Inc., 1991, p.381.

② W.S.Maugham, *East of Suez*. New York: Arno Press, 1977, p.125.

起拿破仑三世宫廷里那些惹得朝野上下议论纷纷的著名美人。虽然只穿着棉上衣、戴着草帽，但她的打扮是那样入时，使人一眼就看出那是个摩登女子"①。可惜文明的样貌并不能代表一个人的血统。混血儿虽然在外表上和西方人非常相似，但是本质上仍然属于东方人。

对东方人来说，混血儿无疑也是自己的同胞。在《苏伊士以东》里，陈礼泰就对黛西发了一通议论：

陈礼泰(冷笑)：我关心什么？我在等待……你和白人有什么关系呢？你不是一个白人妇女。当你父亲的血和你母亲从无数祖辈那里继承下来的喧哗的溪流交汇在一起的时候，你父亲的血统又有什么力量呢？我们的种族非常纯正和强大。异邦曾经入侵我们的体内，但是只要一点时间，我们就会同化吸收它们，不留下一丝一毫外国人的痕迹。中国就像黄河一样，由 500 条溪流汇集而成，并且始终没有改变，仍然是金黄的沙石、壮观的、咆哮的、冷酷的和永恒的。你有什么能力在这巨大的潮流面前逆流而上呢？你可以穿西式服装，吃西餐，但是在你的内心，你是一个中国女子。你的激情是白人那种软弱的、游移不定的情感吗？在你的心底有一种白人永远不能了解的简单，还有他永远无法明白的狡黠……

你烦躁不安、不快乐、不满意，因为你在和根植于胸中的本能斗争。这种本能出现的时候，白人还是饥饿的、裸体的野蛮人。有一天你将会投降。你将会像扔弃一件破衣服那样摆脱白人妇女。你将会回到中国，就像一个疲倦的孩子回到母亲的怀抱。在我们伟大种族的古老习俗中，你将找到安宁。②

东方人觉得只要混血儿身上有一滴自己同胞的血，她就和自己属于同一个祖先；而混血儿被西方人排斥的原因，则在于他们身上流着异族的血，染上了异族的恶习，不再属于高贵的白色人种。经济差距是造

①　[英]毛姆：《湖畔恋情》，白烨等编译，中国文联出版公司 1992 年版，第 8 页。
②　W.S.Maugham, *East of Suez*. New York：Arno Press，1977，pp.96-97.

成这种观念的根本原因。在 20 世纪初期,西方发达的经济使得西方的人种和文明也显得高人一等。西方人因国家的强大自然而然地产生了种族优越感和自豪感,瞧不起东方人。人们还有一种天性,常常对与自己思想不一致的人怀有警惕心理,用怀疑和恐惧的眼光审视异己。由于东方人和西方人的信仰、价值观念、生活方式不同,有些西方人就此推断东方没有文明,是一个野蛮、未开化的地域。他们觉得东方人愚昧无知,低级落后。因此在毛姆的笔下,西方人对待东方的态度大多是轻蔑、嘲笑、厌恶乃至仇恨,不屑与东方人交往乃至结合。西方人对混血儿的看法就体现了这种歧视。毛姆在作品中借一个英国人之口说:"不知怎的他们似乎继承了两个种族的恶习,而不是它们的优点。我相信也有例外,但是总体上来说欧亚混血儿是粗俗的、聒噪的。他们一碰到困难就会撒谎。"①这反映了英国人对混血儿的偏见:他们邪恶、堕落,不配作为文明西方人的后代。

西方人不仅瞧不起混血儿,还把和东方人结婚的同胞也划为另类。在《领事》中,兰伯特小姐与伦敦大学的留学生俞先生结婚,婚后回到中国,她发现自己不是丈夫唯一的妻子,转向领事求助。领事对她不仅没有同情,还很生气,因为她自甘堕落,居然一心要嫁给一个中国人。英国领事都强烈反对东西联姻,西方普通民众的态度更毋庸多言。在《湖畔恋情》中,一些外国人听到罗逊要娶半土著女子的传闻后,骂他是个傻瓜。他们见过太多这样的事情,断言他绝对不会有好下场。在当时的殖民地背景下,白人一旦和当地人结婚,就会被视为自动脱离白人群体,沦落成了土著的一员。不管工作能力有多强,他都不会再获得好的职位,这对男性来说是致命的打击。罗逊本来是一个优秀的青年,有着远大的前程,但是他和伊沙尔结婚后每况愈下,从外国银行的经理降到银行职员,被解雇后再屈尊到当地人的手下办事,完全丧失了优越

---

① W.S.Maugham, *East of Suez*. New York: Arno Press, 1977, p.10.

的白人地位。在《苏伊士以东》中,部长知道下属乔治打算和混血儿黛西结婚后,立即发电报警告他:一旦两人结婚,他就必须辞职。接着上司又把他调离重庆,迫使他彻底断绝了和女友的联系。在毛姆的笔下,乔治是一个识时务的俊杰。然而他的好友哈利却表现得像个不理智的傻瓜,一意孤行,娶了黛西。果不其然,他在北京待不下去,不得不打报告申请调离。

这些和混血儿结婚的白人男子不仅在工作上不得志,在社会交往上也遭受孤立。往日的朋友不再和他们热乎,偶尔碰见也是尴尬地打声招呼,因为他已经"下嫁"到土著,不再适合被当作白人来看待。大部分英国妇女憎恶、避免和妻子是土著人或混血儿的白人男子交往。和当地人结婚的白人也意识到自己不受同胞的欢迎,不好意思主动和对方联系,于是渐渐远离了白人群体,转而和当地人的交往多了起来。

然而,这时新的矛盾出现了:白人虽然娶了一个当地人,却不愿意和自己妻子的亲戚有过多瓜葛,依然瞧不起深色皮肤的人。但是当地人不理会这一套,他们觉得白人既然娶了自己的同胞,就是自己的家里人,不再是高贵的西方人了,因此不再像从前那样敬畏他,相反,还为他的傲慢而生厌恶之心。更糟的是,他们原以为和白人攀亲能获得不少好处,可是新女婿却不容于白人群体,失去了工作、高薪和社会地位,于是一改前态,和白人一起鄙视这个家里的新成员。因此对白人来说,选择和当地人结婚就是走上了一条不归路,不论是白人还是有色人种都排斥他。

对于他们的妻子来说,状况也相差无几。首先,白人并不会因为她嫁给了自己的同胞而给她礼遇,相反还因为她拖累了自己的同胞而厌恶她。许多英国妇女比男性还傲慢。白人女性出于自己优越的社会地位,对她们的态度尤为恶劣。伊沙尔在苏格兰小镇上没有朋友,郁郁寡欢,终于逃回了南太平洋。黛西则成天缩在家中,鲜有女伴来往,和她来往的不是嫁给中国人的白人妇女就是欧亚混血儿。其次,当地人普遍认为能和外国人攀亲是一件荣耀的事,所以父母都极力撮合自己的子女和外国人结婚,女子本身也欢心暗属。伊沙尔曾得意洋洋地把自己的白种恋人介绍给朋友,成了女友们羡慕嫉妒的对象。但是婚后她却发现丈夫并不能给自己原先期望的一切,包括富庶的经济条件和优越的社会地位。失望之余,她不再爱慕、敬重他,而是嘲笑他的无能,继而和其他白人有了私情。这对丈夫来说无疑是当头一棒,粉碎了他对美好生活的憧憬。

对于他们日后生下的混血子女来说,不幸的遭遇似乎在出生前就已经注定。不知出于什么原因,毛姆往往把新生的混血儿描写成黑黑的皮肤、瘦小的个儿、胆怯的神情。白种人的父亲怎么也无法对这样的婴儿产生亲近和喜悦之情,反而有一种陌生感。他们没法让自己接受这种外表的孩子,不敢相信他们是自己生命的延续。因此父子之间不存在正常的、应当有的亲情。倘若父亲肯出钱抚养他们,供他们上学就算是仁至义尽了。这些孩子并不因为有部分白人血统就可以上白人的学校,没有人把他们当一回事,他们只能和土著孩子一起上学。长大后,女孩或许还有机会高攀一个白人,男孩却只能和当地女子结婚。这就是上天给他们安排的命运,几乎没有人能逃脱。

综上所述,白人和有色人种结婚,对自己、配偶和孩子都不是一件好事,注定要以悲剧告终。这悲剧的根源在哪里呢? 难道真心爱一个人有错吗? 为什么西方人和东方人不能幸福地结合呢? 罗逊在自杀前曾悲愤问道:"奇怪的是,我不明白,为什么竟然我错了。"① 这一声控诉禁不住发人深思。20 世纪初,许多殖民地或半殖民地国家和地区在经济和军事上处于落后地位,使得西方帝国主义国家得以耀武扬威。当时宗主国的人们自恃高人一等,从先进的西方来到落后的东方,心理上的优越感不言而喻。萨义德在《东方学》中得出的论断是:每一个欧洲

---

① [英]毛姆:《湖畔恋情》,白烨等编译,中国文联出版公司 1992 年版,第 40 页。

人本质上都是种族中心主义者。欧洲人相信自己是世界上的优秀种族,东方人是配不上这么高贵的血统的。同样,当地的百姓也为自己是东方人而自惭形秽。一些女性甚至觉得能和白人同居,做对方的情妇就是件荣幸的事,至于结婚简直是不可思议。"一个半土著姑娘居然能高攀上一个白人做丈夫,那真是一件了不起的事啊。哪怕是他的姘头也很不错嘛。但是,谁也不敢想象,他们这种结合会有什么后果。"①一个为社会所不容的人是很难继续生活下去的。因此,当偶尔有例外的像亨利和罗逊那样天真的、不合群的人出现,他们就冒犯了世俗的规则,最后必然被社会排斥抛弃。

此外,不同的文明之间存在着巨大的差异,这也是造成上述现象的一个重要原因。在迥异的文化氛围下成长起来的人彼此交流存在困难,即使是思想开明的人也难以跨越东西方文明的鸿沟。毛姆在作品中对跨国婚姻提出了疑问,他怀疑双方是否真的互相了解,是否真的能够沟通。在《马斯森特》的结尾,主人公告诉叙述者那些和白人同居的当地女人根本不懂得爱。在《压力》中,盖伊是这样评论和他同居的马来西亚女子的:"她住在这里的时候,的确有过各种各样的油水,现在再也得不到了。我想她是不会甘心的,不过她从来没有爱过我,就像我从来没有爱过她一样。你知道。本地女人从来就不真心实意地喜欢白种男人。"②毛姆通过作品透露出他对东西联姻持否定的态度。他认为这种爱情是发生在两个互相不了解的人之间。正如吉卜林的看法东方就是东方,西方就是西方,两者永远不可能相连。毛姆也发表了类似的言论:"我们想了解自己的同胞,已是足够难的事。如果我们,尤其是我们英国人,认为能了解其他国家的人,那我们是在自欺欺人。"③跨国

---

① ［英］毛姆:《湖畔恋情》,白桦等编译,中国文联出版公司1992年版,第15页。
② ［英］毛姆:《天作之合——毛姆短篇小说选》,佟孝功等译,湖南人民出版社1983年版,第596页。
③ W.S.Maugham, *The Summing Up*. London:Pan Books Ltd., 1976, p.69.

婚姻不仅不会在鸿沟间架起桥梁,而且在当时的社会环境下,还会让这鸿沟更明显。毛姆在作品中强调了东西联姻之间的痛苦和悲剧。原则上,他不相信西方人和东方人结婚会有好结果。他们根本就是两个世界的人,没有共同的语言、共同的文明、共同的社会背景。重重的压力不仅来自他们自身,还来自外围。他们之间的障碍太多太沉重了。受殖民霸权的影响,不少西方人不愿"屈尊纡贵",不少东方人自轻自贱,双方都难以迈出平等友善的脚步。也许真的要等到东方崛起的时候,二者之间才可能有真正的、永恒的、平等的爱情。

二、通奸命案

在毛姆有关婚姻的作品中,夫妻之间的关系往往异常脆弱,看似幸福的家庭实际上危机四伏,平静的表面下波澜翻涌,稳定的婚姻生活常常受到了婚外情的挑战。约翰·怀特海德说:"毛姆最喜欢的话题是婚姻的不忠。"[①]其他评论家也提出毛姆最喜欢的主题是通奸。[②] 在毛姆的短篇小说全集91篇中就有20篇左右谈到了通奸。他的长篇小说也有不少涉及这个题材,例如《兰贝斯的丽莎》、《月亮和六便士》和《寻欢作乐》。他的戏剧更是突出通奸的主题,这在西方曾被深入广泛地研究过。在肖恩·奥康纳(Sean O'Connor)的《流行的同性恋戏剧,从王尔德到拉蒂根》一书中,有一段话概括得相当精辟:

在毛姆丰富的全部创作中,大部分是探讨通奸或审视某种浪漫关系的破灭。这些作品给予婚姻极度的嘲讽,许多短篇小说的结局是堕落、牺牲、死亡、自杀和谋杀。在毛姆的世界里,爱和性不可避免地和死亡联系在一起。他笔下的大多数婚姻最终从内部解

---

① Thomas Votteler ed., *Short Story Criticism*. Vol. 8, Detroit: Gale Research Inc., 1991, p.375.

② 参见 Anthony Curtis and John Whitehead eds., *Maugham, the Critical Heritage*. London: Routledge and Kegan Paul Ltd., 1987, p.5。

128

体,而且关系的破灭通常是由妻子引起的。男性往往是女性的受害者,或是女性授意的暴力的受害者。①

毛姆对人性的一个基本观点是:人是受情欲驱使的动物。他在创作中多次表达了对受欲望摆布的芸芸众生的轻蔑和嘲笑。其代表作《人生的枷锁》就明确了这样一种观点:只有摆脱了欲望操纵的人才是自由的、成熟的、真正的人。通奸这一题材则从另一方面反映了他对此问题的看法。在他有关通奸的作品中,往往是女性红杏出墙,丈夫则遭受戴绿帽的痛苦和耻辱,情夫则遭受灭顶之灾。这些情节虽然老套,但是却能吸引情趣平常的观众和读者,获得畅销卖座的热闹场面。这些相对简单肤浅的婚外情故事说明英美评论界批评毛姆平淡陈腐是有一定道理的。

毛姆设计的通奸情节并不复杂,基本按下面的套路展开:夫妻感情淡漠导致妻子偷情,再到引发了情杀悲剧。在《彩色的面纱》中,凯蒂为了赶在妹妹之前出嫁匆忙嫁给了自己不爱的人——瓦尔特。在《苏伊士以东》中,黛西为了摆脱陈礼泰的纠缠嫁给了自己不爱的人——哈利。她们婚后的生活都是乏味枯燥的。妻子不堪忍受平淡的生活,和不爱的人朝夕相处使她们日益厌烦。终于有一天,她们不可避免地和其他男性产生了秘密恋情。纸是包不住火的,丈夫发现妻子偷情后,故事逼近了高潮。他会采取什么行动呢? 这是大家所关心的问题。毛姆的英语启蒙教师是一位英国牧师。他让毛姆学习英语的方法是大声读《标准》(Standard)上的法庭案例。据推测,这是毛姆的作品出现了众多罪恶、尤其是谋杀的原因之一。毛姆作品中解决婚外情的方式几乎没有例外:丈夫在和情夫的斗争中总有一人丧生,而偷情的女人却毫不愧疚地继续生活着。在《苏伊士以东》中,乔治为自己和朋友之妻私通而备受良心的谴责,举枪自杀。黛西在情人死后关心的却是如何让

---

① Sean O'Connor, *Straight Acting——Popular Gay Drama from Wilde to Rattigan*. London: Cassell Press, 1998, p.66.

丈夫仍然爱恋自己。在《彩色的面纱》中，瓦尔特为了断绝妻子和情夫的往来把妻子带到边远的中国小镇，但是他却染上了当地肆行的霍乱，亡命异乡。凯蒂在丈夫死后没有伤心痛哭，反而为摆脱了令人压抑的婚姻枷锁、重新获得自由和新生而高兴。最震撼读者的当属《一个五十岁的女人》中的劳拉。由于她和公公通奸，她的丈夫被迫杀害自己的父亲，后来被关进了疯人院；而罪魁祸首劳拉却再嫁，过着平静安逸的生活。

对于丈夫和情人的不幸遭遇，妻子有着不可推卸的责任。如果妻子不是出于某种现实的原因嫁给不爱的人，就不会出现不美满的婚姻。这样的结合一开始就是个错误。如果妻子能够有强烈的道德荣誉感，能够意识到婚姻的神圣和责任，安分守己，悲剧也不会出现。毛姆认为一般人，尤其是女人，是情欲的奴隶。她们不顾后果地放任自己的情欲，让别人成为她们激情的牺牲品。在《彩色的面纱》中，冲动愚蠢的凯蒂看上了金玉其外、败絮其中的唐生，结果却让她的丈夫为她的不道德付出了生命的代价。

在毛姆的通奸题材作品中，丈夫往往一心爱慕自己的妻子，结果却换来了被背叛的下场。他们的错误在于深爱自己的妻子。毛姆认为这是造成婚姻悲剧的原因之一。他在 20 岁时就观察到：持续最久的爱是没有回报的爱。[①] 在他的半自传体小说《人生的枷锁》中，菲利普被米尔德丽德迷得神魂颠倒，为了博得对方的高兴甚至出钱让她和自己的好友到外地偷情。这个女性角色是毛姆根据亲身经历写进小说的，遗憾的是目前只知道确有其人，但是名字无从考证。如果丈夫不是一厢情愿地爱着妻子，就不会为对方的不忠搭上性命，所以说，在某种程度上，丈夫自身也促成了不幸的结局。

妻子有外遇的丈夫主要有两种类型：一是粗心耿直的人，二是有能

---

① 参见 Klaus W. Jonas ed., *The World of Somerset Maugham*. London: Peter Owen Ltd., 1959, p.41。

力但害羞寡言的人。对于前者,毛姆在创作中表现出嘲笑的态度。例如《上校夫人》中的上校是个感情迟钝的人。直到年近五十的妻子出版一部诗集,怀念年轻时的情人时,他才知道自己被背叛了。从文中读者感受到的是毛姆对这位妻子的同情,对丈夫则是不屑和讥讽。至于后者,毛姆一般是不予评论,至多也只限于怜悯。《彩色的面纱》中的瓦尔特是个令人同情的对象,他聪明能干、忠诚可靠、宽厚善良,可到头来还是为偷情的妻子丧失了生命。这是一个品行无可挑剔的人,但毛姆并没有对他的遭遇表现出愤慨之情,有的只是淡淡的惋惜,怜悯他为了一个不忠的女人搭上自己的性命。他不会为了这样一件在他看来无足轻重的事,义正严辞地进行批评和道德呼吁。所以不少评论家指责毛姆缺乏同情心。

情夫的结局则相对复杂一些。《露水姻缘》中的杰克被狠心势利的情妇抛弃后自暴自弃,自杀身亡。《信》中的哈蒙德被冷酷无情的情妇谋杀。在《行尸走肉》中,杰克被情妇的丈夫杀害。还有的情夫继续泰然度日,平步青云,例如《彩色的面纱》中的唐生。毛姆没有对这类角色的命运进行统一的安排,从而在侧面上说明他对通奸问题并不持鲜明的立场。他没有坚持情夫应当受到惩罚,默认了性解放和性自由。

毛姆以通奸为题材的作品中可以依据场景的不同而分为东方和西方两部分。发生在西方的这类故事通常有两种类型。

一是丈夫为了名誉,逼迫妻子和情夫断绝关系。通常是丈夫与妻子达成协议,只要夫妻能维持表面的融洽关系,就对对方以前的不忠装聋作哑。但是他们的关系再也不能回复到从前,两人在痛苦的煎熬中度日如年。在《露水姻缘》中,卡斯特兰勋爵在妻子断绝和情夫的来往后,表面上宽恕了妻子,但是卡斯特兰夫妇并未因此就和好如初。更能说明问题的是这样一个故事:格兰奇在杀害妻子的情人后,继续和妻子生活在一起,但是就像在地狱中一样备受煎熬。毛姆为这篇小说定的标题是《行尸走肉》,恰如其分地描绘出他们的生活状态。这类故事的情节发展合乎逻辑,没有特别深刻、与众不同的地方。它们给读者留下的印象主要是作者表现出来的强烈讥讽。毛姆鄙视虚伪做作,毫不留情地挖苦那些装出一副恩爱模样、实际上关系已名存实亡的夫妻。

二是妻子忠实于内心需求,追逐真爱。《寻欢作乐》里的露西就是这样一个典型。她和丈夫的许多朋友同时保持着恋爱关系,引得人们议论纷纷。旁人眼中的露西不自重自爱,小说的叙述者阿申登即作家的代言人,却认为他们没有真正了解她。

> 她像黎明一般贞洁。她像青春女神一般,也像一朵蔷薇一样……当她喜欢一个人的时候,她觉得和他一起睡觉是很自然的事。这并非道德败坏,也不是生性淫荡;这是她的一种天性。她把自己的身体交给别人就像太阳发出光芒、鲜花吐出芬芳一样的自然。她感到这是一种愉快。她愿意给他人带来欢乐,这丝毫无损她的性格;她还是真诚、无瑕、天真的……她就像林间空地上的一个池塘,清澈,深奥,如果你跳下去浸泡一下自己,那是极其美妙的,而即使有一个流浪者,一个吉普赛人或猎场看守在你之前曾经跳下去浸泡过,这一池清水也会同样的清凉,同样的晶莹透彻。①

露西和许多人发生过性关系,但她不是为了金钱势力,而仅仅是出于爱。她在丈夫成为文坛巨匠后,仍然隐姓埋名,一心过着普通人的生活。毛姆对勇于追求真爱的这类女性是深表理解、大加赞赏的。

和上述故事相比,毛姆创作的发生在东方的通奸故事更值得研究。这不仅是因为殖民地背景为毛姆的作品增加了深度和特色,还因为这些作品和中国的联系相当紧密。格雷厄姆·格林曾经写道:“基本上,一谈到毛姆的作品,中国就让人联想到通奸,马来西亚让人想起谋杀,南海让人想起了自杀。”②中国和通奸之所以被联系起来,主要是出于

---

① [英]毛姆:《寻欢作乐》,章含之、洪晃译,浙江文艺出版社 1984 年版,第 206—208 页。
② Anthony Curtis and John Whitehead eds., *Maugham*, *the Critical Heritage*. London: Routledge and Kegan Paul Ltd., 1987, p.290.

两方面的原因。首先,他创作的和中国关系密切的作品都围绕着通奸这个主题展开,例如《苏伊士以东》和《彩色的面纱》。其次,在毛姆的其他作品中,中国妇女往往以情妇的角色出现,例如《露水姻缘》和《信》等。

在涉及中国的通奸作品里,中国人的狡猾和善良给读者留下了深刻的印象。毛姆经常使用"眼睛滴溜溜地转"、"不露声色"和"面无表情"等来形容中国人的精明厉害。在《信》中,广东人黄秘书突出表现了这一特点。他和黑社会的人联合起来,利用掌握的证据来敲诈白人。他事先调查了白人有能力支付的最大金额,然后步步紧逼,毫不手软,而且还让对方觉得这是在帮助一个白人妇女免于死刑。最后白人终于败下阵来,以中国人开的价钱买下了关键的证据。毛姆还借"救命"的呼喊声来说明他对中国人的理解。半夜时分,白人听到屋外传来"救命"的求救声,会立刻冲出去帮助对方;而中国人会想是哪个人要把自己引诱出去,加害自己,立刻去检查门栓插紧了没有。和老奸巨猾相反的是纯朴善良,这也在中国人身上体现出来。在《露水姻缘》中,杰克被卡斯特兰夫人遗弃后,流落到了东南亚,抽鸦片,还染上了肺病。他的华人情妇用自己微薄的收入养活他,在他死后还把遗物——贵重的铂金烟盒上交给了地方长官。两种矛盾的品质交织在一起,体现了毛姆一直坚持的人性复杂论。他觉得人实在是一种难以理解的生物。

不论是在东方还是西方背景下发生的通奸故事,毛姆往往都让恶毒的妇人逍遥法外,甚至连良心道义上的责备也没有,使得批评家愤愤不平。毛姆津津乐道通奸故事似乎显得不道德,但他绝对不是一个不道德的人。他不怎么描述美满的婚姻,是因为他很少遇到这样的例子。他的创作模式在很大程度上是受生活环境的影响。他的妻子西莉就是一个风流韵事不断的女人,还常常把自己知道的偷情事件转述给毛姆听。因此,耳濡目染的他把发生在自己周围的事夸大成整个社会的常见现象,从工人贫民到贵族议员无一例外,都卷入通奸之中。此外,他没有按照世俗道德来谴责通奸的妇人和情夫,同情被背叛的丈夫,是出于当时先锋前卫的思想。他坚持人受情欲的摆布,难以自制。他曾经把一个短篇命名为 *The Human Element*,译作《人性的因素》或《本性难移》,意思是情欲是正常人难以控制的。他不认为偷情是一桩过错,婚姻的枷锁把两个人捆绑在一起长达一生,那才是真正恐怖罪恶的事。数千年来,人人仰慕的爱情远不是什么高尚伟大的东西。毛姆在 20 世纪 60 年代的一次访问中,声明了他的婚姻观:婚姻,在最好的程度上,也是男女之间最不正常的关系。我难以想象男性和女性因为法律条文被绑在一个屋檐下生活。它构成了对隐私的侵犯、个性的侵入,粉碎了平静的思想、打断了独立的思想和行为,无辜的人被卷入厌烦的沼泽之中。①

婚姻通常被认为是一个社会的基石。家庭的安定保证了保持社会的稳定。毛姆却轻视嘲笑组成社会的基本单元,不尊重婚姻和性道德,表现出对世俗伦理的挑衅。评论家们指责毛姆愤世嫉俗的思想在处理这类题材时表露无遗。在他眼里,似乎一桩婚姻一定存在婚外情,否则就是不正常的。而且在他的笔下,偷情的妻子往往没有遭受谴责和报应,受伤的通常是丈夫和情夫。毛姆对婚姻的看法如此悲观和偏激,难怪引发了许多人对他的反感和负面的评论。

三、殖民统治

英帝国的势力在 20 世纪上半期日渐衰落,但是作为"日不落帝国"的它依然在世界各地拥有广阔的殖民地,它仍然源源不断地派遣官员到殖民地管理当地的百姓。毛姆在许多殖民地国家都逗留过,并且把自己的经历写进了作品,成为供后人研究的有价值的殖民文本。

在毛姆的殖民地作品中,英国上级官员在挑选殖民地长官时通常

---

① 参见 Sean O'Connor, *Straight Acting——Popular Gay Drama from Wilde to Rattigan*. London: Cassell Press, 1998, p.65。

会注意他是否德行有亏。《便当的婚姻》中的前总督由于与当地女人发生性丑闻而被撤职，因此部长要求他的继任者必须有一个贤能的妻子监督他的行为，协助他的工作。结果，新总督在就职之前由于没有太太急得像热锅上的蚂蚁。另一篇小说《赴宴之前》也从侧面反映了殖民地官员品行的重要性。哈罗得治理辖区的能力无可非议，但是常常酗酒，影响恶劣。为此上级命令他回国结婚，带回一个帮助他戒酒的妻子，否则就不能保住工作。来到殖民地的欧洲妇女必须承担她们那些待在家乡的姐妹们所不必承担的任务。她们在殖民地肩负起了防止男性出轨、维护英国声望和颜面、巩固殖民统治的作用。她们是道德的象征、地区稳定的保证。英国重视管理者的德行操守固然是件好事，只是他们的出发点是为了维护自己的统治地位。

被美化的殖民者形象在英国文学作品中屡见不鲜，它同样也出现在毛姆的创作中。一般来说，人们不愿意长久远离故土，跋涉到陌生的地方，生活在陌生的种族中间。当时来到殖民地的英国人大部分都是在本国混得不如人意的。他们当中有破产贵族、投机商人和下层平民。为了寻找更好的出路，他们历经很长的时间，颠簸几千里，试图到遥远的殖民地开辟一条新的生活道路。不少在英国被视为"渣滓"的人到殖民地后，凭借英国国民的身份，居然一跃成为上等人，开始了管理统治的生涯。在毛姆的作品里，殖民地就好似一块奇异的土地，在本国死乞白赖过日子的白人，一夜之间突然变得明辨是非，精通业务。他们不仅要裁决百姓的纠纷，处理医疗事务，筹办民政工程，还要协调与教会等其他方面的关系。纷至沓来的大小事务由他们一手处理，而且他们大都能出色地完成。其中虽说也不乏鱼目混珠的官员，但是他们的表面文章做得很好，让别人觉得他们是有能力的人，虽然没有大功绩，但也不会出什么差错。

从毛姆作品中描写的白人卓有成效的管理来看，西方至上的意识在他心中深深扎根。毛姆和许多英国人一样，认为白人拥有高贵聪明的血统，即使是其中的不入流人等也高于有色人种，能够担负起统治域外的使命。他笔下的一些白人官员不仅具备管理殖民地的能力，而且还热心为土著着想，为促进当地经济发展、文明开放而努力。《贞洁》里英属北婆罗洲的民政事务专员莫顿，全心全意扑在殖民地工作上。在职期间，他想方设法让政府出资，为当地修建一条公路。他每天上工地督建公路进程，亲自勘察测绘，解决施工问题。他满腔热情对待工作，就像画家对他的艺术作品那样投入。他唯一担心的是自己在公路完工之前被调离岗位。在《愤怒之船》里，殖民地发生了传染病，白人官员并没有作鸟兽状四处逃散，而是身先士卒，勇敢地深入危险地区，为杜绝疾病、稳定社会局面不懈地努力。《马金托什》中的殖民地长官瓦克堪称模范官员。他治理当地 20 年，地方经济有了很大的改善。他毕生的心愿就是修筑环岛公路，让便利的交通促进对外贸易，进一步提高土著人的生活水平。没想到土著嫌报酬少，引发了纠纷。瓦克为了当地人的利益修路，竟然命丧当地人之手。更让人感慨的是，他临死前叮嘱部下把这件事当作意外，大事化小，绝对不要派军队镇压，因为他们都是善良的子民。他还引用耶稣被钉在十字架上时说的话："主啊，赦免他们吧，因为他们所做的他们不晓得。"读到这里，一个大公无私、一心为殖民地着想的殖民者崇高形象被树立起来。但是毛姆的重点不在于刻画殖民者的形象，而是通过人物表达他对殖民统治的看法。毛姆认为瓦克之所以被谋杀是因为他鲁莽粗暴地对待当地居民。上级发放了 1000 英镑作为修路基金，但是瓦克只同意给土著 20 镑作为报酬。在土著为增加报酬罢工抗议后，他邀请外地人来修路。这样土著们不仅没有了报酬，还要尽其所有招待远道而来的客人。他们不得已自动加入修路的队伍，请求瓦克送外地人离开。这时瓦克反过来要他们支付修路的报酬给客人，这对贫穷的土著来说无疑是天大的困难。他把土著逼到了铤而走险的边缘，就等于把自己往绝路上推。毛姆用他的例子说明粗暴的治理方法是不可取的。

《大班》是另一个很能说明该问题的代表性例子。这是《在中国屏风上》中的一个名篇,朱湘早在1929年就把它翻译成了中文,后来它又被收录进茅盾编辑的《现代翻译小说选》。大班是英国洋行里的一个高级职员。他对中国人傲慢无礼,呼来喝去。在中国横行霸道多年后,他的内心感受到恐慌,产生了幻觉,觉得一刻也呆不下去,想立马回国。

> 他害怕中国城里无数曲折的街道,他也害怕庙宇的螺旋状屋顶跟上面雕着的、正在受苦挣扎的狰狞的魔鬼。他讨厌鼻孔里闻到的气味,也讨厌那些人,诸如穿蓝衣服的苦力、污秽褴褛的乞丐、商人跟穿着黑长袍、油嘴滑舌、嬉皮笑脸而又难测其心的官吏……他想回去了,如果要死的话,也得死到英国去。跟黄种人葬在一起,他可受不了。他们全是些斜眼,笑的时候牙齿全露出来。[1]

大班连夜打报告要求离开中国,但是第二天被人发现死在书桌前,手里还攥着报告。西方殖民者在中国巧取豪夺,欺凌百姓,这种不义之举时时敲打着他们的良心,他们最终被心中的恐惧击溃了。从中我们可以看出毛姆意识到殖民主义的不合理性和非正义性,这种制度终有一天要消亡。

从被殖民者的角度看,囿于西方列强的实力震慑,他们暂时被蒙蔽住双眼,盲目顺从西方。读者不难发现毛姆小说中的一些土著,往往不服从本地人的管理,却对白人长官俯首帖耳,心悦诚服。在《天作之合》中,琼斯先生发高烧不能出诊,本可以让助手替他看病,但是由于助手是本地人,本地人不相信他的水平,最后只好让一个白人妇女出诊。这个不起眼的小插曲把当地人敬畏、崇拜白人的状况表现得很明显,可见西方至上的思想根深蒂固地扎在一些当地人的头脑中,折射出作者潜意识里认同西方的优越及东方的落后。

只是事实确如白人作家刻画的那样吗? 历史告诉我们,东方反抗

---

① ［英］毛姆:《便当的婚姻》,多人译,江西人民出版社1986年版,第196—197页。

殖民统治的例子不胜枚举。毛姆并不是没有看到看似太平盛世下的民族矛盾。《在中国屏风上》中的短文《天坛》描写了一个中国人对西方人的厌恶。他在西方人留下名字的地方狠狠地吐唾沫,然后又用脚在上面使劲蹭来蹭去。毛姆的一些作品涉及殖民地人民对殖民者的反感甚至是仇恨,但是这部分内容所占的比例很小。他没有如实地反映出东方人反抗西方殖民统治的浪潮,很可能是因为他旅行时就像蜻蜓点水,在每个地方稍作停留后又动身到其他地方去了。在短暂的时间内试图了解当地的全部实际情况是不现实的。另一个原因可能是毛姆所到之处接触的多是当地上层人士,鲜有机会和受压迫、受欺凌的平民接触,所以他把殖民统治理想化了。

概括而言,毛姆既塑造了爱护殖民地人民的优秀官员,也刻画了盛气凌人对待当地百姓的白人长官。他在作品中呈现了西方人在东方殖民地的种种复杂表现。他认为殖民地官员应当能力品行兼备,并且仁慈宽厚地爱护当地人,而不应采取粗暴的统治方式。这样,许多胆小老实的土著就会俯首帖耳,殖民地就能暂时维持相安无事的太平景象。但是他已经意识到了殖民的前途末路。"缅甸人只是尊敬英国人,安南人则是钦佩法国人。有一天,这些民族必然重获自由,令人好奇的是,到了那个时候,这些情感中,不知道哪一种会结出更好的果实。"①毛姆成功地预言多年以后,殖民地终将摆脱西方的霸权统治,获得独立。只是他本人对政治运动并不感兴趣,仅仅轻描淡写带过。20 世纪上半叶正值反殖民运动进行得如火如荼的时期,毛姆却置身度外,不予理会。毛姆没有被划入一流作家的原因之一就是避开时代的重大问题。这在他的殖民地题材创作中表现得尤为突出。

毛姆无意于借作品探讨政治,只是对人性有着浓厚的兴趣。他的殖民地题材作品更多体现的是他对于英国人的看法。毛姆把白人殖民

---

① [英]毛姆:《客厅里的绅士》,周成林译,译林出版社 2010 年版,第 193 页。

者置身于异国背景下,考察他们的情感和道德信念。在那里他们卸下了在文明社会中的虚伪面具,展示了激情和真面目。他笔下的殖民地官员多少有着各种各样的癖性和缺陷,其中最突出的特点就是势利。毛姆说:"我年轻的时候旅行过很多地方,我发现英国人被世界各地的人讨厌,因为他们阶级意识太强又自命不凡。我认为公立学校要在很大程度上为产生这种阶级意识负责。"①他曾经意图捐赠一万英镑给自己的母校,用这笔钱来资助工人阶级的孩子求学。他说:"阶级意识(上层瞧不起下层)是英国人生活中一个不幸的特点。如果这笔钱不能消除,至少也可以减轻这一弊端。"②他以为帮助下层子弟求学,促进他们和中上层子弟的接触,就能对双方产生有利的影响。这说明毛姆意识到了英国人的这一通病,试图改变英国人势利的一面。

　　远赴他乡的英国人,由于没有了环境的压力,更加暴露出势利的国民特性。生活在殖民地的英国人,本应当团结友爱,但是他们宁可孤单度日也不愿打破阶级意识,和身份低于自己的人来往。毛姆尖锐地揭示了身处殖民地的英国人互相排斥和厌倦的情景。他的殖民故事虽然涉及当地的管理工作,但是重点却在于反映官员的个性品行。在他笔下,殖民地官员之间没有什么深厚的情谊,没有他乡遇故知的喜悦,有的只是客套、冷漠乃至厌恶。在《宴会》中,丰富的食物把桌对面的人都淹没了,但是他们个个没有好心情。他们来参加宴会是因为他们在这世界上没有其他事情可做,但是当他们能够体面地告辞,他们可能叹一口如释重负的气回去。他们之间相互厌烦得要死。③ 毛姆作品中还经常出现这样的情景:在寂寥荒凉的部落村庄里,白人长官独自一人进餐时,也要摆上高高的烛台,身着白制服的仆人在一旁伺候穿上晚礼服

---

①　Robin Maugham, *Somerset and All the Maughams*. London: Heinemann Ltd., 1966, p.129.

②　参见 Robert Calder, *Willie, the Life of Somerset Maugham*. London: Heinemann Press, 1989, p.299。

③　[英]毛姆:《在中国屏风上》,陈寿庚译,湖南人民出版社 1987 年版,第 22 页。

的他。这是一幕可笑又可怜的场景：出身高贵的人流落到了殖民地，仍然狂妄自大，傲慢无礼。出身低贱的人痛恨贵族的势利，也不把他们放在眼里。于是，相互之间的隔阂便愈来愈深。在《在驻岛长官署里》一文中，方圆几百里，只有破产的贵族韦伯顿和平民古柏两个白人，但是他们却不能和平相处，即使在圣诞节的晚上，也互不搭理，各自进餐。他们的矛盾在于不同的阶级出身。古柏嘲笑上司说："我根本没把贵族老爷放在眼里。英国的毛病就在势利上，如果说有什么东西叫我愤恨的话，那就是势利眼啦……一个势利眼就是根据别人比自己地位高或低而对其羡慕或蔑视的人。这是我们英国中产阶级在道德上最可鄙的弱点。"①阶级冲突是不容易解决的，最后古柏因为打骂土著仆人，克扣他的工资，被忍无可忍的仆人暗杀了。韦伯顿为除去了一个低贱的手下而精神大振，根本没有为同胞的丧命伤心。势利已经在英国人的身上根深蒂固，远胜过他们的爱国心、血脉情，哪怕在孤独的异域也不例外。

在研究毛姆殖民地题材作品时，国内研究者一般认为毛姆毫不留情地讥讽了英国驻殖民地官员，描写他们在远离故土后，卸下了斯文礼貌的面具，在不受拘束的环境下展现真实的面目、激情的自我。其实毛姆并不像国内某些研究者所陈述的那样，把批判的矛头对准了殖民者。他对殖民者的讥讽是出于他们身上反映出来的英国人的劣根性，而不是因为他意识到殖民的罪恶，呼吁推翻不合理的殖民统治。此外，他讽刺的不仅仅是殖民者，他嘲笑的是所有本性向恶的人，不论是东方人，还是西方人；不论他们是高高在上的人物，还是微不足道的平民。毛姆坚持认为作家不是宣传家、政治家，不应该在作品中反映民族冲突、社会矛盾等世界大事，发表对时事大事的评论。他曾经写过一些抗战的、反法西斯的作品，但是那些都是应政府当局的要求而作，他本人对此是毫无兴趣的。他关注的是人性，对人神秘心理的探究使他乐此不疲。

---

① ［英］毛姆：《天作之合——毛姆短篇小说选》，佟孝功等译，湖南人民出版社 1983 年版，第 636 页。

并且,他不愿对人性善恶多加评论。他满足于把他看到、听到的故事写出来,让读者自己去揣摩分析。

爱情婚姻的悲剧、殖民地官员之间、殖民者与异域的冲突等,在毛姆的作品中反复出现。关于毛姆对殖民统治的理解,英美的研究呈现截然相反的结论。有些研究者认为他没有真正领会殖民地的情况,仅凭主观意向写了一些片面的东西:"他只表现了殖民地生活的某些不寻常的方面……这些绝非是英国人在马来西亚总体生活的真实反映。"①与此同时,另有评论指出:"《东方和西方》中有18个故事的背景在东方,特别地保留了一个已经消失的殖民世界,是毛姆创作的精华。它们足以和吉卜林的印度故事比较。正如毛姆不是唯一一个认为吉卜林是英国最伟大的短篇小说家那样,它们的永恒不朽是确定无疑的。"②约瑟夫·爱普斯坦也认为:"毛姆的殖民地题材作品绝大部分还是写得非常好。那些以马来群岛为背景的故事集中起来,构成了一幅英国殖民地的完整图画,就像吉卜林的印度小说那样。"③笔者倾向于第二种观点。毛姆的东方作品,从殖民统治到私人生活都有所涉及,上至总督下至落魄白人,都在他的作品中露面。这些作品未必都写得深刻,但还是勾勒出了英属殖民地的基本面貌。

第二节 毛姆笔下的系列形象

毛姆从生活经历中领悟到上帝不存在,科学亦不能解决问题,那么

---

① Klaus W. Jonas ed., *The World of Somerset Maugham*. London: Peter Owen Ltd., 1959, p.113.

② Thomas Votteler ed., *Short Story Criticism*. Vol. 8, Detroit: Gale Research Inc., 1991, pp.380–381.

③ Thomas Votteler ed., *Short Story Criticism*. Vol. 8, Detroit: Gale Research Inc., 1991, p.369.

人生到底应该以什么为航标呢？他在博览群书、总结人生阅历后得出的结论是："真善美"这三种品质虽然仍有不足之处，但是至少给以人们精神上的安慰，赋予生命以高贵性，指明了人生的意义和目的。毛姆笔下经常出现的几类人物：女性形象、"邪恶者"和叛逆者，给读者留下了深刻的印象，他们分别代表了作家对这三种美德的追求。

一、女性形象

毛姆对女性形象的刻画独具特色，态度复杂。一般而言，他讨厌和轻视女性，但是间或也会描述一些符合他标准的女性形象。他笔下的女性角色大致可划分为两类：第一类是令人厌恶的女人，她们大多虚伪、狡猾、贪婪、占有欲强，代表人物有《月亮和六便士》中的思特里克兰德太太；第二类是令人愉快的女性，她们往往真诚坦率、善良宽厚、独立坚强，以《寻欢作乐》中的罗西和《人生的枷锁》中的诺拉为代表。

思特里克兰德太太大概是毛姆最痛恨的那种人了。他讨厌虚伪的她胜过讨厌那些心肠歹毒的人。思特里克兰德太太和丈夫性情不投，她不理解丈夫的追求，却一直装出和丈夫琴瑟和谐的恩爱模样。她竭力讨好、笼络丈夫，目的就是为了捆绑住他——养家糊口的顶梁柱、提供舒适稳定生活的终生粮票。在作品伊始，读者还不明就里，误以为思特里克兰德娶了这么好的太太，真是走了好运。在他为了绘画离家出走后，人们纷纷指责他没有责任心和家庭荣誉感，思特里克兰德太太则成了众人同情的对象。一位年轻的作家在她的哭诉下义愤填膺，决心到巴黎找回那个负心人。但是待他事后冷静下来，突然发现这个女人事实上虚伪透顶，工于心计，她的丈夫才是真正的受害者。

我在思特里克兰德太太的举动里发现一些矛盾，感到疑惑不解。她非常不幸，但是为了激起我的同情心，她也很会把她的不幸表演给我看。她显然准备要大哭一场,因为她预备好大量的手帕;她这种深思远虑虽然使我佩服,可是如今回想起来,她的眼泪的感人力量却不免减少了。我看不透她要自己丈夫回来是因为爱他呢,还是因为害怕别人议论是非;我还怀疑使她肠断心伤的失恋之痛是否也搀杂着虚荣心受到损害的悲伤(这对我年轻的心灵是一件龌龊的事);这种疑心也使我很惶惑。①

随着事情的进一步发展,思特里克兰德太太的本来面目浮出水面。她的确是如作家所猜测的那样,装出一副可怜样,企图挽回破碎的婚姻。在眼泪的温柔策略失效后,她说出的恶毒话让作家不寒而栗。原来一个女人的心里可以埋下那么深的仇恨和报复。断了经济来源的她不得不放下架子,开办打字所。多年以后,当她的子女能够自食其力时,她才关闭了赖以生存的打字所,却美其名曰"那是开着玩玩的,因为太耗费精力所以不再办下去"。自从她确定丈夫不会回心转意之后,她和丈夫直到生死相隔再没联系过。待思特里克兰德死后成名,她却俨然以他的挚爱伴侣自居,用他的绘画复制品装饰屋子,与社会名流周旋,但是从未想到丈夫生前在异乡如何度日。最后还是作家主动和她联系,告诉她思特里克兰德最后几年的情况,没想到她没有为丈夫的病亡流露丝毫的难过。她的眼睛还和从前一样的"真诚",但是却没有悲伤。到此为止,思特里克兰德太太做作、虚伪、狡黠的本性彻底明朗化,暴露无遗。

《寻欢作乐》中的第二任德列菲尔德太太,也是这样一个世人眼中完美的妻子、思特里克兰德太太的影子、一个同样令人厌恶的女人。在出场的时候,这些女性表现得贤惠温良、得体大方、热情好客。但是她们后来在作者犀利的目光下卸下了伪装,逐渐流露出隐藏在她们心底的真实一面。

---

① ［英］毛姆:《月亮和六便士》,傅惟慈译,上海译文出版社 2003 年版,第 34—35 页。

在现实生活中，除了偶尔例外，毛姆并不喜欢女性。令人愉快的女性形象在毛姆的作品中是不多见的，但是她们身上都有着共同的特性，那就是真诚坦率。她们当中首推《寻欢作乐》中的露西。这本书出版以后引发了轩然大波，因为人们认为该书影射哈代和休·沃波尔。当时高尔斯华绥就说不明白毛姆为什么要写这样一部小说。毛姆的好友，英国皇家艺术学会会长杰拉尔德·凯利透露出了露西的原型，原来她就是剧作家亨利·阿瑟·琼斯的女儿苏·琼斯。凯利曾经为苏画过不少像，其中之一就是毛姆在《寻欢作乐》中详细描述的那一幅。1906年毛姆在一次宴会上对苏一见倾心。他们之间长达八年的爱情由于苏拒绝了毛姆的求婚而告终。十多年过去了，毛姆对她仍然不能忘怀。他终于在《寻欢作乐》中把这位让他魂牵梦绕的女性写进了小说。露西不同于一般的女子，她从未想过利用婚姻来赢得物质享受和名声地位。她只想使别人快乐，却不求回报，更不会束缚对方。露西虽然和好几个男性发生婚外情，但是却有颗金子般的心。毛姆赞赏露西这种发自内心、无功利的爱。露西不仅没有通常女性身上存在的缺点，反而有着毛姆欣赏的特点：真诚坦率和不畏世俗。人们可能会指责毛姆冷漠无情，但决不会说他不诚实。毛姆得罪了不少文艺界人士，就是因为他直言不讳，不屑于虚伪做作。毛姆的创作态度也充分说明了这一点。他的许多作品都是取材于现实生活，忠实于生活。每一个进英国情报部门的人都被要求读他的间谍故事集《阿申登》，可见其再现生活的程度之高。他教导同是作家的侄儿罗宾·毛姆要谨防虚伪之言，诚实是写作的基本要求。露西敢爱敢做，不随流入俗。这又与毛姆一贯坚持的原则一致。毛姆痛恨传统思想观念对个人的约束，在其作品中多次写到了"枷锁"这个主题。勇于追求真正自我的露西与特立独行的毛姆不谋而合。

除了这个著名的女性形象外，毛姆的作品中还有一类女性也被赋予美好的品性，那就是类似母亲的人物。在《人生的枷锁》中，诺拉在菲利普落魄潦倒之际支持他,关爱他。被情人米尔德丽德抛弃的菲利普在这种欢乐和幸福的包围下慢慢治愈了创伤。诺拉是一个年长的恋人,但是她诚实、宽厚、独立和无私。她给予菲利普的感情混合了爱情和母爱。她一味付出,不求回报,像宠爱孩子似的宠爱着菲利普。可是在米尔德丽德回来后,菲利普却狠心断绝了和诺拉的关系。没有过错的她只是无声地哭泣,没有斥责负心人。事后平静下来的她,尽管眼里还闪着泪花,仍然努力挤出笑容,反过来安慰菲利普不必为她担心。她坚强、善良、宽容的形象永远留在了菲利普的心中。毛姆向来主张女性应当自立自强。他曾经责备妻子西莉一心培养女儿丽莎的社交能力,为结交上一门好婚姻作准备,却忽视了女儿的学术教育。这一事实为他的作品中所反映出来的女性观提供了注脚。

尽管读者在翻阅毛姆作品时,可能遇到几位赏心悦目的女性人物,但是毛姆对女性的态度基本上是不友好的。在他的许多作品中存在着轻视、歧视女性的倾向。1929年美国南卡罗林纳州的一位女研究生为了写关于毛姆的硕士论文,写信问他为什么对女性形象作这样的处理。毛姆的回答是:"我属于一个妇女处于过渡阶段的时代……这个时代的妇女一般地……既无她母亲的优点,也无她女儿的优点。她是一个解放了的奴隶,可是不了解自由的条件。她没有受过良好教育,她不再是家庭妇女,但还未成为一个(好)伴侣……"①。

毛姆后来又在写作回忆录中对此作了进一步的解释:

我那一个年代,见证过妇女解放的年代,面对的一个困难是:女性不再是早期的家庭主妇和母亲。她们过着一种独立于男性的生活,有自己的兴趣和特别关注的事物,并试着要参与男性的事务,但是又不具备相应的能力;她们在满足于自视低于男性、要求人们考虑她们的当然权利的同时,又关心她们自己的权利、她们新

---

① 〔美〕特德·摩根:《人世的挑剔者:毛姆传》,梅影等译,湖南人民出版社1986年版,第376页。

生的权利，要求参与男性的一切活动，但是她们所知道的却仅够使她们成为厌烦的对象。她们不再是家庭主妇，但又没有学会如何做一个好伴侣。①

毛姆的回答属实吗？真的是因为当时的女子水平太差才使得男性失望吗？事实上，毛姆对女性的态度和他的个人生活有着密切的关系。毛姆在去世前不久说："但愿我能够再见到我那亲爱的母亲，并能见到邪恶的杰拉尔德。"②可见这两人对他的影响之大。毛姆八岁丧母，十岁丧父，寄人篱下，过着孤苦伶仃的日子。母亲的早逝使他失去了世界上最无私的爱，给毛姆留下了终生无法弥补的创伤。毛姆小时候，当白天发生不愉快的事之后，夜晚通常都会梦见和母亲在一起。在他的床头终年放着母亲的像。他的秘书艾伦发现毛姆有时在夜里抱着母亲的像哭泣。一般来说，对同性恋产生的决定性影响可以在童年找到原因。许多发育不良的例子都是由身体的或情感的剥夺引发的。根据有关同性恋的研究成果，据说从小缺乏温暖和爱的孩子会把注意力转到自己的身上，认为自己才是最可依赖的、最安全的港湾。他们从爱自己出发，把爱推广到和自己具有相同性特征的人身上，也就是说爱上了同性，而不是异性。毛姆的同性恋倾向无疑和母亲的去世及少年时的创伤有关。更能说明问题的是，他的哥哥哈利也是同性恋。哈利长期受精神上的折磨，终于在36岁时喝硝酸自杀。批评家认为："这很可能加深了毛姆担心被标明为同性恋的恐惧，而且它还加深了毛姆作为同性恋的有罪感。"③

杰拉尔德是毛姆深爱的同性恋人。毛姆和他一起走过了30年，度过了一生中最美好的岁月。毛姆遇到高大健壮、外向活泼的杰拉尔德

---

① W.S.Maugham, *The Summing Up*. London：Pan Books Ltd., 1976, p.189.

② ［英］罗宾·毛姆：《盛誉下的孤独者——毛姆传》，李作君、王瑞霞译，春风文艺出版社1988年版，第219页。

③ Robert Calder, *Willie, the Life of Somerset Maugham*. London：Heinemann Press, 1989, p.86.

后不再和其他女子来往,这有力地证明了毛姆本质上是同性恋而不是双性恋。英国政府曾经以猥亵的罪名逮捕杰拉尔德,后来判决他为不受欢迎的侨民,驱逐出境。为了杰拉尔德,毛姆久居国外。为了隐瞒他的性取向,当然也为了给女儿一个名义上的家,毛姆与西莉结婚。西莉发现了丈夫的同性恋倾向后不能容忍,觉得自己受到了背叛和侮辱。西莉曾经威胁毛姆要公开他的同性恋真相。在多次激烈争吵后,他们终于在 1927 年离婚,但是这桩婚姻带给他的痛苦却持续了他的一生。他在作品《回顾》中称西莉是"妓女、小偷、俗人、寄生虫和白痴"。对毛姆来说,婚姻远不是什么高尚的东西,它反而破坏了个人的自由和安宁。他和西莉的婚姻不仅没有带给他幸福,反而加剧了他对女性的恐惧和厌恶。晚年的毛姆甚至想方设法剥夺女儿的继承权,把财产留给自己的同性恋人兼秘书艾伦。有评论指出:"毛姆对女性的态度明显地是由他和西莉的灾难婚姻造成的:他发现女性一方面是带给人危险的生物,她们阉割、限制和杀害男性,另一方面她们恰如其分地代表着由性别导致的那类人,渴望获得性满足。"①

毛姆认识到自己有别于正常的人,为此他的自卑感挥之不去。他曾经告诉侄儿罗宾,他试图说服自己:他的四分之三是正常的,只有四分之一不正常,然而事实恰恰相反。同性恋倾向是很难转变的,毛姆为此苦恼不已,但是却一筹莫展。他还告诉罗宾:"在泰国,他们是通情达理的。他们不认为同性恋是不正常的。他们非常自然地接受它。我相信有一天人们会意识到有些人生来就是同性恋。这些人对此无能为力。"②

有评论说,毛姆直到晚年才被授予官方荣誉,主要是因为他的同性恋名声。在毛姆生活的年代,同性恋是被官方排斥甚至迫害的,所以他

---

① Sean O'Connor, *Straight Acting——Popular Gay Drama from Wilde to Rattigan*. London: Cassell Press, 1998, p.94.

② Robin Maugham, *Somerset and All the Maughams*. London: Heinemann Ltd., 1966, p.206.

在创作中尽可能避免这个话题。但是他越想掩饰,越证明了他的性取向,印证了欲盖弥彰的道理。研究者发现他笔下的不少男性有着白皙光滑的皮肤等女性特征,而女性形象则具备男性特征,例如人们认为米尔德丽德的原型应该是一位男性。他的厌女症,他在作品中表现出的女性观,都从侧面反映了他的同性恋特征。此外,同性恋男子和比他们年长的妇女之间往往关系亲密。在毛姆的作品中,不少男性都和年长的女子恋爱,或是女友给予他们母亲般的感觉。《人生的枷锁》中的诺拉就是这样一位女性。还有一个明显的标记是同性恋者对于异性恋者,即大多数人认真看待的事情,缺乏深刻的严肃性。毛姆曾经在作品中提到对同性恋的看法:

> 不久以前,我听到这样一种带着下流性质的说法——El Greco(作品中的一个角色)是同性恋。我觉得这值得思索……我认为天才看世界的方式有别于常人,他们对待艺术创作的态度自然纯粹。天才就是有更大能力和更宽广同情心的人。不可否认的是,同性恋者对世界的看法比正常人要狭隘。在某些方面,他没有人类的自然反应。至少他没有感受过人类那种宽泛的典型的情感。无论他看世界的角度多么精细,他都无法看到全景。①

> 我应当说同性恋一个明显的迹象是对正常人严肃对待的东西缺乏足够的严肃性。它的范围可以从无意义的轻率到讽刺性的幽默。他有一种任性:看重大多数人觉得琐碎的事,而玩世不恭地看待人们普遍认同的对精神幸福重要的东西。他对美有深刻的理解,但是倾向于看到装饰层面的美。他喜欢豪华,尤其看重优雅。他情感丰富,但是稀奇古怪。他自负、健谈、机智和做作。通过敏锐的洞察力,他看到了深处,但是由于他天生的轻率,他从深处得到的不是无价珠宝而是俗丽饰品。他的创造力很小,但是对令人

---

① 转引自 Forrest D. Burt, *W. Somerset Maugham*. Boston: Twayne Publishers, 1985, p.96.

愉悦的装饰的天分极高。他充满活力和才华但很少有力量。他孤独嘲讽地站在岸边,看着生命的河流流逝。①

上述这两段话说明毛姆客观冷静地认识到了自己的短处。他在作品中发表的议论,用来形容他自己再合适不过了,即有同性恋倾向的人创作出来的作品缺乏情感深度和严肃的主题。很多著作对毛姆也有过类似的评论:他没有像伟大的作家那样给予人们亲密和宽广的人文关怀。毛姆和劳伦斯夫妇曾于1924年10月在墨西哥相遇。劳伦斯在10月29日写的一封信中说毛姆是一个口吃的、心胸狭窄的艺术家。② 劳伦斯夫人则回忆说:"毛姆是一个不快乐的和尖刻的人……他不相信狭窄的社会,也不相信宽广的人类世界。"③毛姆对人类缺乏兄弟姐妹那种深厚的情谊和关爱是他的一大局限。由于毛姆是一个同性恋者,再加上母亲和妻子对他产生的影响,所以他无法站在适当的角度理解女性。他戴着一副有色眼镜来观察女性,难免会出现偏见。除了偶尔的例外,他认为大多数女性都是做作的、虚伪的、很有心机的。他对这类女性的厌恶恰如其分地说明了他对"真"的渴求。

二、邪恶者

对善与恶的描述在毛姆的创作中独具一格。他写的多是一些反常的人和事,偏爱写好人的坏和坏人的好。在他的作品里没有彻底的英雄或恶棍,例如政府高官和女佣私混,大善人谋杀了上门求助的朋友,杀人犯是一个慈爱的母亲,淫乱的女人心地善良,等等。总之,毛姆不宣传普通人眼中的好人好事,而是对中上层的丑闻津津乐道,把犀利的

---

① 转引自 Philip Holden, *Orienting Masculinity, Orienting Nation*. Westport: Greenwood Press, 1996, p.90。
② 参见 Anthony Curtis and John Whitehead eds., *Maugham, the Critical Heritage*. London: Routledge and Kegan Paul Ltd., 1987, p.176。
③ Robert Calder, *Willie, the Life of Somerset Maugham*. London: Heinemann Press, 1989, p.182。

笔锋对准了道貌岸然的大人物。在《患难之交》中，伯顿看上去斯文儒雅，慈眉善目，心肠软得连只蚂蚁都不忍心踩。当他的一个旧识求他帮忙找份工作时，伯顿答应了，但要求对方先游过一个灯塔旁的激流。他在明知道对方身体差、会被淹死的情况下，还虚情假意说愿意帮忙，足见其用心之险恶。小说结尾处，害死了朋友的伯顿面不改色，和蔼可亲地笑着说：他这么做是因为当时自己的办事处不缺人手。对此，作者虽然没有加以评论，但是有良知的读者一定会愤慨不已，谴责落井下石的伯顿。

通过描写日常生活中不合常理的现象，毛姆表达了对他人和社会的看法。流氓、恶棍和放荡的女人在他的作品中频频露面，但他们不是作者批判的对象，而是他力图称赞的人物。借恶来写善更能突出对善的渴望。光明在阴暗的衬托下显得更为明亮。毛姆认为有缺点的人和罪恶的人也有善的一面。他不遗余力地挖掘为世俗所厌恶的人身上的闪光点，不仅让这些人成为他作品的主角，而且还让他们以正面的形象出现。在《诺言》中，伊丽莎白绯闻不断，三次结婚，三次离婚，并且她40岁时再婚的对象竟然是个20岁的小伙子，让人大跌眼镜。她最后一次离婚是因为丈夫另有新欢。为了不让丈夫痛苦，她主动提出离婚。因此，尽管大家都说她荒淫无耻，但是作者却坚持认为她是个非常忠实的女人。他认为伊丽莎白为了他人的幸福，独自承受了莫大的委屈，她才是真正值得敬重的人。

类似这样的反常故事在毛姆的作品中屡见不鲜。他经常在小说接近尾声时让故事进入陡然的高潮。一反常规的结局，往往令读者措手不及。他对生活的这种理解源自早期的医学教育。毛姆在学医过程中受益匪浅，其中一堂有关神经系统的课给他留下了深刻的印象。当时他按照课本的指点，怎么也找不到在尸体上本应看到的神经，后来老师在另一个位置给他指了出来，他顿时领悟到"正常恰恰是世界上最不正常的东西"。所以他很早就明白世界的荒谬可笑。年轻时，他以为可以在异域环境里找到正常的人,因为现代社会扭曲了人性,而未受工业化洗礼的不发达地区的人有可能保留自然的天性,健康地成长。毛姆游历了东方的许多地区,起初为发现一个个陌生新鲜的人而兴奋,但后来渐渐意识到周围的人都表现得与普通人不和谐,正常的人实际上是不多见的。他后来承认:"我在长期旅行后发现遇到的人越来越相似。他们不再使我饶有兴趣。我觉得已经失去了满怀激情和充满个性地看待远方的人的能力……旅行不再带来收获,我很高兴恢复更有规律的生活方式。"①

　　毛姆一生历尽沧桑,阅历无数,对人世的理解异常透彻,因此无论生活中出现多么令人震惊的事件,他都能泰然自若。饱受挫折的他终于知道那些表面上真诚正直的人是骗子、伪君子。抛弃了天真的幻想之后,毛姆从悲观的社会意识角度写作,讥讽和嘲笑伪善的生活和龌龊的世界,表现得像一个愤世嫉俗的人。例如《赴宴之前》禁不住让人觉得他描绘的世界是多么肮脏和堕落。在小说中,米莉欣谋杀了酗酒的丈夫,事后毫不遮拦地告诉了家人,结果家人,包括她那"正直廉洁"的律师父亲在内,一起帮她掩瞒真相。他们不仅没有谴责她的残忍无情,反而责备她不应该提起不愉快的事打扰大家赴宴的兴致。

　　由于毛姆对恶感兴趣,而不去弘扬善,他经常被批评为玩世不恭、嬉笑人生。有评论指出:毛姆清晰有条理的眼光和很深的愤世嫉俗是英国作家中罕见的。② 他冷眼旁观纷繁复杂的社会和人生,不动声色地揭露生活中可笑的、荒谬的现象,使作品蒙上了愤世嫉俗的基调,因此他让相信生活的人、正统的卫道士对他敬而远之。他公然向社会声明他的立场,观点如此鲜明,毫不避讳,使得不少人对他横眉冷对。劳

① 转引自 Klaus W. Jonas ed., *The World of Somerset Maugham*. London: Peter Owen Ltd., 1959, p.104。
② 参见 Anthony Curtis and John Whitehead eds., *Maugham, the Critical Heritage*. London: Routledge and Kegan Paul Ltd., 1987, p.214。

伦斯说得尤其尖刻:"毛姆急于证明所有的男人和所有的女人不是肮脏的狗就是心智低下的人。如果他们聪明,那就是骗子、间谍和警察等。"①批评界对毛姆的低评,部分应归因于他情感的局限。如果他能对世人更加宽容友善,也许负面的评论就会减少很多。

但是在毛姆备受指责的时候,仍然有人坚定地站在毛姆的一边。他们认为毛姆如实地记载了生活的真实一面。

> 某处有报道说有人在纽约偶遇毛姆,指责他在《月亮和六便士》中"把人性中基本的好的一面都给剥去了",后来毛姆回应说思特里克兰德是以高更为原型的。这个指责真够愚蠢的。人性,在根本上,决不会比思特里克兰德更好,而且更糟的是,这是道德家的观点。②

> 在任何时候,如果你害怕直面生活,你最好不要读毛姆的书,而是转向不可能的浪漫故事去寻找安慰。但是如果你觉得小说应该打开世界那扇不可思议的窗扉反映真实,增加你的知识和对真实人性的同情,那么毛姆就是你要注意的小说家。③

确实,毛姆从不矫情虚伪,也不按常见的模式刻画角色。他揭露人类的伪善,赞许坏人的善心,使得严肃正经的人对他异常反感。他说的虽然是实话,但是有时真实得让人难以忍受。应当说毛姆的创作是忠实于生活的,只是他把注意力放在了可信而不大可能发生的事情上。毛姆不愿对恶视而不见,毫不夸张地写出了人内心的激情、隐秘和可怕。他对此解释说:

> 我所做的是写出许多作家避而不见的显著的特点。最不协调

---

① Anthony Curtis and John Whitehead eds., *Maugham, the Critical Heritage*. London: Routledge and Kegan Paul Ltd., 1987, p.177.

② Anthony Curtis and John Whitehead eds., *Maugham, the Critical Heritage*. London: Routledge and Kegan Paul Ltd., 1987, p.147.

③ Anthony Curtis and John Whitehead eds., *Maugham, the Critical Heritage*. London: Routledge and Kegan Paul Ltd., 1987, pp.34~35.

的特点居然存在同一个人身上使我兴趣大增——恶棍能作出自我牺牲,妓女认为钱肉交易是一件高尚的事。我不能让自己判决同类。我满足于观察他们……我觉得没有比好或善更美的东西了。有些人按世俗准则看来应被无情地谴责,但是他们却有着上述美好的品德,把这些表现出来经常令我快乐。我把它写出来是因为我看见了。有时候对我来说,因为被罪恶的黑暗包围着,他们身上反而闪烁着更多的光辉。①

毛姆对《卡拉玛佐夫兄弟》的评价甚高,原因就在于其中的人性描写震撼了他的内心。

> 我从未见过这样的小说,他把人性的崇高和卑劣都写得那么出神入化,把个人灵魂的历险及厄运写得那么生动有力。陀思妥耶夫斯基对人类苦难深怀哀怜之心,这种哀怜之心只有自己也经受过苦难的人才有。"不要做别人的裁判官,"他说,"要爱怜人;不要害怕人的罪恶,要爱怜有罪的人。"当你合上这本书时,你不会感到绝望,只会感到欢欣鼓舞,因为善之美最终透过恶之丑而闪闪发光。②

愤世嫉俗只是蒙在毛姆脸上的彩色面纱,这并不完全符合事实。他就像一条表面冰封、底下溪水淙淙的河流。有时他也会打开心扉,在作品中赞扬普通人的美德。在《渔民的儿子》的结尾,毛姆难得一见地直接抒发了自己的感慨:

> 这里,我为您描绘了一幅人物肖像:一个普通的渔民。在这个世界上,他虽然一贫如洗,但是,他却具有极其可贵的、人类应有的那种品德。至于他是如何具有这种品德的,只有天晓得。我只知道,尽管这种品德如何为世人所嗤之以鼻,不可思议,甚至无法忍

---

① Klaus W. Jonas ed., *The World of Somerset Maugham*. London: Peter Owen Ltd., 1959, pp. 35-36.

② [英]毛姆:《读书随笔》,刘文荣译,上海三联书店 2000 年版,第 220 页。

受,但是,在他身上却闪闪发光。假如您说不上这品德究竟是什么,那么,我愿告诉您:善良,这就是善良。①

在现实生活中毛姆也不时表示出友善、宽容、感恩和慷慨。例如在帕斯捷尔纳克受迫害时,毛姆和艾略特、罗素、福斯特等人一起联名拍电报给苏联作家协会主席以示声援。毛姆在马来西亚旅行时,有一天掉入河中,幸被两个囚犯所救。事后,他给当地行政长官写信,请他帮忙给救他一命的囚犯减刑。他还扶持了不少年轻作家,默默无闻地帮助他人,不求回报。在新加坡期间,毛姆曾经雇佣一个年轻的中国人阿金当仆人。在他们分别的时候,阿金哭了,令毛姆异常窘迫。他后来回忆说:"我以前从未把他当人看待。现在他因为要离开我而哭泣。为了这些眼泪,我以他的名字来命名和他一起时写的故事。"②这就是短篇小说集《阿金》的由来。在《人生的枷锁》出版 30 年后,毛姆签署了一份录制此书的合同。但是他在录音室读了开头几段之后,就痛哭失声,不能自已。童年的悲惨回忆涌上了他的心头,最后这项合同不得不被取消。这些丰富的感情和真诚的表现怎么可能和文学创作中愤世嫉俗、尖酸刻薄的毛姆联系起来呢?

作为一个作家,毛姆因为冷漠和无情备受谴责。不少人批评毛姆以玩世不恭的态度来描写生活,指责他不宣传正义道德,不惩恶扬善,对好坏都一笑置之。其实这表面的不在乎只是他心底悲伤愤怒的掩饰。《兰贝斯的丽莎》出版后,其粗俗的通奸题材和对贫民窟生活的真实描述,使得部分读者难以接受这部小说。在 1897 年 9 月 13 日的《学术》上,毛姆回答了指责这本小说缺少希望和乐观的一个评论者。

当然这部小说是肮脏的、污秽的,它应该这样。如果要写书就

① [英]毛姆:《天作之合——毛姆短篇小说选》,佟孝功等译,湖南人民出版社 1983 年版,第 613 页。

② Anthony Curtis and John Whitehead eds., *Maugham*, *the Critical Heritage*. London: Routledge and Kegan Paul Ltd., 1987, p.204.

要写出真实情况……我猜想没有人能说清楚他为什么想写某一个东西——但是除了我无法控制写作的感觉之外，还有一个原因，我希望能让少教养的人看到穷人时少一点自以为是的正义，甚至会可怜他们的不幸……我感到遗憾，因为他的评论让我以不愉快的感情离开，好像在伦敦污秽的大街上洗了个泥浆澡。但是也许他不会完全忘记我。下次，当他不得不经过贫民窟的时候，他将不会用伞把路中间衣裳褴褛的小孩推开，当他再看见眼圈乌黑、脸色苍白、泪痕斑斑的妇女时，不会完全地抱以轻蔑。①

毛姆在丑陋的现实面前，难以压抑心中的痛苦。这样的作品只有敢于正视生活的人、在卑鄙和肮脏的世界面前毫不退缩的人才能写出来。他说："自开天辟地以来，人类的生活都是肮脏、野蛮和短暂的，就全体而论，现在也仍然是这样。"②其实在他的内心深处，是渴望一个美好正义的世界的。毛姆晚年希望再写一部关于伦敦贫民区的书，给自己的写作生涯画上圆满的句号。但是他在重游伦敦东区之后发现：贫民窟发生了巨大的变化。半个世纪前，他在《兰贝斯的丽莎》中描写的人们日常生活中的欢乐和活力已被怨恨和痛苦取代，他试图描写的世界不复存在，黑暗的现实又一次粉碎了他的梦想。

通过对毛姆其人其文的仔细分析可以发现，毛姆的愤世嫉俗实际上掩盖了他丰富高尚的情感、对美好事物的渴望。罗宾就非常了解他的叔叔：

为保护一个过于敏感和害羞的人免于冷酷世界的严寒，他采取了愤世嫉俗和世故的姿势作为掩饰。渐渐地这个姿势成为他的一部分。但是在这看似冷漠无情、闻名全球、悲观厌世的作家的背后，是一个渴望爱的、孤独的人。有时他会因为一个朋友的去世或

---

① Forrest D. Burt, *W. Somerset Maugham*. Boston：Twayne Publishers, 1985, pp.140-141.
② 转引自[英]罗宾·毛姆：《忆毛姆》，薛相林、张敏生译，重庆出版社 1986 年版，第 18 页。

电影中一幕感人场景而释放情感。他会痛哭起来。但是眼泪很快就被擦去，他又戴上了面具。①

不仅是他的侄儿，还有其他评论家也意识到：对毛姆而言，"愤世嫉俗只是失望的理想主义和受伤的人性的面具"②。习惯了被人们冠以愤世嫉俗称号的他实际上是借恶扬善，从另一个角度反映出他对"善"的孜孜追求。"善"其实是毛姆一直敬重的重要品质。只是他对社会实在没有起码的信心，所以不热衷于从现实中去寻找素材，很少从正面去赞美善。

毛姆对社会的愤懑不满主要是由他生活的不幸引发的。他最爱的人——母亲在他8岁时就撒手人寰，从那时起他就开始对世界产生怀疑，因为他不明白为什么母亲那么优秀的女人会被上帝早早带走。终其一生，他都没有从母亲去世的阴影中走出来。在伦敦学医期间，毛姆再次遭受了精神上的打击。在医院里，痛苦和死亡是屡见不鲜的。上帝折磨没有过错的人，让毛姆感到失望，尤其是在夭折的儿童面前，他更无法找出合理的解释。后来毛姆参加了两次世界大战，他在日记中写道：他从来没有见过这么多负伤的人。战争经历更加坚定了他的无神论思想。种种不公正的现象使他意识到宗教信仰是荒谬的。他说："我为自己不信上帝感到高兴。当我看到世界的灾难和痛苦时，我觉得没有比信仰更不光彩的了。"③生活经历使毛姆抛弃了对上帝的信仰，他觉得生活没有意义，怀疑他人的善意和爱。他把生活中经历的挫折和得到的教训写进了小说，并赋予作品以独特的视角和色调。

毛姆本质上是一个悲观主义者。但是生活教会他容忍不平的社

① Robin Maugham, *Somerset and All the Maughams*. London：Heinemann Ltd., 1966, p.123.
② Richard F. Dietrich, *British Drama* 1890—1950——*A Criticism History*. New York：Twayne Publishers, 1989, p.167.
③ Klaus W. Jonas ed., *The World of Somerset Maugham*. London：Peter Owen Ltd., 1959, p.92.

会现象。他学会了听天由命,对人类的痛苦和邪恶表示了同情和容忍。他相信当个人忘记悲伤不幸而不是埋怨生气的时候,生活就会好过多了。这种服从命运安排的思想减轻了痛苦,但并没有治愈他的悲伤。毛姆认为他的一生是痛苦多于快乐的一生,他的侄儿罗宾说:

> 我叔叔年轻的时候不快乐,因为他害羞且孤独;他中年时不快乐,因为他生活中有未解决的社会冲突。我希望能够说在他老年的时候——所有的斗争都结束了,所有的冲突都解决了——他在70到90多岁时过得平静舒适,但是我不能。在他生命的最后几年,对人类本质上的缺点的宽大接受安抚了他的性格,但是在这慈善的表面下潜伏着偶尔爆发的仇恨的火焰。他既没有忘记也没有原谅。①

从根本上说,毛姆不相信人的本质是好的,对人性表示怀疑。他也知道自己没有能力改变种种不公正不合理的现象。要在这个不正常的社会中生活下去,他只有学着去理解,去忍耐。他说:"我的胸怀是完全地包容,我不向人要求他们所不能给我的东西。我学会了容忍。我为同伴的善良感到高兴,但并不为他们的坏处感到难过。我获得了精神上的独立。我已经学会走自己的路而不去考虑别人怎么想。"②这是他在强大顽固的社会面前无可奈何的妥协。虽然毛姆不是一个道德观念很强的人,但是他明白地坚持两点:容忍和善良。他在抨击社会的同时,克制住了深深的失望和不满。只是这个一心追求善的人始终无法掩饰对社会的愤怒。如果不是对生活有太大的失望,如果不是对世界有太深的愤慨,毛姆就不会在创作中尽情嬉笑怒骂社会,无情地揭露丑恶嘴脸。正是因为爱之深,所以恨之切。虽然他不够完美,但是他是用心在写作,真诚地和读者交流。他那些不够正统的观念和不够高深的

---

① Robin Maugham, *Somerset and All the Maughams*. London:Heinemann Ltd., 1966, p.208.

② W.S.Maugham, *The Summing Up*. London:Pan Books Ltd., 1976, pp.136-137.

思想，或许妨碍了他成为一个伟大的作家，但是他的真实、他的高尚，却保证了他是一个有特色的、深得读者敬爱的作家。

三、叛逆者

在毛姆的作品中，叛逆者的形象屡见不鲜，从早期的戏剧《圈子》中的伊丽莎白、《谢斐》中的谢斐，到长篇小说《人生的枷锁》中的菲利普、《克雷杜克夫人》中的伯莎、《刀锋》中的拉里，再到短篇小说《人生的严酷现实》中的尼基和《爱德华·巴纳尔德的堕落》中的爱德华。这些角色在毛姆的作品中出现，使我们时时可以听到反抗的声音。时光在流逝，社会在前进，可是打破人生枷锁的主题贯穿了他的全部创作。如果说有变化，那就是抵制的对象不同，反抗的方式不同，不变的是一颗叛逆的心。毛姆同情反叛者，拒绝以社会习俗和传统观念来衡量人。对社会的愤怒意识、惊人的反传统观点，是他作品的标志之一。传统思想和世俗准则，这些被普通人奉为真理的东西却被毛姆作品中的人物嗤之以鼻，难怪很多人指责他玩世不恭、愤世嫉俗。毛姆要为批评界对他的偏见和敌意负部分责任，因为他轻视、嘲笑乃至挑衅传统观念和宗教道德。

毛姆出生在维多利亚时期，但是他厌烦那个传统守旧时代的条条框框，不时抨击强大的旧势力。对自由的向往是毛姆终生追求的目标。他说："我一直向生活要求的主要的东西是自由，内部和外部的自由，生活和写作中的自由。"①自由不仅在毛姆的私人生活、还在他的工作中占据非常重要的位置。19世纪末，作家不是上层社会认可的高贵职业，但是他不顾家人的反对，执意以写作来谋生，表明了他是一个反叛者。他认为能够反抗束缚的人是自由的真正继承人，所以在创作中独爱研究和他类似的离经叛道的人，偏爱那些为了自由进行抗争的人。

---

① Sean O'Connor, *Straight Acting——Popular Gay Drama from Wilde to Rattigan*. London: Cassell Press, 1998, p.66.

他的作品里经常出现这样的反抗者：他们试图从给他们压力的伴侣、家庭和社会中挣脱出来。

在毛姆的早期创作中，叛逆者往往反对大众认同的思想观念，发表一些激烈的言论，采取一些不守常规的行动。早期叛逆形象的代言人应属《人生的枷锁》的主人公菲利普。这是一部反映年轻人在成长过程中与周围发生的一系列冲突的小说。它真实地勾勒出 20 世纪初的青年冲破家庭、教育、爱情、经济、宗教和社会等方方面面的障碍，在经历了一次又一次的挫折后，仍然在艰难时世里为美好的未来不懈奋斗。在这一阶段，毛姆相信通过个人的努力可以在社会里找到自己向往的生活。

在毛姆创作的第二阶段是以东方为乐园的作品，作者一般是让叛逆者逃往东方，寻找理想的家园。毛姆对国外的向往早在少年时期就表现出来。他难以忍受伦敦狭隘单调的生活。如果说英国代表限制，那么国外对他来说则象征着自由。他说："我是英国人，但是我在那里从来没有家的感觉。和英国同胞在一起，我总是很害羞。对我来说，英国是这样的一个国家：我对她有不愿履行的义务，以及使我厌烦的责任。直到一道海峡把我和祖国隔开，我才感到真正的自我。"①

毛姆曾经在海德堡度过一段自由的时光。他经常说这是他一生中最快乐的时期之一，这是因为旅行不仅让他享受快乐，而且让他摆脱了义务和责任的束缚。毛姆宣称："我爱东方。在东方我只感觉到舒适和快乐。"②当他首次来到东方时，旅行收获大大超出他的预料：他不仅发现了美和自由，还开启了新的创作源泉。东方之行让他激动不已。他在远东旅行中遇到的人和事使他的生活哲学发生了根本的转变。古老的东方文化、优美的异国风光还有单纯快乐的东方人都带给他极大

①　W.S.Maugham, *The Summing Up*. London：Pan Books Ltd., 1976, pp.66-67.

②　Robert Calder, *Willie, the Life of Somerset Maugham*. London：Heinemann Press, 1989, p.378.

的震撼。东方的奇迹和辉煌对他来说是魅力无穷的,那时的他认为人们可以在东方找到自由和美。

在这一阶段的创作中,他笔下的人物往往不再局限于言行举止的叛逆,而是出走到遥远的异国,和过去彻底断绝了关系。在《爱德华·巴纳尔德的堕落》中,爱德华到太平洋的一个岛屿塔西提学习经营,试图重振家业,但是上岛之后却被那里的一切深深吸引。他爱上了东方的迷人景色、悠闲的生活方式和快乐朴实的当地人。经历过这一切之后,他才明白往日自己在美国过的是非人的、机器般的生活。当他的好友远涉重洋来劝说他回国时,他谢绝对方说:"岁月不知不觉地流逝,当我年纪老了,回首一生,我希望我过的是朴实、宁静、幸福的生活。尽管没有什么大作为,我将也是在'美'中过此一生。"①

到了20世纪中叶,毛姆发现人们通过远行来获得自由的时代已经过去。东方受西方的影响越来越大,联系日益紧密的世界不再有隐私,意欲过与世隔绝的生活变得困难起来。《刀锋》的出版揭示了他认为在新的历史背景下该选择什么样的逃避方式。有人曾经问毛姆花了多长的时间来写《刀锋》,他的回答是60年。可见这本书是他在历尽世事后的人生总结。书中的主角拉里在物欲横流的美国社会里找不到生活的方向,为了明白生命的意义,周游世界,博览全书,从古希腊的哲学到东方的宗教——涉猎。最后他在印度神秘思想的指引下认识到精神上的自由才是真正的自由,领会到"小隐隐于林,大隐隐于市"的道理。在这里,东方再一次战胜西方,成为指引人生方向的一盏明灯。后来拉里散尽家产,自食其力当上了出租车司机,消失在人海茫茫的纽约,过着简单但是精神富足的生活。从20世纪初的菲利普,到20世纪中期的拉里,毛姆经历了思想上的巨大转变,但不论是哪一个叛逆者,他们在本质上并没有不同,不同的只是反抗的方式。

---

① [英]毛姆:《毛姆短篇小说集》,冯亦代译,外国文学出版社1983年版,第102页。

反抗的主题贯穿了毛姆的整个创作。在形形色色的叛逆者中,最有代表性的当属唯美的艺术家。《月亮和六便士》中的画家思特里克兰德为了追求美作出了疯狂的举动,抛妻弃子,舍家舍业,背叛朋友,逼死情人,无情无义。

> 使思特里克兰德着了迷的是一种创作欲,他热切地想创作出美来。这种激情叫他一刻也不得宁静,逼着他东奔西走。他好像是一个终生跋涉的朝圣者,永远思慕着一块圣地。盘踞在他心头的魔鬼对他毫无怜悯之情。世上有些人渴望寻求真理,他们的要求非常强烈,为了达到这个目的,就是叫他们把生活的基础全部打翻,也在所不惜。思特里克兰德就是这样一个人:只不过他追求的是美,而不是真理。①

毛姆年轻时通过读梅尔维尔和史蒂文森等人的作品迷上了南海。罗德里克·奥康纳(Roderick O'Connor)②在巴黎给毛姆讲述了画家高更的生活和艺术,进一步激发了他对塔西提的兴趣,使他下定决心写一部有关这位艺术家的小说。1913年毛姆向苏·琼斯求婚遭拒,沮丧的他为了找回心灵的平静,同时也为了创作《月亮和六便士》,跑到了南太平洋。

> 我带着寻找美和浪漫的希望动身,并为浩淼的大海把我和折磨人的烦恼隔开而感到高兴。我找到了美和浪漫,但是我还发现了意料之外的东西。我找到了一个新的自我。自从我离开了圣托玛斯医院后,就一直和那些珍视文明的人生活在一起。我开始意识到,世界上没有比艺术更重要的东西了。我在宇宙中寻求一个意义,而我唯一能找到的意义是,各处的人们所表现的美。③

---

① [英]毛姆:《月亮和六便士》,傅惟慈译,上海译文出版社2003年版,第188页。
② 罗德里克·奥康纳(1860—1940),爱尔兰艺术家。
③ W.S.Maugham, *The Summing Up*. London: Pan Books Ltd., 1976, p.130.

对高更出逃的兴趣对毛姆而言是一个新生。《月亮和六便士》描绘了新的英雄形象，一个反抗传统社会的艺术家，所以这本书被视为毛姆作为原创作家的开端。毛姆借《月亮和六便士》来刻画他羡慕却无法做到的一个人和一种生活方式。早在《人生的枷锁》中，毛姆就塑造了一个为艺术放弃一切的画家。在未出版的手稿中，他补充说将来他可能会重新写一个更幸运地拥有天赋的艺术家，继续《人生的枷锁》中提出的问题。在 20 世纪 20 年代初，流浪的艺术家成为新的英雄形象。因此《月亮和六便士》迎合了当时的风尚，一出版就不胫而走，成为他很有影响的一部作品。《月亮和六便士》讲述一个艺术家为找到自我的奋斗历程，意在探讨生活和艺术的关系。思特里克兰德从小喜爱绘画，迫于没有机会施展自己的才能，只好压抑心中的梦想数十年。他从事自己不喜欢的股票经济活动以养活一家人，他和妻子表面上相敬如宾，实际上形同路人。思特里克兰德看透了妻子的浅薄、自私和虚伪。他出逃到巴黎后遇到了另一个女人勃朗什，她和他的妻子一样，一心想把思特里克兰德捆绑在自己身边。后来勃朗什因为无法达到这个目的而服毒自杀。小说的叙述者怒气冲冲地去找思特里克兰德，谴责他没有人性，害得一个好女子无端为他丧命。思特里克兰德的回答让他沉默了下来：

> 要是一个女人爱上了你，除非连你的灵魂也叫她占有了，她是不会感到满足的。因为女人是软弱的，所以她们具有非常强烈的统治欲，不把你完全控制在手心就不甘心。女人的心胸狭窄，对那些她理解不了的抽象事物非常反感。她们满脑子想的都是物质的东西，所以对于精神和理想非常嫉妒。男人的灵魂在宇宙最遥远的地方遨游，女人却想把它禁锢在家庭收支的账簿里。你还记得我的妻子吗？我发觉勃朗什一点一点地施展起我妻子的那些小把戏来。她以无限的耐心准备把我网罗住，捆住我的手脚。她要把我拉到她那个水平上；她对我这个人一点也不关心，唯一想的是叫

我依附于她。为了我世界上任何事情她都愿意做,只有一件事除外:不来打搅我。①

也许这一段话不一定正确,但是有一定的道理。毛姆也认为女人浅薄、庸俗、势利,一心纠缠着男性,阻碍他们追求自由、幸福和理想。和女性的斗争对他来说渐渐成为象征着个人为获得自由的斗争。对思特里克兰德来说,东方既代表艺术的自由,又意味着美的源泉。为此,他在到达塔西提进行自由创作之前,还挣脱了友情、经济、"道德"和社会的重重枷锁。最后他就像破茧重生的蛾一样,历尽千辛万苦,在艺术创作中获得了永生。但是并不是所有人都能理解艺术家。因为艺术家不遵守世俗准则,缺乏道德,我行我素,一般人对他的所作所为异常恼怒。曼斯菲尔德就非常讨厌《月亮和六便士》。她虽然也遇到献身艺术和家庭阻挠之间的矛盾,但是不能接受思特里克兰德那种粗鲁极端的解决方式。毛姆对艺术家的叛逆和不近人情的做法,作了合乎情理的解释:

> 但是艺术家的目的和其他人的目的是不一样的,因为艺术家的目的是生产,而其他人的目的是正确的行动。所以艺术家对待生活的态度在某些方面是有别于常人的……艺术家的自我主义是极端过分的:它必须这样;艺术家本质上是唯我论者,世界的存在只是为了他能运用创造的能力。他仅以部分的自我去参与生活,从来不用他的整个人去感受人们一般的感情,因为不论需要是多么急迫,他除了是个观察者之外,还必须是个行动者。这经常使他看上去显得无情。②

毛姆认为古怪无情是天才必然的特点。许多天才,尤其是艺术天才对生活有敏锐的、特殊的、激动的感悟,所以他们的思想行为往往与众不同。而普通人、拘泥于世俗的人多循规蹈矩,缺乏活力和创新,难

---

① 　[英]毛姆:《月亮和六便士》,傅惟慈译,上海译文出版社 2003 年版,第 139 页。

② 　W.S.Maugham, *The Summing Up*. London:Pan Books Ltd., 1976, p.152.

以作出什么突破性的大成就。因此毛姆理解艺术家们为了伟大的艺术，采取极端的行动，挣脱一切束缚。在《月亮和六便士》中，最后思特里克兰德终于排除万难，扫清了艺术道路上的一切障碍，创作出一幅幅美的作品，成为伟大艺术的代言人。

第三节　毛姆小说的叙述技巧

　　毛姆创作的思想意义和技巧形式是不成正比的。尽管多年以来毛姆由于部分作品内容的浅薄颇受苛责，却没有人对他的叙述技巧提出异议，至多只是酸溜溜地说一句："毛姆除了会叙述故事外什么也不会。"但是仅此一句就足够了，对一个作家而言，叙述能力的重要性是无可非议的。叙述似乎是毛姆与生俱来的特长。当亨利·阿瑟·琼斯看到毛姆的处女作《兰贝斯的丽莎》之后，大为赞赏其中的人物对话、情节安排和结构技巧，预言这个年青的作家有一天将会成为成功的剧作家。果不其然，毛姆十年后以喜剧创作享誉伦敦。

　　毛姆赢得"技巧大师"这一称号很大程度上应归功于他的叙述技巧。毛姆的小说以第一人称叙述著称。当年毛姆还和另一位作家为此针锋相对。休·沃波尔在一次公开谈话中影射毛姆以第一人称来写小说是不适当的。毛姆后来干脆以《第一人称单数写的六个故事》来命名他的下一部短篇小说集，以示抗议。

　　毛姆对第一人称叙述方式的偏爱并非心血来潮，而是经过了一个摸索实践的过程。他在早期创作中尝试了各种类型的小说，故意写得互不相同，以便发现自己的优势和不足。与此同时，他还仔细研读前人的作品，从中学习。他发现不少名作是从全知的角度来写的。这种方法存在着不少问题，例如作者要考虑到所有人物的所作所为所想，导致了作品体积庞大，结构散漫。有时作者还难以顾全到每一个角色，多少有欠缺疏漏的地方。毛姆注意到上述问题是很难解决的,因此不赞同从全知角度进行创作。他认为除了托尔斯泰把握得比较好以外,其他作家都没有很好地处理全知角度叙述所带来的问题。毛姆还注意到亨利·詹姆士提出的"意识中心"手法。他对这种被称作是小说形式一大变革的叙述角度不以为然。他说这只不过是把全知叙述进行改头换面罢了,这个意识中心仍然担负着道出全部内容的重任。虽然通过某个固定点来观察周围的一切,说出所看到的信息和他的感想,可以避免作品枝节交叉蔓延,但是万一这个意识中心不够聪明,愚蠢得让读者厌烦,或者是读者不接受他的阐释、推论和想法,那么就将直接导致作品的失败。毛姆通过比较不同作品的叙述方法得出结论:第一人称叙述具有显著的优点,因为它不仅解决了上面提到的难题,还增强了故事的真实性。当然毛姆并不推崇所有以第一人称创作的作品,例如一些书信体小说,在他看来多少也染上了拖沓冗长的毛病。

为了避免这样那样的问题出现,他在总结前人的创作经验后认定:以第一人称观察者为叙述者是最好的写作角度。他举麦尔维尔的《白鲸》为例来说明这一角度的长处:首先以实玛利是书中的一个配角,他只需叙述出他的所看所想即可,不必说出其他人物的一切活动和思想,避免了文章的散乱和庞杂;其次,他可以坦白自己的不明之处,让读者自己去思考,不必事事进行议论、假充内行,以免贻笑大方;再次,他讲的是自己的"亲身经历",这就使读者对他的亲切感和信任度油然而生。毛姆后来的创作基本上遵循这样的原则。尽管在他的后半生,英美文坛发生了叙述技巧上的重大转变,他仍然不改初衷,坚持自己的叙述方法,导致为数甚多的批评家对他的作品嗤之以鼻。毛姆固守传统不放,使得他在学术界的声誉受到很大的影响,但是却成功捍卫了在无数读者心中的崇高地位。爱听故事的传统数千年来代代相传,成为人类的一大共性,所以毛姆赢得了广大读者的喜爱。虽然毛姆在文学界里没有什么创新,但是他把旧的叙述方式运用得出神入化,把一个个故事讲得活灵活现,使自己的作品堪称传统小说的范文。

毛姆写的故事形式完整,有开头、中间和结尾。小说的开头往往是题外话;主体是中间部分,由叙述者来展开故事;最后的结尾通常很短暂,几句话就给作品迅速画上一个句号,让人意犹未尽。毛姆短篇小说的内核是故事。他曾经声明他最喜欢的故事是一个可以在餐桌上讲的轶事。表面上看,它们是以一种随意的姿态讲出来的,但是毛姆严肃认真地采用第一人称观察者来讲述,保证了它们的可信度。在他的小说中叙述者"我"往往是一个功成名就的作家,在上流社会中活动,耳闻目睹了各式各样的奇闻逸事。故事中最常见的结构是"我"把这些故事再讲述给其他人听,以供娱乐。概括而言,小说伊始,"我"先是漫不经心地闲聊几句,拉开故事的序幕。可不要小看这样的开头,其中看似和正题无关的话往往就奠定了叙述者是个可以信赖的人,因为这寥寥数笔不论是用可靠的事实来说明问题,还是嘲笑一些矫情虚伪的现象,无一不是坦率诚实,立刻获得了读者对叙述者的信任。《刀锋》的开头是这么说的:

> 多年前,我写过一本小说叫《月亮和六便士》;在那本书里,我挑选了一个名画家保罗·高更;关于这位法国艺术家的生平我知道得很少,只是倚仗一点事实的启示,使用小说家的权限,炮制了若干故事来写我创造的人物。在这本书里,我一点不打算这样做。这里面丝毫没有杜撰。书中角色的姓氏全都改过,并且务必写得使人认不出是谁,免得那些还活在世上的人看了不安。①

这里暂且不论叙述者撒谎与否,至少他提到的《月亮和六便士》的写作过程是真实的,读者自然倾向于相信他在开篇中许下的诺言,相信下文讲述的事件确有其事。另一个有代表性的例子是《寻欢作乐》。叙述者的第一句话就是:"我发现如果你不在家时有人给你来电话,留

---

① [英]毛姆:《刀锋》,周煦良译,上海译文出版社1997年版,第3页。

下话要你务必一到家就给他回电话,说他有紧要的事找你,这件事就多半是对他紧要,而不是对你紧要。如果对方要送你什么礼物,或是要帮你什么忙,一般来说,他们是不会那么性急的。"①读者看到这里禁不住会心一笑:这个叙述者是多么通晓世事,多么坦诚直率,想来这样的叙述者应该是可靠的吧。

接着叙述者敏捷地转向了故事的正题,交代清楚人物、时间和地点,当然只是尽他所能告诉读者他所知道的一切。前文已经说明毛姆不赞成采用第一人称为小说的主人公,而是让"我"担当一个次要人物。"我"只是和故事的主人公有过交往,大致了解事情的经过,或者只是道听途说了某个故事,所以不可能事无巨细,一一道来。这样文中就出现了一些疑点空白,需要读者发挥自己的想象力。这实际上是邀请读者加入创作的行列,与作家一起创作文本,进一步激发他们对作品的兴趣。

第一人称观察者的叙述视角使得作品的叙述不仅具有强烈的真实性,而且还有高度的灵活性。他可以随意从一件事跳到另一件事,可以从一个角色转向另一个角色。这看似简单的跳换需要高超的把握全局及操纵人物的能力。毛姆在创造探究胃口方面是一个大师,知道控制秘密直到适当的时候,突然把它抛出来。他的叙述形式看上去虽然随意,实际上是精心设计的结果。一种好的风格不应该流露出努力的痕迹,毛姆的小说尤其是短篇小说就开展得非常自然。叙述者频频露面,随时转换人物和场景,调整速度和距离。读完之后,人们发现情节主线通常是简单明确的,但是叙述者能运用复杂的结构,让读者陪他一起漫游,直到故事结束的那一刻。更奇妙的是,叙述者在使用倒叙、插叙等策略时挥洒自如,通篇如行云流水,敏捷灵活,毫无滞留阻塞之感。例如伊夫林·沃曾经赞赏道:"毛姆创作《寻欢作乐》时带着极度的灵巧

---

① [英]毛姆:《寻欢作乐》,章含之、洪晃译,浙江文艺出版社1984年版,第1页。

和轻松,这种文学品质用美国社会上的话来说叫平衡、均衡。我不知道在世的作家有谁创作时也这么自制。"①

《刀锋》是毛姆晚年的一部力作,这时毛姆的叙述技巧已经运用得挥洒自如。这部小说讲述年轻人拉里在经历过世界大战后的思想和生活变化。作品伊始,作者先写叙述者"我"路过芝加哥时,在朋友艾略特的宴会上结识了他的外甥女伊莎贝儿及其未婚夫拉里。此时的拉里刚刚从部队归来,想到法国小住以调整心情。过了一段时间,伊莎贝儿和母亲赶赴巴黎和拉里讨论婚姻之事。两个年轻人在长谈后友好解除了婚约。此后花开两朵,各表一枝。拉里先后到过法国北部的煤矿、德国的农场,一路上不停思考战争带给他的困惑。伊莎贝儿则回到芝加哥,嫁入豪门。不久伊莎贝儿母亲去世,接着世界经济危机爆发,夫家破产,于是接受了舅舅艾略特的邀请来到巴黎。这样"我"和伊莎贝儿又得以经常见面。期间,拉里和他们偶遇。伊莎贝儿得知拉里为了挽救一个沉沦女子、意欲娶她为妻的消息后,设计破坏婚事。直到小说接近尾声时,叙述者才和拉里进行一番深入的交流,通过对话揭示了战争给年轻人带来的巨大深刻的影响,交代清楚拉里探索生活意义的过程和对将来的安排。

这样一个事件迭出、时间地点频换的小说,如何叙述才能获得简洁清晰的效果呢?毛姆就是通过第一人称观察者达到了这个目的。通过一个参与事件的叙述人回忆过去,然后又把读者从过去带回现在。毛姆知道成功编制情节和引人入胜地叙述故事的秘密,他能得心应手地运用这些技巧是受益于早年的编剧经历。戏剧创作不仅为他赢得了巨大的财富和声誉,还对他日后的小说创作,尤其是短篇小说创作功不可没。戏剧作为一种表演艺术,强调演出效果。为此,剧作家必须在情节上下功夫,加强戏剧性,运用悬念、突转等种种方法吸引观众的注意力

① Anthony Curtis and John Whitehead eds., *Maugham, the Critical Heritage*. London: Routledge and Kegan Paul Ltd., 1987, p.188.

和好奇心。他说:"直到我成为剧作家、获得很多经验后,我才开始严肃地写小说。这经验告诉我要去除任何不能引发戏剧效果的东西。它教会我把事件一环紧扣一环直到高潮。"①天资聪颖的毛姆成功地把戏剧创作技巧融会贯通到小说创作中,把一个个原本简单的故事叙述得绘声绘色。简单的故事在高超叙述技巧的映衬下更加凸显出毛姆的这一本领。

运用第一人称观察者叙述方式的作家不止毛姆一人,那么毛姆笔下的叙述者又是凭借什么"鹤立鸡群"呢? 他的独特之处就在于叙述者超然、淡漠和讥讽的态度。毛姆在分析事物的时候站在不偏不倚的立场上。他是英国纯理性主义者协会的会员,在生活中总是冷静、不动感情地观察,几乎对每一个对象都达到了理性审视的程度;在写作时就像作新闻报道一样客观。毛姆冷静沉着的头脑与从前学医的经历有关。《兰贝斯的丽莎》是在他获得医学文凭前不久出版的。小说的成功使他决定放弃医生职业。他虽然放弃了医学,但是医学并没有放弃他。医学教育教会他严格控制自己的情感,以临床的疏远态度来观察人类。后来毛姆曾为没有在获得文凭后行医几年深感遗憾。他觉得医学经历是一个作家所能得到的最好训练。许多作家在从事创作之前都有过医学经历,例如鲁迅和契诃夫。毛姆是一个精明世故的人类的观察者,谨慎沉默,尽量不发表看法,对于提供意见和把自己卷入事件表现得很收敛。他的小说的叙述者往往也是这样一个旁观者而不是参与者,和他人保持着一定的距离,对生活投以冷冷的一瞥。他曾公开声明:尽管他以第一人称叙述了许多故事,但它们决不能被当作他的亲身经历。可是无论毛姆怎么否认,被戏剧化的第一人称叙述者明显带有他个人的影子,叙述者其实就是乔装打扮的作者本人。在短篇小说中,他的个人特性更明显地表现出来。大多数叙述者是医生或作家,他们

---

① Thomas Votteler ed., *Short Story Criticism*. Vol. 8, Detroit: Gale Research Inc., 1991, p.362.

拥有丰厚的财产和高贵的举止,以一种客观的、沉着的方式来观察生活,审视同胞。叙述者和读者一样并不卷入故事,而是隔着距离地、饶有趣味地观看他人的活动。

毛姆还把讽刺作为一种手段用来拉开叙述者和其他人物之间的距离。叙述者以愤世嫉俗的态度看待周围的一切,用讥笑的、可怜的眼光看着人们的愚蠢表现。尽管他的态度是安静的、不激动的、超然的,但是故事的简单和叙述的疏离态度并没有掩盖住作者的嘲讽。在《销声匿迹的丈夫》中,"我"在旅馆遇见一个温文尔雅的美国医生。"我"告诉新朋友,最近有位和他同姓的美国太太风靡伦敦社交界,她的丈夫原是美国西部的牛仔,走私过军火,一拳能撂倒小公牛,人称神枪手,曾和墨西哥匪徒抵抗上三天三夜,现在因为采矿发了大财。事后"我"却在不经意间发现新朋友竟然就是那位女士的丈夫。他的妻子在去英国的船上胡扯了一些冒险事迹讲给公爵夫人听,对方信以为真,结果谎言越编越大,医生只好销声匿迹了。小说的叙述者并没有直接批评英国人崇拜离奇到了荒唐的地步,只是幽默地告诉朋友隐姓埋名是解决问题的最好办法。读者从字里行间捕捉到了他对幼稚轻信的英国人的挖苦。讽刺的光芒经常散发在他的作品中间,成为他作品的一大标志。有评论家给予他的这一特性很高的评价:"毛姆的天分在讽刺人类的糊涂和愚蠢的时候运用得最好。"①《英国文学序言》一书则指出毛姆对英国文学的最大贡献是《寻欢作乐》,他对英国文坛的讽刺至今无人超越。②

毛姆创作了可读性极强的故事。他对情节与结构的小心处理使得他成为精湛叙述的权威。卓越的叙述技巧是他获得不同寻常欢迎的根

---

① Anthony Curtis and John Whitehead eds., *Maugham, the Critical Heritage.* London: Routledge and Kegan Paul Ltd., 1987, p.278.
② 参见 W. W. Robson, *A Prologue to English Literature.* London: B. T. Batsford Ltd., 1986, p.228。

本保证。尽管纵观毛姆作品集,可以发现这种方式有泛滥、单调之嫌,但他还是成功地捍卫了传统的第一人称讲故事的叙述方式。我们会记得毛姆作品中的叙述者胜过其他任何角色,他表现为一个愤世嫉俗的疏远的观察者,以讽刺、超然的方式呈现生活,带着对人类生活的轻蔑,那么真实可信,那么冷漠高傲。正如格雷厄姆·格林所言:"毛姆将会作为'叙述者'被人们纪念。"①这样一位不是主角的主角不仅在毛姆的小说中长存,而且还赋予小说以不朽的生命。假如用一句话来概括,说毛姆创作的成功是技巧的成功,也许并不过分。

第四节　毛姆的创作思想

文学理论史上对文学的作用和价值的探讨层出不穷。概括而言,教育和娱乐是文学作品最基础的两大功能。传统上小说的教育功能被重视,所以有寓教于乐、文以载道、诗言志等种种说法。毛姆不赞同把文学当作宣传政治思想、价值观念的功利性手段。他认为这种做法没有尊重文学的规律。文学不是政治和道德的附庸,它有自身的艺术特点和审美价值。他纳闷人们为什么对音乐家和画家非常宽容,对文学家却要求苛刻。文学也是一门艺术。作家是艺术家,创作出令人身心愉悦的作品是他们的首要任务。许多人阅读文学是为了获得精神上的享受快乐,而不是受制于主流意识形态,接受思想上的洗礼教育。如果阅读过程很辛苦,作品就失去了不少读者。所以毛姆迎合了大众的喜好,把读者从他的作品中获得享受当作指导写作的指挥棒。这是他在生存压力下作出的必然选择。由于父母早亡,身为孤儿的他不得不自力更生,白手起家。文学作为商品社会里的一种消费品,它的价值由读

① Forrest D. Burt, *W. Somerset Maugham*. Boston:Twayne Publishers, 1985, p.140.

者来决定。毛姆只有创作广受大众欢迎的作品，才能获得巨大的利润，过上体面的生活。

毛姆批评一些文学评论家不了解作品创作的过程。他们把作家通过作品传递信息，当成创作动机。他现身说法，点明小说起源于灵感、冲动、激情。如果小说起源于传递信息，那么作者就变成了思想宣传家。反映时代精神、批判社会制度、宣传政治思想这些工作应该交给思想家、哲学家、宣传家去做。把文学当作布道的讲坛是滥用了它的职权，夸大了它的功能。在这一点上，毛姆与契诃夫所见略同。面对知识分子提出的作家应关注时代和社会的责任和义务，契诃夫回应说："作家的职责就是叙述事实，然后全部交给读者，让他们去定夺该如何处置。不应该鼓动艺术家去解决具体而专门的问题。因为具体问题有专家去处理；专家的职责就是判断社会的好坏，资本主义该何去何从，以及酗酒之恶……"[1]毛姆对此深表赞同，认为如果人们对社会问题感兴趣，那么应该去翻阅专门研究社会现象的文献资料。

毛姆坚持小说的价值在于给人们提供娱乐。社会意识、时代精神不过是为故事的发展提供一个背景，但决不是写作的目的，不是作者揭示、宣传或批评的对象。一些文学评论家喜欢研究作品中揭露的社会现状是否深刻、蕴含的思想是否有哲理。这种轻视文本的批评方法在毛姆看来是本末倒置。毛姆的立场十分明确："我必须一遍遍地重申：读一部小说并非为了获得教育、启发心智，而是为了获得思想上的享受，而假如你发现自己不能从中得到这种享受的话，那你最好就干脆别读了。"[2]

人们的阅读品位会随着时代的变迁而变化。曾经激动人心的作品，今天可能变得平淡乏味。曾经惊心动魄的事件，在历史的长河里，将来可能只是一朵小浪花，后人觉得波澜不惊。出于愉悦读者的创作

---

① ［英]毛姆:《观点》，夏菁译，上海译文出版社 2015 年版，第 150 页。
② ［英]毛姆:《巨匠与杰作》，李锋译，上海译文出版社 2015 年版，第 196 页。

目的,为了使作品具有长久旺盛的生命力,毛姆选择了人性这一关键词。这是人们亘古不变的关注焦点,历经大浪淘沙,仍然给一代又一代的读者带去愉悦的阅读享受。毛姆亲生经历了第一次世界大战和第二次世界大战这两个重大的历史时期,但是他在作品里竭力避免以此为主题。他紧紧抓住的是普通人的日常生活、真实的普遍的人性,而不是社会历史政治的风云变幻。H.G.威尔斯曾经送给毛姆一套自己的作品全集,后来到毛姆家拜访,看到自己的书被摆在书架醒目位置,用手指轻轻拂过书说:"你知道,这些书早已经过时了。它们讨论的都是当时的头等大事。现在既然那些事情已不再重要,这些书也不再有阅读价值了。"①此时,他深刻领悟到应时应景的作品不容易经得住岁月的考验,而敏锐的毛姆早已深谙其道。

翻开毛姆的书,里面充满对真实人性的描述,没有谎言,让人从心底里感到亲切熟悉,仿佛他们就生活在我们周围。真实是理解毛姆作品的关键词。这里的"真实"不是指现实生活中真正发生过的事实,而是让人信以为真的现实。命运——主宰着我们生活的神秘力量,制造了数不清的故事,但是这些故事并不都适合写成小说。生活中充满了许多不可思议的事情,依样画葫芦搬进作品里是行不通的。小说家的工作就是把小说写得比现实更真,更可信。如果读者感到人物的思想行为有悖常理,情节发展不合逻辑,那么读者很可能对它失去兴趣。一部作品如果缺乏真实性,就很难令人信服;如果百分之百真实,很可能枯燥乏味。这中间的度要把握好,过犹不及。毛姆曾经和爱德华·诺布洛克合写过一部惊悚剧本,结果没有人肯排演。拒稿理由众口一词——作品不真实。毛姆承认他们两人当时的确是嘻嘻哈哈闹着玩的。毛姆还曾经批评霍桑的《红字》不可信。他无法理解海丝特·白兰为什么不跑到陌生的地方生下孩子,为什么要生活在一个令她备受

---

① ［英］毛姆:《书与你》,刘宸含译,译林出版社2014年版,第155页。

屈辱折磨的地方。女主角在他眼里就像一尊雕像，没有活力和气息。他认为霍桑为了传达清教思想，牺牲了作品的真实性，得不偿失。反之，如果作家走到另一个极端，在小说里百分之百还原现实，作品的艺术效果就大打折扣，就像水没有达到 100 度的沸点，老是温吞吞烧不开，平淡得激不起读者的兴致。阿诺德·本涅特曾经请毛姆阅读他的一个剧本。毛姆的意见是对现实的追求使得情节缺乏戏剧性。这部戏过于逼真地展示了中产阶级的生活，真实到了乏味的程度。如果一个作家如实地反映生活，事无巨细都写进作品，那他就失败了。这也是毛姆回避自然主义创作的原因之一。

文学作品是社会现实的真实反映，这种说法在某种程度上不一定正确。毛姆注意到有些一流作家的作品没有如实反映出当时真实的社会状况，因为他们喜爱用夸大的言行，讲述刺激的事件，例如莎士比亚、狄更斯、艾米丽·勃朗特、陀思妥耶夫斯基、塞万提斯、麦尔维尔等名家。毛姆赞同这些作家的写法，即小说只是贴近生活，但绝不临摹生活。由于司空见惯的事情难以吸引读者的注意力，所以文学创作不能简单地复制生活，而应重新排列组合，或者删除添加，甚至改写事实，以唤起读者的兴趣。但是作家在小说中仅仅把生活戏剧化是不够的，还要让读者相信作家的话，这样的作品才是成功的。莫泊桑就是写这类小说的人中翘楚。他的作品既让读者觉得真实，又比生活更有趣更激动人心。将现实生活演绎成文学作品，既真实得比现实还要真，又有戏剧化的艺术效果，这就是毛姆发现的征服读者的秘诀。

毛姆努力刻画真实的生活画面，讲述平凡人的喜怒哀乐，引起普通读者的共鸣。他走遍五湖四海，从普通人身上挖掘出不一般的东西，讲述有趣的故事。毛姆驳斥了讲故事是一种低级的小说形式的观点。他说听故事的渴望和人类历史一样悠久。早在《圣经》里就出现了讲故事的传统。《一千零一夜》里的山鲁佐德如果不是用讲故事的方法吸引国王，早就掉了脑袋。与他同时代的作家中，他推崇擅长讲故事的吉卜林,宣称英国单凭他一人便能与法国和俄国的短篇小说大师一争高低。同时,他批评了不讲故事的现代主义作家们。在毛姆看来,那些"严肃"作家抛弃了人们渴望听故事的天性,失去了文学创作中最重要的元素。他们不仅没有故事可讲,还在人物意识方面天马行空,白话瞎扯。毛姆很瞧不起意识流小说,因为它们把几页就能交待清楚的一个事件,拖沓延长到几十甚至上百页,啰嗦得令人无法忍受。一旦小说的中心被确立后,在写作中必须坚持这个中心不动摇,与故事进展无关的东西都应该被砍掉,这是毛姆提倡的写作手法。王安忆在译林出版社推出的《毛姆短篇小说精选集》出版沙龙上发言:

> 最早看毛姆的时候,他的长篇我觉得索然无味,但我没有想到他的短篇可以写得那么好,他使我忽然之间回到以前的时代,我们刚开始阅读文学作品的时代。这些年已经搞得有一些昏了,有时候对自己很怀疑,是不是要讲故事?我以前一直觉得写故事挺幼稚的,但是其实我们都忘了自己初衷,我们就是受这样的文学教育而开始从事文学的……毛姆的风格非常坦荡,不搞任何的玄虚,这是需要底气才能做到的。[1]

王安忆结合自己的创作经历,切身体会到讲故事是写作的初衷。抛弃故事,无异于舍本求末,违背了文学创作的宗旨。毛姆敢于在现代派横扫文坛的时候坚持讲故事的传统着实令人钦佩。

能让读者爱不释手,贪婪地读下去,是一个小说家最宝贵的天赋。毛姆揶揄亨利·詹姆斯没完没了的唠叨,曾模仿其语气作了一篇小说,赢得在场的西里尔·康诺利会心一笑。詹姆斯细腻的心理分析让人不胜其烦,多亏他抓住了人们急于知道故事如何发展的心理,读者才勉强接受了他。如何抓住并保持读者的注意力,是小说家要解决的一大问题。在这方面,简·奥斯汀赢得了毛姆由衷的赞誉。她笔下的故事,无

---

[1]　尚晓岚:《和毛姆叔叔谈人生》,《北京青年报》2013 年 2 月 1 日。

非是家长里短、婚丧嫁娶，没有什么重大事件，可是读者却像着了迷一样紧追不舍，迫不及待地看下去，直到最后一页。她描述的故事就是我们普通人关心的事情。也许就是这些平常生活中的琐事打动人心。毛姆感叹在吸引读者方面，没有谁能比得上简·奥斯汀，就是他本人也无出其右。

拥有广大读者群的毛姆除了在创作内容上紧扣人心，还力求在形式上让阅读过程毫不费力。为了实现这一目的，他的行文简洁朴实悦耳，让受过一般教育的人都能轻松阅读。读毛姆的书就像听一个人在口述故事，语言平实自然，内容简明清晰。

简洁是毛姆最看重的文体风格。毛姆点明一些连载小说的作者，由于定期交稿的压力，不得不往里面加塞了多余的内容，顾此失彼，因小失大。文学史上很多著名的作家在这方面令人惋惜，狄更斯、萨克雷、特罗洛普等概莫能外。为此，毛姆建议跳读，他觉得省去不相干的东西，读者也不会错过什么。

朴实是毛姆提倡的第二个风格要求。绮丽和朴实是两种基本的语言风格。绮丽的文字更适合写景抒情，还可能削弱读者对情节的注意力。为了突出故事内容，以情节取胜，毛姆舍弃了华丽的文字，以通俗平实的文字来叙述故事。另一个原因是毛姆本人也擅长运用朴素的语言。他曾经模仿文体大师一段时间。在早期创作中，他犯的错误是以一种过分装饰的方式写，在没表达清楚内容之前一味追求语言的华美。后来他发现自己不适合写花哨做作的文章。"我发现自己并无这类天赋；我们并非依照自己的希望，而是依照自己的能力来写作，我虽然无比尊敬那些有幸具备这类遣词用语天赋的作家，但自己早就甘于尽量写得平实……我要是能像拟一则电文那般简要直接，把这些写下来，我就心满意足了。"①毛姆认识到自己的短处后，逐渐摆脱了艳丽的风格，

---

① ［英］毛姆：《客厅里的绅士》，周成林译，译林出版社 2010 年版，第 173 页。

形成了平易自然的特色。比华丽更甚的是晦涩难懂的语言,让不少人退避三舍。毛姆认为现代"严肃"作家的作品不畅销要从作者身上找原因。其言外之意是精英的文字曲高和寡,普通读者难以理解,只好望而却步。

简洁平实之余,毛姆还提倡悦耳。这是为了让读者享受阅读的过程。看书不仅提供视觉上的愉悦,还带来听觉上的美感。毛姆研究福楼拜的写作方式,发现他常常在写出初稿后,大声朗读。假如读起来拗口,他就认为有问题,务必修改到读起来流利通顺才罢休。和谐悦耳固然重要,但是当简洁和美感发生冲突的时候,毛姆的意见是牺牲美感,因为美感是锦上添花的事物,作家不能以追求美感为目标。毛姆吝惜他的文字,与表达的内容无关的文字,再优美动听,都没有落在纸上。好的文笔在他看来不是杰出小说的必备条件。他注意到一些伟大作家的文字,说实话,谈不上出彩。"巴尔扎克、狄更斯、托尔斯泰、陀思妥耶夫斯基,写作的时候根本不关心语言。这证明,如果你会讲故事、创造人物、设计情节,而且如果你真诚、具有激情,那么你的语言如何根本无关紧要。不过不管怎么说,写得好总比写得烂要好。"①毛姆本人的文笔通俗易懂、朴实明晰。这种写作风格和内容情节组合起来,帮助毛姆赢得尽可能多的读者。

虽然毛姆的作品没有莎士比亚、托尔斯泰那样的高度,也没有巴尔扎克、陀思妥耶夫斯基那样的深度,更没有伍尔夫、乔伊斯那样的创新,也许还显得通俗浅显,但是他的作品有独一无二的个性。毛姆以简洁清晰悦耳的文笔,饶有趣味地讲述了有关人性的真实故事,把小说的愉悦功能运用到极致。读者从阅读毛姆的作品中获得了莫大的享受,他的作品便生机盎然,流传深远。

---

① [英]毛姆:《作家笔记》,陈德志、陈星译,南京大学出版社 2011 年版,第 347 页。

第五节　毛姆的流派归属

关于毛姆究竟属于哪一创作流派,国内外的学者意见不一。英美批评界普遍认为毛姆是一个带有自然主义印记的、过时的现实主义作家,而中国学术界对毛姆的定位一般在自然主义和现实主义之间摇摆,间或也有文章提出毛姆的现代主义乃至后现代主义倾向,但是这些不是主流观点。关键的问题是:毛姆从根本上说是一个自然主义作家还是现实主义作家呢? 我们可以从以下几个方面来思考。

首先,现实主义的创作原则是按照生活的本来面目再现生活。自然主义是现实主义的深入发展和特殊变体,热衷于以显微镜似的分析方式来写作,力求精确地复制生活。毛姆在《阿申登》的序言中明确说明了他对文学与现实的关系的理解:

> 根本没有必要把小说应该模仿生活的言论奉为公理。它和其他观点一样只是一种文学理论而已。事实上还有第二种也是可信的理论,即小说应该把生活只当作原材料,以精致的方式组建它……我所指的方法是选择生活中奇特的、有力的、戏剧性的素材;它不追求复制生活,而是尽可能接近生活以免让读者觉得不可信。①

毛姆在创作中就是按照这种标准来要求自己的。他追求的真实是效果的真实,让读者信以为真的真实,而不是和现实一模一样的真实。毛姆为了搜集素材曾经到世界各地去体验生活,但是这些材料还要经过他的再加工。他不会像左拉那样亲自去丈量妓女房间的实际尺寸是多少,然后把数据精确地写进书本。他在作品中对原材料进行了改动、

---

① W.S.Maugham, *Ashen, or the British Agent*. New York: Doubleday Inc., 1941, pp.9-10.

修饰,以便达到真实的效果。自然主义者近似科学的创作方法表面上是忠于事实,实际上却不一定正确。在毛姆看来,所谓的真实就是读者认可的、可行的事实。他不是刻板地刻录生活,而是改编生活。他把事件重新安排,以便能在最大程度上吸引读者的兴趣。

其次,传统的现实主义作家对黑暗的社会现象进行批判,站在人道主义的立场对人类表示同情。自然主义则提倡像科学家那样客观地处理题材,强调不带感情地记录一切。自然主义者在创作中是科学家,不论在内容还是形式上,都不受某种道德标准的约束,而是致力于对观察到的事实作中立的分析。毛姆曾经在医学院接受过几年的教育。这些经历教会他客观冷静地分析事物,但他并不像自然主义者那样客观,从来没有达到那样绝对客观的高度。毛姆笔下简单的故事和超然的叙述态度并没有掩盖住他的愤怒和怜悯。试看《在中国屏风上》一书,可以发现他对中国劳动人民的同情溢于言表。在一句句看似客观的描述下,读者能体会到作者悲天悯人的情怀。他对福楼拜的态度也很能说明问题。"一意要体现绝对客观性,对读者的兴趣简直抓不住,使读者对书中人物的命运毫不关心……福楼拜热衷于绝对的客观,以至使全书的调子显得冷淡而枯涩,这多少使我对他的欣赏受到限制。"①可见毛姆反对自然主义提倡的绝对客观的写法。

再次,自然主义对人的看法比较悲观狭隘。它把人看作动物,其生活由遗传、环境和时机等决定,强调人的自然属性。关于这一点,毛姆也不大赞同。毛姆意识到环境影响人的性格。他的作品中也确实存在着某些自然主义的痕迹。毛姆的小说多处涉及东方背景,以异域来衬托西方人在那里的思想行为。前文谈到的通奸和跨国婚姻多是在殖民地发生的。在茂密潮湿的热带丛林、鬼魅阴森的岛屿、稀奇古怪的东方城镇里,西方人抛开了礼仪和傲气,袒露本性,和未开化的土著人混在

---

① ［英］毛姆:《书与你》,刘宸含译,译林出版社 2014 年版,第53页。

一起。如果没有这些渲染得异样的环境,故事就失去了相当大的魅力。毛姆还专门以《环境的产物》来命名一部短篇小说集,意思是环境在人采取行动的过程中产生很大的作用。这个书名反映了毛姆对人这种生物的理解。他相信人的所作所为受环境的影响,但不认为遗传和环境等客观因素决定了人的命运。像许多自然主义作品一样,毛姆创作的悲剧故事并不少见。面对生活的曲折和不幸,他感慨命运的不公,但是没有把原因归结到科学上。毛姆声称自己是一个不可知论者,怀疑一切,包括宗教和科学在内。他笔下出现了各种各样的人的结局,他给出的终极解释就是人性是不可理解的,像大海一样神秘莫测。

最后,自然主义作品中的描写给人"琐屑"的感觉,形式松散重复,事无巨细一一记载,结果只会惹人厌烦。毛姆决不是这样的作家。他的作品结构干净利落,情节集中,没有杂乱的细节和喋喋不休的叙述。自然主义作品还模仿生活中的口语、俗语和脏话,引起许多读者的不满和厌恶。《兰贝斯的丽莎》中就存在类似的用语。但是纵观毛姆的早期创作,语言整体上表现得华丽矫饰。当时他努力摹仿经典作家作品的语言,例如艾迪生和斯威夫特的作品,日夜研读,反复背诵和默写达到了滚瓜烂熟的地步。但是当他发现故事小说不宜采用这样的文体后,开始了新的探索,形成了朴素精练的语言风格,用他的话说就是:简洁、清晰和悦耳。他创作成熟期使用的语言和自然主义那种"污秽"的用语是不可同日而语的。

综上所述,毛姆本质上不是一个自然主义作家。他对于自然主义,只是最初给予过一点关注。自然主义理论的褊狭使得自然主义不可能在创作中得到彻底的贯彻,因此许多自然主义作家在实践中都背离了自然主义,自然主义运动很快就衰亡了。众所周知,很少有作家是终生的自然主义者,毛姆也不例外。他在1897年发表《兰贝斯的丽莎》之后再也没有写过自然主义小说。毛姆在学徒期尝试了各种类型的文学创作,除了自然主义小说外,还有历史小说、哥特式小说和女性小说等。

他这样做是为了找到一条适合他个人的、同时又吸引读者的创作道路。《兰贝斯的丽莎》发表之后,负面的批评使他倍感沮丧。书中对人的悲观看法、对伦敦东区"污秽"的描写和人物之间的粗俗对话招来了许多道德方面的愤慨,所以这部在英国大众眼里伤风败俗的小说销路不好。毛姆不会创作读者不欢迎的作品,这是他抛弃自然主义的根本原因。虽然有人指责他是为读者写作的人,这样的说法似乎有点刻薄,但是毛姆确实重视读者的反映和书的销售。他希望自己的作品能给他人带去欢乐。如果读者对他的书不感兴趣,书不畅销,他就会觉得自己的写作是失败的。

　　毛姆的小说大体上忠实现实主义传统,但并非墨守成规。19 世纪的现实主义创作基本上是从人和社会的悲剧性冲突中展示人的性格和命运,对摧残压迫人的社会进行批判。毛姆在社会批判方面做得不够。他始终没有达到 19 世纪现实主义小说那样的高度,没有无情犀利地对社会进行淋漓尽致的控诉。他不像同时代的高尔斯华绥和萧伯纳等现实主义作家那样关注人类的命运,揭露社会的罪恶。他虽然目睹了人在现实生活中的痛苦,对不公正的社会现象深怀不满,但是没有意识到根源在哪里。他的作品往往是局限于具体的生活,无法上升到一个更高的层次,展开对社会的批判。正如上文提到的那样,他认为人的悲惨遭遇既不是由遗传和环境等因素决定的,也不是由社会来决定的。他通常是从人性的角度来看问题,并且觉得人性也是不可理解的,总而言之,一切都是不可知的,这就是生活。毛姆年轻时在笔记上写道:"我的目标是为当今正常环境下的普通人找到一种行为法则。"[1]后来他找到了,并在作品中借人物之口说出这条原则——尽可随心所欲,只是得适当留神街角处的警察。[2] 毛姆还在《作家笔记》中以下象棋为例,清

---

[1]　Anthony Curtis and John Whitehead eds., *Maugham, the Critical Heritage*. London: Routledge and Kegan Paul Ltd., 1987, p.389.

[2]　参见[英]毛姆:《人生的枷锁》,张柏然等译,上海译文出版社 1998 年版,第 361 页。

楚地阐释人生没有道理可讲,除了遵守规则别无选择。"我很乐意把生活看作一局国际象棋游戏,游戏基本规则不容置疑。没有人问为什么允许马这样古怪地跳,为什么车只能走直线,为什么象只能走斜角。只能接受这些规则,按这些规则下棋,抱怨是愚蠢的。"①

19世纪的现实主义小说还注重塑造典型环境中的典型人物,毛姆的作品似乎无意于此。传统现实主义作品在描绘外部世界方面达到了极高的成就,读者通过巴尔扎克、狄更斯等人的作品,可以了解到那一特定时期的社会风貌。同是现实主义作家的毛姆却不大重视在作品中反映社会现状。《克雷杜克夫人》出版后,不少评论说它真实地勾勒了19世纪末英国的外省生活。只是像这样描绘社会一个角落的作品在他笔下是不多见的,那么反映社会全貌的气势恢弘的作品就更无从提起。他在作品中虽然呈现了英国社会的部分状况,其中包括维多利亚时期的外省生活、爱德华时代的风气,还有乔治时期和伊丽莎白时期的社会面貌,时间跨度较长,但是并不深入。不仅在环境刻画上如此,在人物塑造方面,毛姆的表现也不突出。他喜欢用白描的手法刻画人物,简洁明了,但不足以成为典型形象。毛姆在观察人物上很有洞察力,三言两语就能把一个人活灵活现地展现出来,例如"是一个又长又瘦的汉子,高高的脑门,长长的鼻子,蓄着胡子,有点驼背,正是那种乔治一看见就准备讨厌的人"②。这种人物描写是他一贯的手法:抓住人物的主要特征,一语中的,读者在看到文字后脑海中就能浮现出人物的形象。遗憾的是除了偶尔的例外,如《寻欢作乐》中的露西,毛姆基本上没有塑造出经典的永恒的人物形象,这也许和他擅长写戏剧和短篇小说,关注情节而不是人物有关。

毛姆的创作既不属于自然主义,又不同于经典的现实主义,和同时代的主流创作也不相同。20世纪的英国文学大致可划分为传统派和

---

① [英]毛姆:《作家笔记》,陈德志、陈星译,南京大学出版社2011年版,第77页。
② [英]毛姆:《便当的婚姻》,多人译,江西人民出版社1986年版,第104页。

现代派。毛姆是传统的爱德华时代人。他出生于维多利亚时期,性格
形成于爱德华时期,终生坚持爱德华时代的思想。在 1956 年摩纳哥王
子瑞尼尔(Rainier)的婚礼上,毛姆问摩纳哥驻英国的领事自己的衣服
怎样,然后掀起标签——1906 年制。甚至到了九十高龄,他都坚持以
爱德华时代的礼节款待宾客。他作品中的优雅风格也体现出爱德华时
代的风尚。在英国现代作家中,曼斯菲尔德和乔伊斯等人是革新派。
他们的短篇小说往往捕捉一个瞬间、一个行为,注重探索人物的内心。
毛姆和同时代的作家不大相同,属于保守派,更类似于比他略早些的作
家莫泊桑和吉卜林等人。他也不像现代主义作家那样淡化情节,而是
恰恰相反——认为故事情节是小说的灵魂。故事对毛姆来说就是一
切,人物、思想、风格和故事比起来都无足轻重。人们称他是个讲故事
的人,并非没有道理。他曾经对现代派有过一番论述:

> 只是当时的流行趋势认为描绘情绪比人物和事件更重要。实
> 际上,回望过去,可以抗议说叙述故事比情绪和人物更经受得住时
> 间的考验……我有一种想法:艺术上的变革是由于艺术家无法遵
> 循那个时代的用法。他不得不创新是因为他不能用现有的术语表
> 达自己……我认为,俄罗斯人不像精通叙述技巧的法国人,他们写
> 不出整洁的、匀称的、结构完美的故事,所以他们发展了新的技巧,
> 这对当今的短篇小说家产生了很大的影响……也许在受契诃夫影
> 响的现代作家中,曼斯菲尔德是最优秀的。我钦佩她灵敏的洞察
> 力、对事物外观的仔细赏析和流畅简洁的英语。但是我不认为她
> 使用这种方法在写长篇小说时会获得成功。我觉得它们缺乏支撑
> 骨架。它们让我想起水母,当它们在海里随意游动时,色彩斑斓非
> 常可爱,但是散漫呆滞。我喜欢一页接一页翻看下去,但我不很
> 明白它们在写什么,结束时我有一种被欺骗的感觉。①

---

① Gordon Weaver ed., *W. Somerset Maugham——A Study of the Short Fiction*. New York:
Twayne Publishers, 1993, pp.96~99.

由此可见毛姆对现代派的不以为然,对传统叙事的推崇。但是毛姆紧跟时代,决不是落后者。他知道照搬旧的创作方法是行不通的,否则就会失去广大读者的支持。20 世纪的读者对以 19 世纪传统的现实主义方式创作的作品已失去了好奇心。他在新的历史条件下结合新的表现手法进行创作。他的创作特点是从现实出发,注重艺术的实践效果,而不拘泥于理论规范。毛姆在遵循现实主义创作原则的同时,借用了现代主义的一些手法,如象征、隐喻和内心独白等。这些新的表现手法并不妨碍他本质上仍然是一个现实主义作家。

毛姆的创作基调始终是现实主义的,只是他把现实主义运用得更加宽泛多样。如果加上一个限定词,那么可以说他是一个有法国特色的现实主义作家。法国对毛姆的创作风格的影响再怎么说也不过分。诗人杰拉尔德·古尔德(Gerald Gould)曾经说过:"如果毛姆属于一个流派,那就是法国派。"①另有评论指出:"如果毛姆没有写《人生的枷锁》、少数短篇小说及其他一些作品,他可以很容易地被当作在英国的一个机灵熟练的法国作家晾在一旁。"②《英国文学序言》一书也提出:"毛姆在许多方面都不是一个典型的英国作家。他从小就熟悉法语和法国文学。它们给予他的恩惠在他的作品里表现得很明显。"③毛姆本人也声称:"我对法国心存感激:培养我的是法国,教会我如何欣赏美的、优秀的、风趣机智的、条理清晰的东西的是法国,教会我如何写作的也是法国。我的许多快乐时光就是在法国度过的。"④他还说:"我学习的法国小说家胜过英国的,在掌握了莫泊桑创作特色的精髓之后,转向

---

① Anthony Curtis and John Whitehead eds., *Maugham*, *the Critical Heritage*. London: Routledge and Kegan Paul Ltd., 1987, p.10.

② Anthony Curtis and John Whitehead eds., *Maugham*, *the Critical Heritage*. London: Routledge and Kegan Paul Ltd., 1987, p.323.

③ W. W. Robson, *A Prologue to English Literature*. London: B. T. Batsford Ltd., 1986, p.229.

④ [英]毛姆:《作家笔记》,陈德志、陈星译,南京大学出版社 2011 年版,第 360 页。

司汤达、巴尔扎克、龚古尔兄弟、福楼拜和法朗士学习。"①具体而言,毛姆创作中的法国特色包括三层含义:一是指自然主义的影响,二是严谨完整的结构,三是语言文体。关于第一点,前面已有详细说明。毛姆出生在法国,在母亲去世前一直就读于法国学校,学习法语。他在巴黎的童年生活和早年熟读法国作家的作品深刻影响了他后来创作的叙述结构。法国人的古典意识强烈,要求作品形式完整,结构严谨,不喜欢开放式的结局。毛姆在法国作家的指引下进行写作,因此他的许多创作都有着法国式的精确逻辑,从故事的开端、发展、高潮到结尾都一丝不苟,这在英国作品中是不多见的。对他影响最大的法国作家当属莫泊桑。对莫泊桑的学习使他形成了简洁的叙述风格,清晰严密的结构。毛姆说在他小时候,莫泊桑被看作法国最好的短篇小说家,所以他怀着极大的热情读他的书。他记得他年少时每次去巴黎,大部分下午都是在图书馆里专心读莫泊桑的作品,18 岁前就读完他所有的小说。在 20 世纪上半叶,当大多数英国短篇小说家受契诃夫的影响的时候,毛姆则代表了受莫泊桑影响的作家群。毛姆的作品深深刻上了他的印记,以至于被称作"英国的莫泊桑"。法国文学对他的另一影响表现在文体风格上。他那简洁精炼、有些干巴巴的、陈腐的语言更偏向法国式而不是英国式,不是很符合一般英国读者的喜好。英国文学的传统是辞藻丰富,常用比喻,柔美雅致。毛姆大部分是在叙事,很少试着去抒情。他风趣诙谐的文体也是法国文学赠与他的宝贵财富,因此阅读他的作品常常令人轻松愉快。毛姆本人也意识到他不是一个正常的英国人。他的文章有时磕磕碰碰,不大像英国人写出来的东西。不少学者批评他不遵守英语规则,有时突然蹦出莫名其妙的符号,比如他喜欢给重要的英语单词下面打上一个个小圆点,然而这是法语的标点。法语特有的词汇也不时散落在他的作品中间。他的作品中有时还出现了不正常

---

① W.S.Maugham, *The Summing Up*. London：Pan Books Ltd., 1976, p.113.

的词序排列,一时让人摸不着头脑,仔细一看才明白那是法语的用法。法国文学比英国文学更靠近他的内心,所以说毛姆是一个有法国特色的英国现实主义作家。

第六节　毛姆的文坛地位

从毛姆的第一部作品 1897 年问世,到他逝世 51 年后的今天,在长达一百多年的时间里,学术圈对他一直争议不休。终其一生,毛姆很少得到评论界的垂青。在英国,他没有得到作为一个严肃作家应当得到的承认。他位于一流文学巨匠之后的原因是多方面的。前文对毛姆作品中常见题材、人物形象、叙述特点、创作思想及流派归属的分析,为这一节探讨毛姆的文坛地位奠定了基础。下面将试图从他的创作背景、写作特色和个人性格等方面进行阐释。

英国文学从 19 世纪到 20 世纪经历了重大的、激烈的变革,毛姆的写作生涯经历了自然主义、现实主义和现代主义等多种潮流的更替。在这样动荡变化的大环境下,在法国长大、深受法国文学影响的毛姆以自然主义风格创作了第一部作品。遗憾的是,自然主义对生活的摹仿要求苛刻到了不切实际的地步,把科学的决定论套用到文学艺术上亦是不可行的,其使用的语言倾向于粗俗甚至是污秽,因此它从未在英国获得过主流地位,只是在某些作家作品身上留下过痕迹。毛姆审时度势,很快就转变了方向。

由于最初的努力没有愉悦观众,毛姆转向了喜剧创作。他的名字和 20 世纪初期的英国风俗喜剧紧密联系在一起。"毛姆的喜剧使伦敦人笑了四分之一个世纪。"①著名的漫画杂志《笨拙》在 1908 年 6 月 24

---

① ［英］毛姆:《贵族夫人的梦——毛姆戏剧选》,俞亢咏译,湖南人民出版社 1987 年版,第 1 页。

日那一期上,用著名的漫画表示了毛姆的魅力:莎士比亚咬着大拇指,妒忌地看着同时上演四部毛姆戏剧的海报。尽管他创作的风俗喜剧曾经迷倒了伦敦的大批观众,但多是新瓶装旧酒,没有出彩出新的地方。例如有评论家指责他的"角色之间所谓机智的对话是智力的垃圾,而不是智慧的精髓"①。其喜剧虽然让人捧腹发笑,但思想肤浅,贬低了戏剧的价值。不久以后,世界大战爆发,打破了往日的安宁,英国绅士难以继续维持旧的生活方式,受过艺术和社会文明熏陶的贵族日趋没落,风俗喜剧失去了市场。毛姆在没有观众的局面下结束了自己的戏剧生涯。

后来毛姆发表了《寻欢作乐》及《月亮和六便士》等现实主义作品,可是现实主义在20世纪前期的英国开始走下坡路。英国现实主义文学的鼎盛时期是在19世纪,这是一个大师迭出的时代,狄更斯、乔治·艾略特和勃朗特姐妹等作家已经取得的成绩使得后人难以跨越。毛姆的代表作《人生的枷锁》虽然被誉为"写于20世纪的最伟大的19世纪作品"②,可惜问世得太迟,难以得到很高的评价。他在现代主义运动进行得轰轰烈烈的时候,仍然按照传统的现实主义手法创作,导致了英美评论界对他的轻视。如果他是一个18世纪的英国作家,评论家很可能会为他通俗易懂、朴实流畅的故事喝彩,敬奉他为开创一大文风的大师。哪怕他早出生几十年,也能在19世纪的现实主义盛宴中分一杯羹,可惜的是他时运不济,没有赶上一个好时代。

20世纪20年代后,英国现代主义高涨的时候,毛姆却置身度外。对于文学界的创新,他说:"我看见许多明亮的星星羞涩地从地平线上升起,穿过天空,在头顶上耀眼一会儿,然后就消失在昏暗中,几乎不可

---

① Newell W. Sawyer, *The Comedy of Manners from Sheridan to Maugham*. Philadelphia: The University of Pennsylvania Press, 1969, p.225.

② 参见 Gordon Weaver ed., *W. Somerset Maugham——A Study of the Short Fiction*. New York: Twayne Publishers, 1993, p.69。

能再出现。"①毛姆坚持认为爱听故事是人类的共性和传统,没有故事的作品不可能有长久的生命力。他反对写那些淡化情节、重视心理的小说。由于他的小说遵循传统模式,所以不可能从伍尔夫那一派现代评论家那里得到赞赏。毛姆坦言:"我认为文学界轻视我的工作是很自然的。作为戏剧家,我按传统方式进行创作,感觉就像在家里一样。作为小说家,我越过无数代,回到山洞里的新石器时代的人坐在火堆旁讲故事的传统。"②

毛姆后期致力于短篇小说的创作,然而他又一次不合时宜。当他按照莫泊桑的模式写短篇小说的时候,英国小说界的主流是向契诃夫学习。乔伊斯和曼斯菲尔德等现代作家突破传统的时空观念,注重分析人的心理意识,反映了复杂环境下的西方人的精神世界,代表了文坛创作的新方向。毛姆不是不努力,不是写得不好,只是生不逢时,未能走在时代的前端。他依照传统来创作,从来不是改革者。

毛姆不仅在时间上没有跟上潮流,和写类似题材的同时代作家相比,他也表现得简单浅薄。英国戏剧在 19 世纪末进入了一个高潮。王尔德创作的风俗喜剧对上流社会进行了嘲笑讽刺,对生活抱以玩世不恭的态度,使得英国的风俗喜剧在沉寂了一百多年后再度复兴。然而毛姆只是延续了这个传统,维持了它的生命。萧伯纳认为易卜生戏剧艺术的精华在于讨论社会问题。萧伯纳本人也将社会问题引入剧坛,使戏剧和现实生活的关系密切起来。他的戏剧的重要特点之一就是关注中下层人民的生活。毛姆却对借戏剧来探讨社会问题不感兴趣。他有一句名言"剧院是变戏法的盒子"③,言下之意是抓住观众喜爱的戏

---

① Anthony Curtis and John Whitehead eds., *Maugham, the Critical Heritage*. London: Routledge and Kegan Paul Ltd., 1987, p.3.

② 转引自 Klaus W. Jonas ed., *The World of Somerset Maugham*. London: Peter Owen Ltd., 1959, p.12。

③ Anthony Curtis and John Whitehead eds., *Maugham, the Critical Heritage*. London: Routledge and Kegan Paul Ltd., 1987, p.431.

剧风格,把相似的情节和人物改头换面搬上舞台。这些演出带给观众的更多是愉悦,而不是教育。他说:"这是非常不可能的,即戏剧家足够幸运,拥有把事件连接起来搬上舞台的天分,同时又是一个原创的思想家。"①毛姆曾经暂时放弃了观众至上的原则,尝试写了两出道德剧《服役的报酬》和《谢菲》,结果遭到冷遇。原因在于这两部戏不仅思想不够深刻,还失去了剧作家往日吸引人的欢快俏皮的创作特点。

　　毛姆的名声一定程度上是由代表作《人生的枷锁》决定的。这部长篇小说描写一个年轻人摆脱家庭、教育、宗教、爱情和经济等种种枷锁,走向成熟的历程。这种成长小说在英国屡见不鲜,前有狄更斯的作品,稍后有塞缪尔·巴特勒的《众生之路》。尤其是《众生之路》,同样也批评维多利亚时代的家庭、宗教和道德观等对青少年成长的不利,只是比《人生的枷锁》早发表了几年。毛姆在自己的代表作中倾尽心血,称其为一个作家一辈子只能写出一部这样的作品,但是在前人的大树遮蔽下,其作品的光辉顿减。

　　毛姆一生经历了好几个时代,但是终生坚守爱德华时代的传统。伍尔夫把高尔斯华绥、本涅特和威尔斯并称为爱德华时代的三大现实主义作家,却忽视了毛姆。高尔斯华绥的《福尔赛世家》深刻揭露了资本主义社会下家庭以金钱为轴心的丑恶面目。本涅特的《老妇谭》真实描绘了工业社会里的城镇生活。威尔斯创作的科幻小说,寓社会批评于文学创作之中。他们都把小说当作社会批评的工具,反映了处于社会转型期的英国人的生活。当现实主义三杰关注社会的时候,毛姆却以其锐利的眼睛盯着个人的愚蠢和古怪。他的兴趣在于"写关于性格特别的人……或由于偶然事件和环境陷入意外之中的人的故事"②。他没有把作品当作社会的喉舌,偏爱关注不正常的情感和状态,这是他

---

① Anthony Curtis and John Whitehead eds., *Maugham*, *the Critical Heritage*. London:
Routledge and Kegan Paul Ltd., 1987, p.315.

② R. V. Cassill, *Anthology of Short Fiction*. New York: Norton, 1990, p.875.

不得评论家垂青的原因之一。

在 20 世纪前期的英国文学中,殖民地题材的小说占据了很重要的一部分。吉卜林率先出版了宣扬英帝国的作品,以新颖神奇的东方情调吸引读者。1947 年 10 月,毛姆在皇家文学协会的演讲上称吉卜林是英国唯一一个能和欧洲伟大短篇小说家相比的人。但是毛姆却没有学到他的创作魅力,没有那种既纯真又伟大的力量。福斯特和颂扬帝国主义的吉卜林相反,在《印度之行》中抨击英国的殖民政策,希望东西方能打破隔阂,平等友爱地相处。毛姆的不少作品也涉及东西方的冲突,但是他游走在发现的边缘,再深入一点很可能就写出有思想、有深度的作品,可每次都裹步不前。他仅限于提出问题,满足于观看,而无意于解决问题,所以经常被批评为玩世不恭、缺乏深度。康拉德是另一个以殖民小说著称的作家。他具有高度的人道主义精神,反思西方扩张给被压迫民族带来的伤害,反对殖民主义。他还是英国现代主义的先驱,其作品运用象征、时空交替、多重叙述的手法,给人耳目一新的感觉。毛姆从来就没有这样的创新,也没有在现代主义兴起后紧随时尚,而是始终坚持现实主义道路。

两次世界大战摧毁了人们有关道德、文明的传统思想以及社会总是往好方向发展的信念。社会的巨大变革促使文学以新的形式来表现新的观念。劳伦斯将社会批评与性心理探索巧妙结合起来,猛烈抨击资本主义工业文明。伍尔夫和乔伊斯的意识流小说对传统小说而言无疑是一场革命,他们抛弃了情节和传统的时空观,着重探索人的精神世界,力求表现心理的真实。毛姆的创作显然没有反映出当时社会的深刻变化,他又有什么能力回击声势浩荡的现代主义作家呢?因此他大部分时间都是在更卓越同辈的阴影下度过的。

毛姆除了固守传统没有创新、也没有比同期作家写得好之外,他的伶牙俐齿和犀利的文笔令人敬而远之。众所周知,毛姆是一个机智敏锐的人。有一次,丘吉尔在俱乐部里听到毛姆讽刺一个海军军官的话后,走过去慎重地和毛姆说,希望他将来不要取笑自己。人们可以从丘吉尔严肃认真的请求中看到毛姆毒舌的力量有多么厉害。他在作品中对已故妻子的谩骂使得不少文人和他断交,其中有诺埃尔·考沃德和丽贝卡·韦斯特等作家。他挖苦嘲讽神圣宗教、传统道德、英国同胞等,使得自己与他人、社会孤立起来。1954 年,英国一家出版社为了庆祝毛姆八十寿辰,特意邀请一些知名作家文人执笔,结果没有几个人愿意捧场,出书计划不得不流产。毛姆为人处世的失败由此可见一斑。

毛姆坚决主张阅读是为了享受的观点,也引发了许多重视文学教育意义的评论家的不满。他们批评毛姆一味迎合市场的需要和读者的喜好,降低了文学作品的价值。毛姆在各种场合、诸多著作中多次强调:文学是一种艺术,而艺术是为了愉悦。他还说:"我不是我兄弟的看护人","我不试图说服任何人"①,因此招致批评家把火力集中对准他。他在创作中讨好读者大众的表现,使他多年来遭受学术界的冷遇。尽管他认识到文人应该留给后人坚实的遗产,但是他却坦白说写作只是为了娱乐,说教是道德家的事情。"告诉读者他们将怎么看待作品里的人和事这不是小说家的事情。如果你希望你的作品被阅读,希望表达一些观点,那么你必须小心地写。你的读者可能不接受你的看法,或者对此不感兴趣。你必须让他为了愉悦去读书。"②这段话一方面表明他不是宣传家,另一方面说明他对读者以及对金钱的重视。毛姆作为艺术家的局限在于他一心想取悦读者。知识界从未忘记他的商业成功,指责他为了大众写作,把灵魂卖给了财神。他们说:"他离开我们都是为了一捧银子。"③如果毛姆不在意作品的畅销和利润,可能会享

---

① Klaus W. Jonas ed., *The World of Somerset Maugham*. London: Peter Owen Ltd., 1959, p.18.

② Klaus W. Jonas ed., *The World of Somerset Maugham*. London: Peter Owen Ltd., 1959, p.174.

③ Klaus W. Jonas ed., *The World of Somerset Maugham*. London: Peter Owen Ltd., 1959, p.13.

有更多的敬重，但是他确实重视金钱。毛姆在父母双亡后，寄宿于叔叔家的贫穷岁月奠定了他的金钱观。不愉快的回忆在提醒他金钱是保证独立人格和社会地位的前提。他在《戏剧选集》的前言中直言不讳地说："我需要金钱，我需要名声。"①他还有一句名言："金钱好比第六感觉，没有它其他五官就不能充分发挥作用。没有足够的收入，世上一半的可能都被取消了。"②毛姆不是一个落魄的文人、或是死后成名的作家，他在生前靠一支笔就拥有了万贯家财。他经济上的巨大成功使得一些同仁心生嫉妒。劳伦斯就对此愤愤不平，曾酸溜溜地称毛姆"富得跟猪一样"，而且还对他进行恶意的攻击："毛姆的偏好就是幽默，难以找到比这些更低级的幽默故事了，他所谓的幽默极度令人恶心。"③还有些人避而不谈毛姆的优秀作品，抓住他的劣质作品不放，例如《山顶别墅》和《剧院风情》等通俗小说。毛姆是一个不平衡的作家，曾经出于经济等原因写过一些质量不高的作品，但是把它们扩大化、以偏概全是不正确的。伟大的作家有时也写过一些较差的作品，更何况毛姆实际上是一个有实力的作家。戏剧《贵族夫人》、《圈子》，长篇小说《人生的枷锁》、《寻欢作乐》，还有众多的短篇小说都可以证明他的能力。他是可以写得很出色的。毛姆晚年整理了他的作品：他一共创作了32部剧本，但是戏剧选集中只收录18部；他写了两百多篇短篇小说，但是短篇小说全集只包括了91篇；他不允许再版他不满意的长篇小说，例如《成圣》。可见他是认真对待创作的，本质上是一个严肃的作家。

毛姆还总结了评论界对他不同时期的创作评价："在我二十多岁时批评家说我粗俗，三十多岁时他们说我轻浮，四十多岁时他们说我愤

---

① 转引自 Sean O'Connor, *Straight Acting——Popular Gay Drama from Wilde to Rattigan*. London: Cassell Press, 1998, p.67。

② Sean O'Connor, *Straight Acting——Popular Gay Drama from Wilde to Rattigan*. London: Cassell Press, 1998, p.68.

③ Anthony Curtis and John Whitehead ed., *W. Somerset Maugham, the Critical Heritage*. London: Routledge and Kegan Paul Ltd., 1987, p.178.

世嫉俗,五十多岁时他们说我合格,六十多岁时他们说我肤浅。"①在毛姆二十多岁时,他作品中的自然主义痕迹很明显:如实记录贫民区的生活,用词口语化,没有修饰提炼,因此被批评为"粗俗"。他三十多岁时专心于戏剧创作。当时他处于经济困境之中,不得不写一些大众喜爱的、搞笑的、上座率高的喜剧。这些戏剧和当时大作家萧伯纳的创作相比是微不足道、缺乏价值的,所以评论家说他"轻浮"。毛姆四十多岁时已是腰缠万贯,可以恣意地发表内心的真实想法。随着岁月带来的幻觉的破灭,他把对社会现实的不满和嘲笑统统发泄了出来。他的冷嘲热讽和淡薄的道德观念激怒了评论家,结果被指责为"愤世嫉俗"。他五十多岁时,在短篇小说方面取得了相当好的成绩。他的短篇小说堪称这一文类的典范,结构严谨,形式优美,紧紧抓住读者的注意力。在批评家看来,毛姆作为戏剧家和长篇小说家,总体上都不如短篇小说家出色。他能在当时强手如林的短篇小说界独树一帜很不简单,学术界难得一见地给了他一个肯定的评价"合格"。到他六十多岁时,一部力作《刀锋》问世。他为了写这部小说,广泛阅读宗教和哲学典籍,探索人生的意义。然而,他在集60年的生活经验和涉猎无数著作的基础上创作出来的作品却被轻视为"肤浅"。批评家说书中对哲学的讨论反映了作者的无知和浅薄,他从来就没有达到深刻的地步,他的作品轻得没有分量。

　　林林总总的原因促成了毛姆在英美文坛中不被重视的局面。毛姆的一生就是在这样的矛盾痛苦中度过:矛盾的是读者的拥护和学者的轻视,痛苦的是评论界无视他的长处和成绩。毛姆与诺贝尔奖获得者安德烈·纪德曾经在火车上共坐一节车厢,但是途中互不交谈。一位给纪德画像的画家得知此事后问毛姆,为什么不作个自我介绍呢? 毛姆笑着回答:"我们的对话可能会是这样的:'纪德先生,我是萨默塞

---

① W.S.Maugham, *The Summing Up*. London: Pan Books Ltd., 1976, pp.147-148.

特·毛姆。'纪德先生马上反问：'谁?'我可不想冒这个险。"①这则轶事说明了毛姆清楚文学圈对自己的看法，不想自取其辱。但是毛姆在英国文学史上的一席之地是不可否认的，即使这个位置不是很高。毛姆的自我评价比大多数批评家的观点更客观。他说他不属于一流的作家，却是二流作家中的佼佼者，这样的定位是有道理的。更准确地说，在他丰富多彩的创作中，既有一流的杰作，也有三流的俗作。毛姆一直渴望得到严肃评论家和作家同行们的尊敬，但是不利的评价不绝于耳。他只好隐藏羞辱，用冷漠高傲的姿态掩饰伤心，假装什么也不在乎，继续走自己的路。他反复声明不喜欢听他人评价他的作品，即使是高的评价也不例外，因为当人们偶尔表扬他的时候，他总是担心对方是在嘲笑他。事实上，毛姆的文学成就比大部分评论家写出来的多得多，批评家对他的表扬少于他应该得到的。

---

① 云也退：《毛姆的嘲人与自嘲》，中国网，2011 年 1 月 13 日，见 http://cul.china.com. cn/weekend/2011-01/13/content_3959515.htm。

第五章 毛姆对中国作家的影响

毛姆是一个很另类的作家,在不被批评界承认的同时,却得到无数读者的拥护。他的读者群不仅数量庞大,而且来源广泛,其中就包括众多的文人墨客。不少作家不仅喜爱他的作品,而且还从中学习他的创作技巧。例如格雷厄姆·格林在短篇小说的创作上向毛姆取经,还有乔治·奥威尔、维·苏·奈保尔和安东尼·伯吉斯等作家也不同程度地借鉴了毛姆的创作手法。在中国文坛上这样的名单也不少,下面将论及的张爱玲、白先勇、曹文轩、王朔和马原就是其中的代表。通过他们与毛姆的创作关系,可以看出毛姆文学写作的种子如何在中国的文坛上生根发芽。

第一节 毛姆与张爱玲对人性的认识

1943 年春天的一个下午,张爱玲怀揣着《沉香屑——第一炉香》和《沉香屑——第二炉香》的手稿去见周瘦鹃。周瘦鹃看后顿觉文中对人情冷漠的深刻洞察,类似毛姆的写作风格。一周后,张爱玲再次拜访周瘦鹃,面对周的询问,张回答说毛姆是她很喜爱的作家,从而证实了周的直觉。张爱玲还以笔名霜庐翻译过毛姆的一些小说。施蛰存、胡兰成和张爱玲的弟弟张子静等,都曾在文章中论及毛姆和张爱玲的创作关系。

　　1931 年,11 岁的张爱玲就读于上海的圣玛利亚女校。这所教会学校开设了英文课程,为张爱玲开启了一个英语文学的世界。1938 年,她参加伦敦大学远东区入学考试,取得第一名的好成绩。由于第二次世界大战爆发,她转入香港大学学习,成绩优异的她多次获得奖学金,甚至有教师说他给张爱玲的分数是以前从未打过的。卓越的英语水平为她研读英文原著奠定了扎实的基础。张爱玲嗜书如命,读过的外文书应不胜枚举,为什么偏偏迷恋毛姆—— 一个为评论界不屑的作家呢? 一个重要的原因就是他们的生活经历有着太多的相似。他们都出身于名门:张爱玲的祖父是清末名臣张佩伦,曾外祖父是李鸿章;毛姆的祖父是英国法律界的前辈,父亲是英国驻法大使馆的律师,母亲是法国皇室的远亲、巴黎社交界的名人。良好的家庭出身并没有使他们幸福,恰恰相反,带给他们的是痛苦。社会正在发生剧变,倾巢之下,岂有完卵? 清政府的灭亡导致了张爱玲一家成为遗老遗少。毛姆父母早逝,十岁的他成了孤儿,失去了引以为傲的背景。因为失去,所以珍惜。曾经有过的辉煌和如今的落魄相对照,越发使得他们眷恋过去,哀叹眼下的痛苦。除了社会大环境之外,家庭的不幸更是雪上加霜。张爱玲的父母不和,最后走上了离婚的道路。父亲再娶继母进门后,她遭到种种虐待。毛姆则寄养于经济困窘、俗气卑微的叔叔家,生活和精神上的双重折磨让他痛苦不堪。海明威曾经说过:"一个作家最好的早期训练是不愉快的童年。"①童年生活造成了张爱玲和毛姆敏感多疑、冷漠薄情、悲观的性格,影响了他们日后的创作倾向。

　　毛姆在受到许多文学批评家怠慢的同时,却赢得了无数读者的青睐。中外学者对这一奇怪矛盾的现象作出了各种解释,有人说是因为毛姆小说的故事性强,有人说是因为情节设计得巧妙,还有人说是由于

----

① 董横巽编选:《海明威研究》,中国社会科学出版社 1980 年版,第 76 页。

作品中的异域情调。可是也有其他作家的作品具备上述特点,却没有达到毛姆的作品那样广受欢迎、魅力经久不衰的地步。根本原因应当是毛姆对人性真实而又深刻的揭露。作家孙甘露认为:"毛姆是一个经历特别丰富的人,像一个长辈,他写小说开篇的语句可以归纳成一句话:'我跟你说一下人生吧。'"①白先勇提出这样一个观点:伟大的作家应该是描写人性的作家。人性亘古不变,作为人类具有的共性,为大家所熟悉,所以写人性的作品得到了世世代代读者的共同关注。人性的阴暗面是毛姆创作的主要主题。他如此关注人性不好的一面,是因为他亲身经历的、耳闻目睹的多是黑暗和苦难。放眼望去,当周围都是无尽的磨难时,他还能写赞美人性的作品吗? 所谓美好的人性,在他看来,不过是对现实的绝妙讽刺。因此罪恶、通奸、谋杀等在他的作品里屡见不鲜。

　　同理,张爱玲也因为年少时的挫折,破灭了对人生的幻想。不堪忍受父亲和继母虐待的她逃到母亲那里,可是西化的、手头拮据的母亲无法给她无私深厚的母爱,她再次感受到亲情淡薄、人间无爱。家——温暖的港湾,血脉相连的亲人,都没有给她爱,更不用提什么他人和社会。张爱玲把自己的人生经历写进了小说,写的是没有爱的家庭,没有亲情的亲人。她无情地剖析了中国传统观念里所谓慈爱的亲人、温暖的家庭形象。张爱玲曾经高度评价鲁迅对中国人性格中阴暗面和劣根性的揭露,并惋惜后来没有人续写这一传统。现在她自己接过了鲁迅的笔。在《沉香屑——第一炉香》中,葛薇龙为了求学,寄住于姑妈家中。风月场上的姑妈留宿她却是为了把她培养成自己的左右手,帮忙拉拢有利的人。葛薇龙也曾经挣扎过,可是终究抵制不住锦衣玉食的诱惑,逐渐放弃了学业,坠入了姑妈的社交圈。在她看清这个圈子的丑恶面目,最后一次决定离开时,姑妈假意不加阻拦,暗地里却设下圈套,把亲侄女推进了深渊。墨子早在两千多年前就说过:"虽有慈父,不爱无益之

_____

① 尚晓岚:《和毛姆叔叔谈人生》,《北京青年报》2013 年 2 月 1 日。

子。"①血缘在利益面前是多么苍白无力。《沉香屑——第二炉香》里的愫细在母亲别有用心的教育下,把正常的丈夫当成变态,毁了他的同时也断送了自己的美好生活。母亲为了要女儿终生陪伴自己,装出一副可怜兮兮、孤苦无依的模样,实际上成竹在胸,一步步扼杀了女儿的幸福,并迫使女婿自杀。伟大崇高的母爱在张爱玲的作品里变了味。她用残忍的事实告诉我们:母爱绝不是甘于自我牺牲的,而是有条件的、唯利是图的。更糟的是,它打着为子女着想的幌子,明为他人,实为自己,恰似一把杀人不见血的刀。人性归根结底是自私的、残忍的。毛姆曾说过:"我学习到,人是被一种野蛮的利己主义所驱动。'爱'是自然为了达到种族延续的目的,在我们身上所玩弄的唯一肮脏的阴谋。"②自我本位是人性的根本。千百年来,世代歌颂的亲情家庭被张爱玲和毛姆犀利的目光刺穿,暴露出自私自利的本性。由己及人,家人以外的人难道会比血脉相连的亲人更友善、更无私吗? 因此,张爱玲悲愤地说:"我们的天性是要人种滋长繁殖,多多地生,生了又生。我们自己是要死的,可是我们的种子遍布大地。然而是什么样的仇恨的种子,不幸的种子!"③

　　和毛姆一样,张爱玲的作品里没有彻底的恶棍或坏人。也许是对正面人物的阴暗面太了解,他们不屑于描写所谓的好人,而是把注意力转向了坏人,力图从他们身上找到让人同情、理解的地方。他们坏也有坏的理由。《金锁记》里的曹七巧用黄金的枷锁劈死了好几人,包括亲生儿女。但是她在让我们厌恶的同时仍然得到我们的同情。如果不是家人贪图富贵把她嫁给姜家残废的二少爷,埋葬了她一生的幸福,她就不会从一个普通女子变得不正常、狰狞可怕,最后还成了杀人凶手。可悲的是,本是一个受害者的她,待到熬出头掌握了财政大权之后,心灵

---

①　墨子:《墨子》,徐翠兰、王涛译注,山西古籍出版社 2003 年版,第 5 页。
②　W.S.Maugham, *The Summing Up*. London:Pan Books Ltd., 1976, p.51.
③　张爱玲:《张爱玲文集·精读本》,中国华侨出版社 2002 年版,第 529 页。

已经被扭曲,转过来迫害他人。曹七巧,这样一个张爱玲刻画得很有力度的负面形象,仍然有值得人们同情的一面,可见她在人物塑造方面和毛姆的相似:恶人身上有好的地方,好人私底下不见得还是那么光明磊落。她本人也坦言:"我用的是参差的对照的写法。我不喜欢采取善与恶、灵与肉的斩钉截铁的冲突的那种古典主义手法。"①她极力塑造的是丰满、立体感强的、复杂多面的圆形人物。他们身上集中体现了善与恶互相矛盾的品质。他们在向读者述说他们的故事、他们的不幸、他们的苦衷。他们品性方面的某些污点并不影响读者欣赏作品中震撼人心的故事。

张爱玲的笔下多的是悲剧和苦难,少的是幸福和欢乐。她和毛姆一样,在叙述故事时不动声色,冷冷注视着世人可笑又可怜的一幕幕戏:上台,演出,谢幕,循环往复。她虽然饱读中国诗书,但是没有按照传统小说的模式阐述作者的立场,慷慨陈词,而是学习毛姆那种旁观者的姿态,不予评说。人性被张爱玲解剖得无以复加,自私、贪婪、绝情、残忍,所有的罪恶都可能存在于周围亲朋好友的身上。看到父母、手足、家人竟然对至亲的人下毒手,读者禁不住不寒而栗,可是作者依然无动于衷,始终平淡从容讲她的故事,好像读者少见多怪似的。张爱玲能在作品中保持这么超然的态度,是因为她知道生活就是这样,真实就是这样,环顾四周都是这样,她早已曾经沧海,见多不怪了。她认为人类需要从过去的幻觉中清醒过来。她如此客观冷静,似乎显得没有人性,然而却从另一方面说明她人性未泯,看透世事,不假以伪饰。至少,她比粉饰太平、煽情做作的文人真实。

张爱玲继承了毛姆创作的精髓,把人性赤裸裸地剖开给人看,但不是照本宣科、亦步亦趋,她有自己的特色。毛姆没有赢得评论家的心,而张爱玲却是当今学术界眷顾的对象。造成这种局面的原因在于:毛

---

① 　张爱玲:《张爱玲文集·精读本》,中国华侨出版社 2002 年版,第 455 页。

姆的创作基调是嘲讽，而张爱玲的是悲凉；毛姆是一个叛逆者，而张爱玲是一个被弃者；毛姆对社会现状熟视无睹，而张爱玲在作品中反映了时代特征。

毛姆由于失去父母的关爱，孤苦无依，对找不到温暖的社会颇为不满，作品中充满了尖锐的嘲讽。他致力于讽刺人性的弱点与恶习，而不是歌颂人的美好和高贵，导致批评家把"愤世嫉俗"的帽子扣到他的头上。他实际上不是这样一个人，他的内心是高尚善良、情感丰富的，可是他在笔端流露的、表现得很明显的，却是愤世嫉俗。他为人性的弱点而发笑，似乎看得津津有味。因此，毛姆在成为讽刺大师的同时，也割断了和爱、情感这些基本品质的联系。他表现得没有同情心，无法获得人们的尊重。张爱玲和毛姆在这里分道扬镳，她不像毛姆那样对生活进行嘲笑、挖苦，然后无所谓地走开。尽管她的大部分故事也揭露人性的丑恶，但是文中满纸的沧桑悲凉，引起人们的怜悯，让人感触良多。张爱玲作为最后贵族的一员，在清朝气数已尽的社会形势下，除了著文来描写旧日生活外别无选择。往昔的钟鸣鼎食之家日见衰朽，深宅大院里一派萧条。她依依不舍又无可奈何。政府腐败无能，国破家亡，往日大好河山今日满目疮痍，道不完的凄凉。当她背诵"商女不知亡国恨，隔江犹唱后庭花"的时候，遗老们潸然泪下。遗少们除了坐吃山空、吃喝嫖赌之外，无所事事。社会不成社会，家不像家，子孙不成器，除了悲凉还是悲凉。张爱玲在感伤一个旧时代的结束，所以她作品的基调不可能是讥讽。并且，她暗示上一代的悲剧将继续延伸，不给人们留下希望。一个没有希望的世界怎一个悲凉了得。曹七巧最后离开了人世，但是她已把恶毒的种子埋植在子女心中。他们步母亲的后尘，一步一步地走进没有光的地方。"三十年前的月亮早已沉了下去，三十年前的人也死了，然而三十年前的故事还没完——完不了。"①张爱玲

---

① 张爱玲：《张爱玲文集·精读本》，中国华侨出版社 2002 年版，第 299 页。

曾经说过:"我是喜欢悲壮,更喜欢苍凉。壮烈只有力,没有美,似乎缺乏人性。悲壮则如大红大绿的配色,是一种强烈的对照。但它的刺激性还是大于启发性。苍凉之所以有更深长的回味,就因为它像葱绿配桃红,是一种参差的对照。"①她还在《传奇》再版的序言里写道:"如果我最常见的字是苍凉,那是因为思想背景里有这样惘惘的威胁。"②作家敏锐地捕捉到了中国社会当时的动荡衰败,意识到苍凉笼罩着万里河山,看不见出路。在改朝换代、国家存亡的生死关头,不说张爱玲忧国忧民,起码她也是担忧遗老遗少,担忧自己。因此,在当时的环境下,她不可能有毛姆式的冷嘲热讽得以形成的心境。

和毛姆相比,张爱玲的个人生活更加不幸。毛姆至少在母亲去世之前还享受过家庭的温暖,后来还找到了至爱的伙伴杰拉尔德,杰拉尔德死后又有忠实的艾伦陪伴他度过后半生,众多亲人朋友为了钱捧着他;而张爱玲却是个可怜的人,早年深受父母亲人的致命伤害,在婚姻上遇人不淑,少有朋友,孤独一生,凄凉离世。因此在毛姆的书中,间或可以听到欢声笑语,文笔俏皮轻快;而张爱玲几乎没有走出荒凉的氛围,其作品的基调沉重压抑。

同样是家道中落,毛姆毕竟不如张爱玲的身世显赫。张爱玲为自己名门望族的没落而伤心难过,她对高贵血统的眷恋注定了她是社会的弃者,而不是毛姆式的叛逆者。她对祖先充满着敬仰:"我没赶上看见他们,所以跟他们的关系仅属于彼此,一种沉默的无条件的支持,看似无用,无效,却是我最需要的。他们静静地躺在我的血液里,等我死的时候再死一次。我爱他们。"③张爱玲对逝去的一切倍感伤心,她多么希望能再现旧日盛世,因此她对过去抒发的是哀怨,而不是嘲笑。她不愿跟上时代的步伐,在作品里挽留了一个腐朽的阶层,哀其不幸,怒

---

① 张爱玲:《张爱玲文集·精读本》,中国华侨出版社 2002 年版,第 454 页。
② 张爱玲:《张爱玲文集·精读本》,中国华侨出版社 2002 年版,第 428 页。
③ 张爱玲:《对照记》,花城出版社 1997 年版,第 45 页。

其不争。翻开她早期的小说,每一篇都那么沉重,悠长的悲凉何时才是个尽头?

张爱玲和毛姆一样,政治意识淡薄,对周围波澜壮阔的社会变革视而不见,偏爱写家庭、婚姻和爱情这些日常生活。"一般所说'时代的纪念碑'那样的作品,我是写不出来的,也不打算尝试,因为现在似乎还没有这样集中的客观题材。我甚至只想写些男女间的小事情。我的作品里没有战争,也没有革命。我以为人在恋爱的时候,是比在战争或革命的时候更素朴,也更放恣的。"①话虽如此,但是她却在一滴水中看到了大海,通过普通人的生活反映了一个朝代的衰亡,一个阶层的没落。十里洋场,繁华的上海,殖民统治下的香港,腐朽势力与新兴力量并存,封建主义交织着资本主义,历史发展途中罕见的、畸形的刹那在张爱玲的作品里定格。她在无意识中记录了特定历史条件下中国都市的生活面貌,一群特殊的人的不幸故事。没落贵族子弟虽然不是社会的中坚力量,但是他们反映了社会的转变与发展。"他们虽然不过是软弱的凡人,不及英雄有力,但正是这些凡人比英雄更能代表时代的总量。"②张爱玲留恋过去,写出了她熟悉的人和事。尽管她不是刻意为之,但她的作品见证了一个时代,刻画了一个特殊的群体。这是她高于毛姆的地方,也是她得到学术界认可的原因之一。

白先勇有一句话说得很有道理:"一个作家,一辈子写了许多书,其实也只在重复自己的两三句话。如果能以各种角度,不同的技巧,把这两三句话说好,那就没白写了。"③毛姆和张爱玲写来写去,其实都在围绕着人性的阴暗面转圈。假如毛姆能看到张爱玲的作品,他一定也会引以为同道,欣赏她的真实深刻,勇敢撕碎蒙在人脸上的遮羞布,那块假装温情脉脉的面纱,和她一起感慨人间无爱,真情难寻。

---

① 张爱玲:《张爱玲文集·精读本》,中国华侨出版社 2002 年版,第 455 页。
② 张爱玲:《张爱玲文集·精读本》,中国华侨出版社 2002 年版,第 454 页。
③ 白先勇:《蓦然回首》,文汇出版社 1999 年版,第 230 页。

第二节　毛姆与白先勇的客观叙述风格

初读白先勇的作品时,笔者禁不住颇为吃惊,因为他和毛姆的短篇小说的结尾往往如出一辙。例如《寂寞的十七岁》的结尾是这样写的:"我听见楼梯发响,是妈妈的脚步声。我把被窝蒙住头,搂紧了枕头。"①小说就这么戛然而止,却意味深长。作品的主人公"我"因为功课差、逃学惹得家长生气,可"我"不是故意的,也曾努力过,想好好学习,只是没人能理解。妈妈上楼来是为了他逃避参加期末考试的事。他害怕妈妈的唠叨,受不了她边哭边说,只好用被窝蒙住头,搂紧了枕头。这种不直接说出人物心理的写法和毛姆惊人地相似。这不是一种巧合,而是白先勇向毛姆学习的结果。

白先勇饱读中国诗书,但是深受古典文学熏陶的他却没有走传统的路子,很少在作品中夹叙夹议。他能客观冷静地叙事是受毛姆的影响。白先勇从小就熟悉毛姆的作品,但是他开始有意识地向毛姆学习则是在夏济安老师的提议下。白先勇在《蓦然回首》中,曾忆及当年就读于台北大学外文系时向夏先生请教写作时的情景:

> 他觉得中国作家最大的毛病是滥用浪漫热情、感伤的文字。他问我看些什么作家,我说了一些,他没有出声,后来我提到毛姆和莫泊桑,他却说:"这两个人的文字对你会有好影响,他们用字很冷酷。"我那时看了许多浪漫主义的作品,文字有时也染上了感伤色彩,夏先生特别提到两位作家,大概是要我学习他们冷静分析的风格。夏先生对于文学作品的欣赏非常理智客观,而他为人看起来又那样开朗,我便错以为他早已超脱,不为世俗所扰了,后来

---

① 白先勇:《孤恋花》,中国文联出版公司1991年版,第156页。

看了《夏济安日记》，才知道原来他的心路历程竟是那般崎岖。他自己曾是一个浪漫主义者，所以他才能对浪漫主义的弊端有那样深刻的认识。①

这件事成为白先勇写作道路上的一个转折点，在此之前他的作品常常流露出明显的爱憎，此后他努力学着去客观地看问题，分析问题。如他自己后来所说："现在看看，出国前我写的那些小说大部分都嫩得很，形式不完整，情感太露，不懂得控制，还在尝试习作阶段。"②白先勇的第一篇小说《金大奶奶》就是一个很好的例证。小虎子和他妈讨厌金大奶奶就直接说出对她的厌恶，而容哥儿和奶妈同情她就坦白告诉读者金大奶奶是个可怜的人。白先勇后来的创作日益成熟，做到了夏济安先生所希望的那样，控制住了情绪，尽可能冷静地叙述。这并不是说他变得冷酷无情，而是指他不直接表明自己的态度，却能让读者领会到作者的立场。白先勇的后期作品有不少写到了激烈的情感冲突，个人与他人乃至社会的巨大矛盾，但是他尽可能进行展示而不是讲述，对叙述的把握轻松自如，显示出了深厚的功力。具体说来，他主要是运用了意象和对话来达到这种效果。

白先勇擅长借意象来表达情绪。意象虽然是某个客观物，但是却融入了作者的情感。白先勇在创作中对意象的使用受益于中国传统文学。他说："我从小爱好唐诗宋词元曲，它们不但给了我感性的影响，具体的意象表达手法也启发了我。"③意象这一技巧，一方面使得读者不会觉得作者过于直白，嘲笑其技巧低劣；另一方面又使作品显得含蓄深沉。毛姆很少这样做，抒情不是他的长处。但是不论白先勇采用什么策略，他都学到了毛姆的特性——客观，这和授鱼不如授渔是一个道理。意象在唐诗宋词中被发挥得淋漓尽致，白先勇在它们的启发下把

---

① 白先勇：《蓦然回首》，文汇出版社 1999 年版，第 30 页。
② 白先勇：《蓦然回首》，文汇出版社 1999 年版，第 30—31 页。
③ 白先勇：《明星咖啡馆·白先勇与〈游园惊梦〉》，皇冠出版社 1987 年版，第 46 页。

这种方法运用到了创作中。残花就是一个典型的意象,它在白先勇的作品中频繁出现,暗示了人的消沉、失意甚至是被毁灭。下面是摘自《我们看菊花去》的一段环境描写:"几株扶桑枝条上东一个西一个尽挂着蚕茧,有几朵花苞才伸头就给毛虫咬死了,紫浆都淌了出来,好像伤兵流的淤血。原来小径的两旁刚种了两排杜鹃,哪晓得上月一阵台风,全倒了——萎缩得如同发育不全的老姑娘,明年也未必能开花。"①从文字表面看,作者写的是花,实际上是隐指得了精神病的明姐。明姐本是一个纯真善良可爱的女孩,但是在外界的压力下变得郁郁寡欢,精神不正常。如今的她头发凌乱,脸庞浮肿,眼神黯淡,不恰似被虫咬的花骨朵儿,被风吹蔫的杜鹃吗?更有甚者,"明年也未必能开花",隐含着作者的担忧:姐姐被送进医院不见得会有多大的作用。作者在这里借花来表达对姐姐的难过和担忧,显然胜过前面直道心声的写法。白先勇后来的创作愈发老练,寓情于景,既贴切又深刻。

> 那儿有一个三叠层的黑漆铁花架,架上齐齐地摆着九盆兰花,都是上品的素心兰,九只花盆是一式回青白瓷璃龙纹的方盆,盆里铺了冷杉屑。兰花已经盛开过了,一些枯竭的茎梗上,只剩下三五朵残苞在幽幽地发着一丝冷香。可是那些叶子却一条条的发得十分苍碧。②

《梁父吟》这个故事说的是朴公为结拜兄弟办理后事。他们年轻时一起参加辛亥革命,有过叱咤风云的光辉岁月,可是如今廉颇老矣,他们驰骋沙场的日子早已成为历史。三叠层的花架上面摆了九盆兰花,三和九两个数字都代表着位高权重。并且,极品兰花还栽在雕着龙纹的盆里,更突出主人的身份。可是垂暮之年的老将就像那些花盆里的花,曾经盛开过,如今都凋谢了,枯竭的茎上偶尔剩下几个残苞,却显得更加萧条。尽管作者最后写道,叶子苍劲碧绿,可是依然于事无补,

① 白先勇:《孤恋花》,中国文联出版公司 1991 年版,第 16 页。
② 白先勇:《孤恋花》,中国文联出版公司 1991 年版,第 333 页。

落寞悲凉的情绪传达得很清楚:他们是即将消失的一代。

实际上,小说中不存在绝对的客观。作家,尤其是白先勇这样的现实主义作家,对作品里的人物有着明确的爱憎。那种认为作者客观的想法是错误的。没有彻底客观的作者,作者借书中人物之口来说话,让读者误以为他立场中允,实际上他们是被迷惑了。角色难道不是作家笔下的木偶、被他所操纵吗? 这就是作者的高明之处:假装站在公正的立场上,不动声色地引导读者赞同他私底下真实的情感态度。所谓的客观是指写作手法。作者所要做的就是不含偏见地展示事实,让作品表面上看去不偏不倚,让读者自己去作出判断,而不是现身作品中说教,告诉读者什么是对什么是错。白先勇对这个问题有着深刻的认识。

> 这是所谓 author's intrusion——作者干扰,不让小说人物有独特的生命,有自己的个性发展。初学者最大的毛病是什么? 生怕读者不了解他的意思,自己要跳出来,加以评判,旁白,这是非常大的毛病。小说里很重要的技巧,很重要的表现手法,是在对话。对话一方面表现小说人物的个性,一方面推动故事的发展,我看初学者往往不大懂得利用对话,表现小说人物的个性,故事的推展。《红楼梦》的技巧之所以伟大,有一点,是对话了不起,曹雪芹很少旁白,解释人物的个性,人物的意念。[1]

白先勇掌握了对话这个道具,在创作中充分发挥了它的作用。例如在《闷雷》中,下面的两句对话就有提纲挈领之意。

> "哼! 死不中用,你老子不中用,儿子也不中用!"福生嫂咬着牙齿骂道。

> "娘,何必讲得那么狠呢? 反正这个屋里头,爹你看不顺眼,我你也看不顺眼,我看你只喜欢英叔一个人罢了!"[2]

---

① 白先勇:《第六只手指》,文汇出版社 1999 年版,第 258 页。
② 白先勇:《孤恋花》,中国文联出版公司 1991 年版,第 29 页。

当年,为人干脆利落的福生嫂被迫和老实巴交的马福生结婚,婚后多年没有孩子,后来假装怀孕抱养了一个。可是儿子长大后成天混混,无所事事。这时家里住进了丈夫的拜把兄弟英叔,他英俊高大,颇有男子气概,引得福生嫂心神不宁。"闷雷"形象地说明了福生嫂的苦闷心情:她恨丈夫懦弱无能,儿子不争气,恋上兄弟却又不能付诸实际。读者对这一事实的了解是通过她的儿子才知道的。他的话应当是可信的,因为儿子不会无端地毁谤母亲。这样写胜过作者直接告诉读者,福生嫂心里在想些什么。让读者自己去分析真相,这种方式巧妙地实现了作家表面客观、实际倾斜的目的。

《谪仙记》中的李彤本是富家女子,身世显赫。可是一阵台风把横渡海峡、满载她家人和财产的船扫翻之后,她丧失了生活的信心,自甘沉沦。但作者并没有直接下这样的论断,而是让读者通过人物之间的对话了解到她的自暴自弃。朋友的女儿莉莉一边玩弄李彤手上的钻戒,一边问她这是什么。她回答道是石头,接着又说:"Good girl,给你做陪嫁,将来嫁个好女婿好吗? 去,去,拿去给你爸爸替你收着。"①李彤毫不可惜地把出国前母亲给她当嫁妆的大钻戒轻易送掉,断绝了自己今后成家的希望。这句话说得轻描淡写,可是却多么沉重。她送掉的不是一枚戒指,而是终身的幸福。白先勇笔下一句简单的、看似没有色彩的话,其弦外之音却是振聋发聩的。

白先勇学到了毛姆客观的叙述风格,但和毛姆之间仍然有差别。夏济安先生建议他向毛姆学习时,用的词是"冷酷"而不是"冷静",这就是问题之所在。医学教育不仅教会毛姆以科学家似的严谨态度进行创作,还使得他冷酷,漠视人世的悲惨,当然这和他一生没有得到多少爱也有关系。他的客观是无情的、伤人的,有时让人难以接受。毛姆从小的一个玩伴在接受访问的时候说尽管她崇拜毛姆,但他总是让她感

---

① 白先勇:《孤恋花》,中国文联出版公司1991年版,第240页。

到害怕。她说："也许这是因为他曾经是医生。我总觉得自己就像放在操作台上的蝴蝶等着被解剖。"①毛姆笔下的东方故事大都交织着背叛、罪恶和谋杀，然而他在这些事件面前依然无动于衷，没有普通人所应有的情感反应。西里尔·康诺利有过这样的评述："毛姆在有关远东的故事中、在《阿申登》中，表现出一种不言而喻的残忍和克制住的无情。"②另一个活生生的例子也反映出毛姆的无情。20世纪20年代，休·沃波尔堪称英国文学界的大师，当时许多人认为他将像萧伯纳等伟大的文学前辈一样名垂青史。然而，毛姆的一部《寻欢作乐》破坏了他的名声，毁灭了他的余生。尽管毛姆在小说出版后多次予以否认，但是大家都认定书中的作家罗伊毫无疑问就是以休·沃波尔为原型。③他在作品中不动声色地、用一个个事实从方方面面说明了罗伊的平庸无能、虚伪做作和圆滑势利。他那支犀利的笔把一个没有多少才华、但是善于处世的文人剥得颜面扫地，可见他的客观是多么地刻薄残忍。毛姆在写作中不仅对他人，对家人也是一样的冷漠无情，他在回忆自己父亲的时候这样写道：

> 每个星期天，我经常跟他坐着"飞船"，沿着塞纳河而下，到那儿去看建筑的进展情况。屋顶盖好时，父亲买来一副古代的火炉，开始了装饰。他订购了大量的玻璃，在上面刻上一种他在摩洛哥发现的反"凶眼"的记号，读者可以在这本书的封面看到它。屋子是白色的，百叶窗是红色的。花园设计好了，房间装修好了，然后我的父亲死了。④

毛姆对父亲的去世一句话就交待了事，不置一词，接下来就转向叙

---

① Robert Calder, *Wille, the Life of W. Somerset Maugham*. New York : St. Martin's Press, 1989, p.42.

② Thomas Votteler ed., *Short Story Criticism*. Vol. 8, Detroit: Gale Research Inc., 1991, p.367.

③ 毛姆在休·沃波尔去世后，承认小说中的罗伊确实是以他为原型的。

④ W.S.Maugham, *The Summing Up*. London : Pan Books Ltd., 1976, p.16.

述其他事情去了,他的冷酷甚至可以说是冷血,由此可见一斑。

白先勇则对他人有着博大的悲悯情怀。他出生于中国黑暗动乱的时期,在战火连绵和多次逃亡中长大。当国民党撤退到台湾后,父亲白崇禧被剥夺了权势,家庭的剧变又给他上了深刻的一课。他亲身经历了国家战乱,家道中落,自然对人生和社会产生了悲剧意识。他的生活经历使他不可能像毛姆那样对世事无动于衷,耸耸肩走开了事。在白先勇以客观方式创作的时候,其内心却饱含了多么强烈深沉的感情。他的小说弥漫着一种苍凉感和历史感。翻开他的作品,历史的兴衰和人世的沉浮屡见不鲜。例如,他在《台北人》的扉页上就写道:纪念先父母以及他们那个忧患重重的年代。这部作品集的写作对象是经历过20世纪上半叶国内战乱、逃亡到台北的人。对祖国大陆和过去生活的眷恋,令他的许多作品染上了浓厚的感伤主义色彩。

白先勇作品中蕴含的情感的丰富和深刻无疑是他区别于毛姆的一道分水岭。确切地说,毛姆是一个冷酷的作家,而白先勇是一个冷静的作家。

第三节　毛姆与曹文轩的小说结构

毛姆是曹文轩很欣赏的一个作家。曹文轩在《经典作家十五讲》、《小说门》和《曹文轩说故事:六十六道弯》等各种作品中多次赞扬毛姆,并对毛姆的创作有深入独到的见解。他们都把故事是小说的第一要素奉为圭臬。曹文轩直言不讳地说:

> 我喜欢故事,我喜欢看的小说,也是一些有漂亮故事的小说。那些光有语言上的喧闹、光艳,或者只是搞些小名堂小花招的小说,我只是出于研究的目的,才坚持着看下去。我有一个想法:这些作家看不上故事,并不是他们真的看不上,而是他们实际上不善

于讲故事,他们是在压根儿就没有编织故事的能力的情况下,才去贬低故事的。我曾经说过:作品就像一口水塘,语言则是一塘水,要看这篇作品怎么样,就先将这一塘水放了,看看塘里还有什么——有没有鱼。故事、人物,就是鱼。没有鱼,那么这水塘也就是一塘水而已。

对故事的渴望,其实是人的天性……有时,我在想,如果这个世界突然没有了故事,会怎样?那一定是个无聊透顶的世界。这个世界简直让人没法活了。①

毛姆如果读到曹文轩这番话,定是高山流水遇知音。他也不喜欢现代派的写作,认为他们当中许多人没有能力讲好故事,所以才在形式、技巧和风格上进行实验创新。他的写作宗旨就是把故事讲得娓娓动听,吸引读者。

爱听故事是人类的天性。但是怎么讲述故事反映了作者的功力。一个普通的故事通过巧妙的结构组织,可能读起来饶有兴致。一个不平凡的事件可能因为叙述平淡,变得枯燥乏味。曹文轩称赞毛姆是使用"无止境否定"策略的高手,借此紧紧抓住读者的兴致。

作者一次又一次地改变情节运行的方向。当我们以为将要如此,或当我们期待某件事发生时,却一切并非如此,一切也并未发生:→←←→←→←就如箭头所指,忽东忽西,反反复复,而就在一次又一次的否定之中,人性的复杂性得到了深入的揭示,思想也一步一步地变得深刻,故事本身的张力也正在一步一步地得到加强。②

曹文轩的小说鲜有平铺直叙,其引人入胜的原因之一是借鉴了毛姆短篇小说的摇摆结构,在一次次的否定中把故事推向高潮。以曹文轩的长篇小说《草房子》为例,其中运用摇摆结构,扣人心弦地讲述了

---

① 曹文轩:《曹文轩说故事:六十六道弯》,明天出版社2014年版,第4—5页。
② 曹文轩:《小说门》,作家出版社2002年版,第250页。

杜家的兴衰和桑桑的怪病。杜雍和开杂货铺,是油麻地的首富。他用几代人积累下来的财富买了一艘大船,然后又贷款买了一船的货。船满载着货物,迎风破浪向前驶去。杜雍和在船上畅想自己的生活,心情舒畅。春风得意马蹄疾,读者看到这里也颇感喜悦。突然,河湾处一艘大拖船迎面而来。两船相撞,他被震落河中,货物也沉没了。这第一次否定令读者的心弦绷紧,产生了紧张的艺术效果。作者并没有就此止步,而是再带来一记重拳。杜雍和被人捞起后一病不起。为了给父亲治病,杜小康辍学了。从前顺风顺水的杜家一下从天堂掉了下来。故事的陡转引起了读者的好奇,不知道下面情节会如何展开。读者在心理上产生一种期待,不由自主地想探究到底。但是作者有意卖个关子,调转笔头,讲述细马和白雀的故事。这个搁置令读者不得不按捺下性子,继续往下看,增强了小说的吸引力。内容岔开后,原先高歌猛进的节奏转入了低沉迟缓的阶段,小说的节奏变得不那么紧张。作者过了好一会儿,才回头继续杜家的故事。第二次否定是当人们以为杜家不行了,杜雍和却站了起来,拄着拐杖四处借钱,准备重振祖上的风光。初春,杜家买来的五百只小鸭子下了水。杜小康一边放鸭,一边憧憬着鸭子下蛋,攒钱,回校上课……夏天,杜雍和带着儿子赶鸭到几百里外的大芦荡去,那里鱼虾多,鸭子养得好。正当读者看得轻松惬意之际,作者又往反方向转,进行第三次否定。打击来得猝不及防,突降的暴雨冲垮了鸭栏,鸭子四下乱窜。他俩忙不迭地把冲散的鸭子拢回来。更糟糕的是,在寻找最后十几只鸭子时,杜小康迷路了! 硕大的芦苇荡只有他一个人的身影。看到这里,读者为父子是否能相聚忧心忡忡。所幸作者的第四次否定给大家吃了定心丸。天亮了,雨过天晴,爸爸找到了儿子。鸭子一天天长大,产下鸭蛋。父子俩惊喜不已。当人们以为杜家就要兴旺起来时,天不遂人愿,第五次否定降临了。有传闻说杜家的鸭子跑进别人的池塘,把鱼苗吃得精光,鸭子和船都被扣下作为补偿。许多天过去,流言没有得到证实,大家心里都松了口气。但是,就在这轻松的一刻，第六次否定又出现在眼前。村里人奔走相告杜家父子回来了。人们的情绪瞬间被调动，涌到村口。骨瘦如柴的杜雍和被人用一扇门板抬回了家。传闻成了现实。杜家要一蹶不起了。读者也感受到了颓废的气息。但是作者却又一次扭转乾坤，以第七次否定鼓舞人心：外出闯荡的几个月令杜小康迅速成长。他不再幻想回校读书，而是放下清高，做起了昔日同学的小生意。校长望着心平气和在校门口摆摊的杜小康，对身边的老师说他将来可能是村里最有出息的孩子。这一转折给衰败的杜家存了一息希望，让读者欣慰。一连串的否定，像山路十八弯那样，令坐在车上乘客的情绪随着情节的进展，时而轻松喜悦，时而担忧揪心。因此有评论说："我们坐汽车，如果是他开车，他非要让我们感觉到摇晃的感觉不可。"①这种晃动不是随意无理性的。情节每晃动一次，就会产生新的因素，丰富了小说内容，增强了表现力，深化了主题。虽然叙事的过程左右摇摆，但是叙述的整体性、连贯性不变，仿佛一个摇摇晃晃的不倒翁总是立在人们眼前。故事的核心，即杜家的兴衰像一根中轴线那样清晰，或者说像一棵枝繁叶茂的大树，哪怕风声哗哗作响，枝叶晃动得再厉害，依然根深蒂固。

桑桑得病的故事则是在一次次的希望与失望之间循环，产生了对称的审美感受。桑桑脖子上莫名地长了肿块。爸爸带着他从镇上转到县城看病。每看完一家医院，爸爸的神情就愈发沉重。回到村里，邻里问起桑桑的病情，爸爸语气里带着哽咽，妈妈哭声里带着绝望。大家不知道桑桑得了什么病，但是压抑悲伤的情绪蔓延开来。爸爸接着带桑桑去苏州大医院看病，带他走访民间大夫，一次次铩羽而归。桑桑的身体越来越差，在日益无望的日子里，爸爸偶然得知百里地外有个老医生，祖传世家专治这种病。他和儿子又一次出发了。一路上他们离老医生的家越近，就听到越多关于医生治好该病的故事。他们终于到达

---

① 曹文轩：《甜橙树》，安武林评，少年儿童出版社 2007 年版，第 111 页。

了医生的镇子。曙光就在眼前了。命运却和他们开了玩笑。老医生去世了！爸爸还是坚持带桑桑敲开医生的家门。医生的儿子说父亲突然离世，后辈没有人继承他的医术。这番话恰似晴天霹雳。读者和桑桑父子一样，心生绝望。爸爸不再带儿子外出求医，不再让儿子受奇奇怪怪的治疗之苦，只是尽力让儿子在剩下不多的日子里过得开心。读者想桑桑最后的时光就是这样了吧。一天，一个外地郎中路过村里，听说桑桑的故事后，向他们介绍了一位外省看这个病的高手。父子俩决定再试一次。老名医年逾八十，颤巍巍地摸着桑桑的脖子说不过是鼠疮而已。他们本来不抱希望前来，碰碰运气罢了，没想到药到病除是如此轻而易举。桑桑活了下来，但是接近死亡的历程令人惊心动魄。第一次是前往县城医院看病，几家医院都治不了，大家感到了失望。第二次是上苏州大医院，及寻找民间偏方，仍然无功而返。第三次是拜访一位专治该病的老中医。人们口口相传，说他治愈过很多这样的病人。希望越大，失望也越大。老人不久前突然去世，桑桑顿时陷入了绝境。不料峰回路转，一个偶然路过村子的郎中指引他们去看省外某个名医。这第四次看病，桑家已经万念俱灰，纯属死马当活马医。在最不抱希望的时候，桑桑居然被治愈了！四次希望和失望的轮回，把故事推向高潮。读者随着作者设计的左右摆动的结构，看得提心吊胆。来回否定的情节不断刺激读者的感官和心理，扣人心弦。在反反复复的看病过程中，读者的心也七上八下，与人物同喜同悲，最后长舒一口气，喜笑颜开，获得了愉悦的阅读享受。

《青铜葵花》是曹文轩另一部优秀的长篇小说，讲述了孤儿葵花被青铜一家收养、成长的故事。阅读过程中，读者的思维定式不时被打破。此起彼伏的节奏把故事内容和读者情绪紧密联系在一起。葵花父母双亡后，她父亲的同事希望当地老乡能收养她。人们猜测她可能被家境富裕的嘎鱼家收养，而不是贫穷的青铜家。村长说青铜家不合适。葵花看着青铜一家依依不舍离去，眼泪滚了下来。她喜欢善良的青铜，而不是刁恶的嘎鱼。眼看着嘎鱼一家人就要领走葵花,青铜一家折而复返。原来是大人在青铜的倔强要求下,决定领养葵花。嘎鱼的爸爸当即也急着表态要领养。两相争执不下,村长让葵花自己选择。周围的人静静等着看着。葵花朝嘎鱼一家走去。正当大家以为她选了富裕一方时,没想到她只是还给嘎鱼妈妈刚才塞给她的鸭蛋,然后转身朝青铜走去,成了青铜的妹妹。读者在阅读葵花被收养的过程中,忐忑不安。作者反复否定读者的推断,在百转千回后才让尘埃落定。

在穷苦的日子里,懂事的兄妹俩,勇敢面对苦难,乐观地生活。青铜一家为了赚点钱,编织了一百多双芦花鞋。青铜天天背着鞋到镇上卖。快过年了,天气越来越冷。大雪纷飞的时候,青铜还在路边坚持卖鞋。雪花落在他身上,他蹲在地上仿佛睡着了,很久没有动静。屋里烤火的人看到了,叫他没有反应,于是反复呼唤,直到他动弹身子,头上的雪往下掉。读者看到这里胆战心惊。万幸的是他只是冻僵了。接下来,读者也和青铜一样期待着剩下的十双鞋快点卖掉。街上来了一群城里人。他们不穿芦花鞋,只穿棉鞋和皮鞋。正当读者失望的时候,作者设计的亮点令人振奋。城里人被工艺品一样的鞋子打动,议论说买回去挂墙上好看。鞋子片刻全卖了出去。青铜被突如其来的好运砸晕了。读者的心也欢欣鼓舞,以为卖完鞋子就结束了,青铜终于可以回家暖和身子。不料,这还没有完。作者又安排了一次否定。当青铜欢喜往家跑时,后面有人追过来。读者担心是否鞋子出了什么问题,人家不要了。出乎意料的是,对方问还有没有芦花鞋。青铜摇摇头。那个人失望地往码头走。读者也为他感到遗憾。故事像电影中的慢镜头那样慢下来。转折又一次来临,青铜脱下自己脚上的芦花新鞋,赶在对方上船前追上去卖掉。节奏瞬间加速。最后他赤足回家,双脚冻得红通通。卖鞋的最后一天曲曲折折,如同山脉蜿蜒起伏,读起来令人心气激荡。《青铜葵花》的节奏与内容协调一致,张弛有度,收放自如,反映了作者对节奏的掌握入木三分。轻重缓急的节奏产生的优美旋律,如同白居易在《琵琶行》里描述的那样"大弦嘈嘈如急雨,小弦切切如私语,嘈嘈切切错杂弹,大珠小珠落玉盘",给人们带来了审美愉悦,深深吸引住了读者。

　　小说中的某些篇章看似闲笔,不发生也不会影响故事的推进。但是这一件件小事有助于深化主题,制造旋律,加强节奏。南瓜灯就是一个典型的例子。由于家里穷晚上没法点灯,葵花只好到同学家做作业。一天老师在班上狠狠批评了翠环和秋妮的作业,撕了她们的本子,接下来表扬了葵花。葵花晚上还能去女同学家做作业吗? 这个悬念吸引了读者的好奇。按照常理,大家知道葵花去了肯定要吃闭门羹,应该不会去蹭灯光了。但是情节再次逆袭了大众思维。作业实在太多了,白天做不完。葵花鼓起勇气前去借光读书。接下来,和大家猜测的一样,葵花被她的同学拒之门外。没有灯,她怎么完成作业呢? 又一个悬念升起。读者的好奇心被点燃,不知道下面会发生什么。青铜抓了许多萤火虫放进南瓜花苞里。一盏盏南瓜花灯照亮了黑暗的窝棚,这一美丽的画面不仅产生了视觉上的艺术冲击力,而且还令人欢欣雀跃:葵花晚上不用再去同学家学习了!

　　《青铜葵花》采用了结构重复和多次否定的写作技巧。作者首先在时间的河流中,不断重复家庭的贫困、孩子的懂事、家庭的和睦、对葵花的疼爱,形成旋律感,深化了主题,即笑对生活的苦难。其次在每一个生活片段中,作者反复来回地否定读者的推断,使得故事更具可读性和增加趣味性。曹文轩的小说游走在斗折蛇行的道路上,但是摇摆得如行云流水,不带停滞。在情节的动态发展中,人物形象变得饱满,思想内容变得深刻。

　　小说以葵花回城作为尾篇。村里纷纷议论城里要来接葵花了,但是不知道什么时候接。青铜家也知道了这个消息,告诉村长坚决不让接走。节奏顿时紧张起来。大家终日里坐卧不安。直到有一天,一艘白色小船来到村口码头。顿时有人跑到青铜家报信。青铜赶紧带着妹妹躲到芦苇荡深处。所幸是虚惊一场，那艘小船是县长下乡视察。大家紧绷的心松了下来。风声渐渐淡了，疾驰的节奏变得舒缓。但是在一个看似寻常的日子里，几个城里人在干部带领下直奔村委会。随着叙述节奏的加快，读者心跳加速。原来是市长看到广场上竖立的青铜葵花雕像，询问雕像的作者，当得知作者已经去世、唯一的骨血寄养在村子里后，指示要把葵花接回城里，给她安排一个更好的环境。很快村民们知道城里来人了，将村委会围了个水泄不通。大家诉说青铜家抚养葵花的辛苦，叫嚷着不许接走葵花。面对激昂愤慨的众人，城里人徒劳而返。氛围缓和了下来。故事暂告一段落，但事情并没有结束。年后，村长接到上面的硬性任务，不得不到青铜家反复做思想工作。兄妹俩又躲了起来，藏在河流的一艘大船上。尽管如此，人们还是担心船会被城里人找到。但是情节的发展与揣测相反，城里人没有强硬寻找葵花的下落，而是让葵花父亲的同事出面劝说。爸爸妈妈为了葵花的前途着想，忍痛答应了。妈妈支使开青铜，送葵花上船进城。大家担心青铜回来后，发现妹妹不见了，会发疯大作。读者看到这里也万分焦虑。出人意料的是情节再次逆转。青铜没有哭闹，只是常常坐在河边大草垛的顶上发呆，瓢泼大雨、烈日炎炎都阻挡不了。小说的节奏放慢了。他遥望着妹妹离去的方向，痴痴地等。这应该是一种无望的等待吧。大家为他的身体担忧，想着作者下面要写青铜生病了吧，结果却是青铜真的等到了妹妹！小说以青铜向葵花的方向拼命跑去结束了。渺茫的希望成真，是作者给陷入绝望的青铜圆梦，也给一路陪伴下来的读者带来喜悦。团圆是众望所归的结局。这最后一次的反转和读者的猜测相反，却是读者希冀的结尾。在明知可能性很小的境况下，梦想成真是多么令人激动！这样的故事怎么可能不打动人心呢？一次次的摇摆一次次否定了读者的思维定式，把读者的心弄得忽左忽右，被诱惑得步步深入，不由自主地跟着作者走。

许多优秀的小说都富有音乐元素。曹文轩和毛姆的小说也不例外。在他们的作品里,情节在发展过程中左右摇摆,摇摆起来像钟摆那样稳定,稳定中产生了匀称美、和谐美。左右摆动的结构所引起的美感,就像海浪那样在微风下轻轻摇晃,令人陶醉。曹文轩本人曾经以诗来诠释:"小说也讲究押韵……就小说情节的摇摆、反复而言,小说与诗并无两样。荡出、收回、再荡出、再收回,也有一个'韵脚'等在那里——等着情节的回归。而就在这一次又一次的回归之中,小说也有了旋律——圆满的小说都应有一种旋律感。"①好的小说在这种循环往复的旋律中又贯穿了缓慢的、快速的、喜悦的、悲伤的等各种节奏,使得读者的心随之起伏波动。作品的节奏有缓急,声调有高低,具体怎么组织,要依据作品的内容进行安排。变化多端的节奏传递了作者意欲传达的思想感情。曹文轩在写作中精心设计节奏,产生了一定的规律,时紧时松,高低起伏,像一首乐曲那样悦耳动听。反复摇摆的否定结构和松弛有度的优美节奏,为曹文轩小说的成功奠定了稳固的基石。

第四节　毛姆与王朔的写作特色

王朔说自己喜爱英国作家的侦探小说到了狂热的程度。他在《他们曾使我空虚:影响我的 10 部短篇小说》中列出了毛姆所著的《没有毛发的墨西哥人》。该小说刻画了一个狂妄自大的杀手,为了拿到情报,杀害了一个无辜的希腊人。小说中叙述者阿申登接受英国情报局安排的任务,协助墨西哥杀手截住希腊人欲送往德国大使馆的情报。期间阿申登一再提醒杀手小心谨慎,但是他不以为然,自以为是地把一个普通希腊人当作间谍。希腊人被杀害后,其行李中没有搜出情报。在故事的结尾,上级来电告知真正的希腊间谍因病受阻,还未登船。王

---

① 曹文轩:《小说门》,作家出版社 2002 年版,第 253 页。

朔对该小说的评价是"用词极其讲究,翻译过来也很精当,几乎无一例外的喜欢调侃,以至荒诞,那种冷酷的笔法常使我感到,英国人谁也不喜欢,包括他们自己。"①王朔敏锐地抓到了读懂毛姆的两个关键词:调侃和荒诞。他从中学习,并应用在自己的创作实践中,形成了自己独特的风格。作家石康说王朔这辈子写到头最多也就是毛姆的水平。王朔急于否认,认为自己早就超越了毛姆。青出于蓝是否胜于蓝?比较分析两人的创作后,读者心中自有论断。

王朔出生于20世纪50年代一个普通军人家庭。这是一种比上不足比下有余的家庭环境。从这种家境出来的孩子,在众多的北京部队大院里只能当"马仔",但在市井小民面前又有高高在上的优越感。"文化大革命"结束后,改革开放的浪潮提高了平民百姓的经济实力和社会地位,击溃了部队子弟的自负傲慢。1980年王朔从海军退伍后,在医药公司当了几年小职员,再后来辞职下海,经商失败后转向文学创作。他在一次接受采访时直言不讳地说:"金钱梦、英雄梦的破灭,迫使我只好干自己能干的眼前的事,这是命运的安排。"②王朔童年时接受的革命教育在作品中留下了深深的印记。他写下了少年时期轰轰烈烈的玩荡、热火朝天的"文化大革命",不经意间流露了对往日的既得利益和荣誉光环的缅怀和向往,与此相反的是,对市场经济下发生了翻天覆地变化的社会和人物进行嘲笑和鄙视,具体表现在小说角色上,就是塑造了流氓、痞子、顽主的形象。这是一群社会转型时期特殊的群体。他们不是普通的无赖,而是曾经有理想、有社会地位的青年,因无力抗拒历史命运的前进车轮,跌落进了普通老百姓的圈子,迷失在前路未明中,只好借助冷嘲热讽来宣泄对社会的不满,抨击世俗伦理道德和社会既定秩序。

---

① 王朔选编:《他们曾使我空虚:影响我的10部短篇小说》,新世界出版社1999年版,第5—6页。

② 王朔等著:《我是王朔》,国际文化出版公司1992年版,第83页。

《人莫予毒》中农村出身的大学生刘志斌，为了钱和大学教授的女儿白丽结婚，婚后对没有姿色的妻子日益厌恶。为了摆脱她，丈夫找了一个流氓，设计让妻子在黑暗中上错床，和流氓发生了关系。妻子为了报复丈夫，出更高的价钱收买流氓。这个故事的荒诞在于，丈夫找人强奸妻子。妻子反过来和强奸犯合作，谋害丈夫。故事中的人物自私邪恶，人际关系荒诞不经。王朔借此揭露市场经济的可怖魔力，批判金钱至上的社会价值观。

在小说《我是你爸爸》中，父亲马林生一开始试图和儿子搞好关系，自降身份，和孩子平起平坐，到后来发展到像孙子一样讨好马锐。人物身份和地位的改变，使生活充满滑稽和闹剧。然而父亲的百般努力，却始终走不进孩子的心。万般无奈他偷偷跟踪儿子，撬锁检查儿子的私人物品。软硬兼施下，儿子仍然不听他的话。他一度想撂挑子，不当父亲了。他愤怒，他痛苦，表面上是因为儿子不驯服，实质上是恨自己无能为力。马林生难以承受做父亲的职责，是两代人价值取向、社会观念冲突导致的结果。他真心想处理好父子关系，但是他越真诚，他的举止就越滑稽可笑，越不能让儿子和旁人接受。王朔从小孩对大人的蔑视、怠慢和怜悯角度出发，嘲笑了父亲大人的尊严和能力，挑战传统的父权制度。

与王朔不同的是，步入文坛是毛姆个人的自愿选择，而不是迫于社会变革的巨大压力。毛姆的父亲是英国驻法大使馆官员，母亲是巴黎社交界的名媛。父母去世后，他由牧师叔叔抚养长大。在学医的路上，他发现一支笔也能带来财富，遂弃医从文，蜚声文坛。他有过社会地位和经济状况不如意的时期，但是成年后凭借生花妙笔，活得风生水起。毛姆在个人前程上无忧无虑，令他受伤的是缺乏家庭温暖。小时候父母早亡，成年后与妻女不合。他心底无限渴望得到深爱，可是现实中他得到的爱非常匮乏。所以他的作品里鲜有对社会的批判，更多关注人与人之间的关系。他在作品里嘲讽看似和睦、实则冰冷的家庭；抨击看似真诚、实则虚伪的友情；揶揄自以为熟识、实则陌生的人们，挖掘自私、势利、伪善等人性恶的一面。

在人物角色方面，毛姆的荒诞主要表现为描写性格分裂、行为古怪的反常人物。王朔的荒诞重在关注人与周围力量的对抗，与风气习俗的徒劳的斗争，刻画了一群受压迫的弱势群体、不得志的小人物。他们类似荒诞戏剧里的角色，反复挣扎，白费力气。长篇小说《看上去很美》的主角方枪枪是个不到八岁的儿童。他对老师的反抗贯穿了小说的始末。老师和孩子的关系本应该像和风拂面，温暖美好。但是方枪枪和老师之间剑拔弩张，像对立的阶级敌人。方枪枪不时遭受老师的恐吓暴力，时常生活在惶恐之中。老师为了训练他自己穿衣服，让他在全班面前表演脱衣穿衣，什么时候穿好了才能加入其他小朋友的绘画课。毛衣卡住脖子、裤子堆在脚背上的方枪枪孤零零站在一旁，老师却从羞辱学生中获得极大的快乐。有一天，方枪枪因叫了唐老师的绰号"糖包"，被勒令待在床上反省，下床拉屎吃饭都要经过老师批准，不准参加集体活动，不准和小朋友说话。如此高压之下，老师显然无法赢得孩子的尊敬和爱戴。师生之间的矛盾越来越大，距离越来越远。他们之间的冲突周而复始地循环着。后来方枪枪把老师当妖怪当坏人，号召其他小朋友一起反抗。老师怒从心头起，一脚踹飞了他。《看上去很美》改编成电影后，海报上写道："这个世界上有高高在上的规则，也有自由奔放的灵魂"，表明了它的主题思想是反抗规则。方枪枪向往自由，竭力反抗教师——社会既定秩序的代言人。弱小的孩子在高大的成人面前抗争，无疑是蚍蜉撼大树，可笑而不自量力。许多儿童都有类似的成长困境，在受挫之后，学会和这个世界握手言和。方枪枪却不肯安分守己待在像监牢一样的幼儿园，非常认真地思考，谋划，实践。他既天真幼稚，又勇敢顽强，以昂扬的斗志鼓舞人心。荒诞英雄方枪枪的努力是徒劳的，但并非毫无意义。敢于抗争就是一种积极向上的力量。他就像卡夫卡笔下的人物顽固不化，坚持要走进城堡；就像反复推石头上山的西绪福斯,在荒诞的世界坚守。人们禁不住被他一次又一次的努力感动,向他致敬。

　　学校里多次发生了大人对孩子专横的折磨,表明荒诞的世界是强大的、难以逃离的。不仅儿童如此,成人也难以摆脱荒诞的存在。在短篇小说《修改后发表》中,《人间指南》的主编赏识林一洲寄来的稿子《风车》,只是篇幅略长,建议他略作修改后发表。编辑部里人人七嘴八舌,给作者提出修改意见,最后稿子被改得面目全非。林一洲干脆另起炉灶写成了新的一部作品。当他把新稿子交给编辑部时,编辑告知杂志社的宗旨是办高雅刊物,不发通俗作品。忙活了好几个月的他因拒稿,一腔心血被否定,无声地落泪,在编辑部恍恍惚惚待了一天,想起还要去买大白菜,匆匆走了。这个突然的离去,虽然可笑,但却真实;虽然理性,但却荒诞。小说从人们的日常生活中挖掘出蕴含悲剧因素的荒诞,具有更强的震撼力。林一洲胸怀当作家成名的梦想,面对编辑的左右刁难,始终坚定不移。他在编辑面前委曲求全,点头哈腰,被戏弄,被轻视,最后还是徒劳而返。作者在掌握他成名大权的编辑面前像个可怜的小甲虫,被呼来喝去,毫无能力主宰自己的命运。他的努力是无用的、可怜的、荒谬的。抗争欲望和抗争能力的巨大落差,使他陷入了悲惨的境地。在力量悬殊的双方对峙中,他除了屈从无路可走。更荒谬的是,当林一洲为了一棵白菜,放弃了争取发表作品的努力,命运却垂青他了。一个编辑偶然翻到他之前留下的《风车》第一稿,被吸引住了,极力推荐给主编。主编阅后也觉得不错,但是印象中看过这篇稿子,担心是抄袭的作品不敢发表。编辑只好选择其中几个写景的段落,刊登成散文。当一个人奋起抗争的时候,被命运撞得鼻青脸肿。当一个人不反抗的时候,命运却抛来了橄榄枝。这个荒诞矛盾的存在,没有合理性,无法用逻辑阐释。

　　除了荒诞人物的区别,在王朔和毛姆的小说中,叙述者的态度也有很大的差异。有评论说,"'顽主'系列,用王朔式的调侃和'反精英化'

的大众化写作方式消解着崇高和传统,在看似'轻松欢快'的叙述中隐藏着某些痛苦和无望,正所谓'尽管一切都以喜剧的形式出现:侃、逗、乐、诙谐、风趣、幽默,然而这只能是一种喜中含悲、乐中带苦的黑色幽默。'"①王朔小说中悲喜剧因素共存,是由历史原因造成的。政治的变迁对王朔的生活产生了重大的影响。他生长在革命教育火红的年代,心怀当军官的伟大理想,然而改革开放之后,金钱导向的价值观破碎了他们那一代人的理想。社会的转型打乱了他们的生活计划。人生的失意令他们中不少人变成了现代都市中的小混混,油嘴滑舌,偷鸡摸狗,无所事事。因此,我们能从王朔玩世不恭的作品中读出痛苦、无奈、彷徨、酸涩、愤怒等种种情绪。

在《一半是火焰,一半是海水》中,有一天警察到家里打探情况,叙述者"我"正在函授学习法律,女友是纯真的大学生,骗过了片警。实际情况是"我"贪财好色,晚上经常和卖淫女串通,假扮警察去酒店敲诈港商和老外。"我"深陷罪恶的深渊难以自拔,但是不愿女友涉足其中。可是后来女友发现"我"与别的女人鬼混,为了报复,也加入了卖淫。女友的自甘堕落令"我"痛彻心扉,愤怒得向哥们动刀子,猛揍嫖客出气。这是一个荒诞却又可以解释的现象,"我"为了生存,无奈选择了敲诈勒索的犯罪道路,而女友破罐子破摔,纯属冲动,击溃了"我"心灵深处小心翼翼保存的美好一面。

与王朔作品中鲜明的立场不同,毛姆恪守不予评说的客观叙事方式。童年时口吃的毛病,逐渐养成了毛姆在生活中不饶舌多嘴、在写作中惜字如金的习惯。医学经历也锻炼了他克制冷静的风度。在研读法国自然主义作品的过程中,他学会了对所描写的人和事保持中立和旁观者的立场。毛姆总是努力在小说中保持超然的态度,避免对故事进行主观的阐释和某种形式的干预。他采用了一种不加渲染的写作风

---

① 张德祥、金慧敏:《王朔批判》,中国社会科学出版社 1993 年版,第 108 页。

格,尽可能如实展示情节,不予评论。王朔在这方面是有倾向的,最典型的是以没落的部队子弟的身份发言,尽情奚落一个不属于他们的经济时代,对社会现象和各色人物评头论足。王朔曾经意识到自己愤世嫉俗的一面,意图改正。

> 过去我是自私、猥琐、心中充满阴暗念头的人,以讥笑人类所有美好的情感为乐事。现在,我不得不承认,我是幸运的,没有权利抱怨。我开始怀疑愤世嫉俗究竟是一种深刻还是一种浅薄?经历苦难当然可以使人成熟,享受幸福是不是就一定导致庸俗?那些郁郁不得舒展者的恶毒咒骂,已使我感到刺耳,这其中到底有多少是确实受了委屈、而不是更大的贪婪得不到满足?但愿受虐心理不要成为我们时代的一股时髦。①

王朔在心理上认识到自己的缺陷,但是在实际创作中仍然摆脱不了愤怒情绪。炽热的革命理想已经深深烙印在他心底。他的青少年成长过程与之息息相关,融入血脉,再难分离。王朔从事写作纯属无奈之举,幸运的是成名了,但是年少时的激情和理想在心底刺痛着他,令他痛苦不安,所以其作品中存在着矛盾的思想。

王朔作品的荒诞性不仅表现在内容上、人物上、叙述声音上,还突出显示在语言方面。他调侃式的语言对读者的吸引甚至超过了故事情节。他之所以能在中国文坛锋芒毕露,主要是因为其痞气十足的话语,解构严肃、消解崇高、嬉戏政治、颠覆传统。王朔式的调侃多以日常生活用语和革命权威话语为对象。他采用调侃和颠覆的方式,戏弄日常语言,甚至打破意识形态的话语霸权。在短篇小说《懵然无知》中,牛大姐受邀在六一儿童节晚会上致辞两分钟。当她苦于没有足够的祝贺词句时,同事给她出了一个主意:按讣告的速度发言,再加点语气感叹词,哼哼啊啊的。一个欢庆的时刻被联系到低缓悲痛的哀乐场景,让人

---

① 王朔等著:《我是王朔》,国际文化出版公司1992年版,第25—26页。

哭笑不得。短篇小说《刘慧芳》中，夏顺开包庇女儿逃学，被刘慧芳严辞呵斥，指责他侮辱了党。夏顺开反驳不要把党员和父亲的身份混为一谈，他坚决拥护党，贯彻执行党的方针政策，作为父亲他可能有不称职的地方，但是不要借机攻击党。不过是逃课一件小事，却被上纲上线，产生了荒诞的艺术效果。原本神圣庄重的词语让人感到滑稽可笑。原本熟悉的文字经过变形产生了陌生化新奇的效果。狂欢的语言别出心裁，最初让人耳目一新。但是后来他过于贫嘴，玩文字游戏，轻视作品内容；油腔滑调流于肤浅，卖弄自以为是的智商，徒增读者的反感。王朔以嬉笑怒骂的文字反抗社会观念和传统道德，摆出一副"我是流氓我怕谁"的无赖姿态。与之相反，毛姆是十足的英国绅士。他的讽刺是高雅的、内敛的、含蓄的。毛姆没有像王朔那样耍嘴皮子，只是言语犀利，简明扼要，一针见血。

尤内斯库说：生存就是在荒诞中的漂泊。① 王朔的小说就像一个舞台，以调侃的语言、荒诞的内容、反英雄的角色，上演一幕幕喜中带悲的荒诞剧，让读者注意到存在的非理性，意识到周围的世界如此可笑。看王朔的小说的确很有趣，但是抽掉其中搞笑的语言，荒诞的情节，还剩下什么呢？他热衷于玩弄语言文字，表现得恶毒粗俗、洋洋自得、肆无忌惮。他质疑人的生活，摧毁人的幻想，破坏了一切，却不指明方向，不树立前行的目标。他的作品除了进行恶搞拆解破坏外，缺乏温情的人文关怀，没有进行深刻的反思和重建一个有秩序有意义的精神家园。这是因为在革命教育下成长起来的部队子弟，在市场经济的冲击下，曾经深信不疑的确定和信仰都崩溃了。他们本身无所适从，生活陷入了焦虑混乱，无法给别人指引人生。王朔的作品中几乎没有传统意义上的正面形象，扑面而来的是小痞子和弱小者。一群小人物对传统道德和社会秩序进行无力的反抗。这些力量悬殊的斗争从一开始就注定了

---

① 参见[法]加缪：《西绪福斯神话——论荒诞》，李玉民译，漓江出版社2015年版，第150页。

他们的失败结局。王朔打破传统、调侃一切、挑战社会的勇气固然令人钦佩，但是透过现象看本质，吴炫说："中国的现代主义者们的玩世不恭是表面的，如果他们能实现个性的价值，他们决不会玩世不恭……他们的一切无目标性、冷漠性、感官享乐性，几乎都来自于他们的目的没有实现所生成的苦闷。但是为了维护已经意识到的自尊，他们不得不以嘻嘻哈哈的方式来控制眼眶深处的泪水，因为他们不愿意面对自身所处的文化流露出来。"①王朔的作品是"文化大革命"和改革开放过渡阶段的特定产物。从前没有，以后也难再现。王朔，一个特殊历史时期的代言人，不像毛姆那样，专注写永恒的人性，经受得起时间的考验。道不同，归宿亦不同。

第五节　毛姆与马原的对话艺术

毛姆是马原特别钟爱的作家，是多年来他最经常翻阅的作家之一。马原公开宣称："对我而言，毛姆是一个很重要的小说家，我在内心也把毛姆当作我很要好的朋友，心里也很切近。"②他列出的影响自己创作的作家名单之一就是毛姆。那么毛姆具体在什么方面对他产生了影响呢？马原非常推崇毛姆的对话艺术。他说："有这样一个作家，他的人物的对话非常精彩。他在文学史上的地位不是太高。他就是毛姆。我一直为他鸣不平……毛姆小说中的对白特别漂亮。学写作的人一定要向毛姆学习。你虽然还可以向其他作家学，但你一定要向毛姆学习。"③

---

①　吴炫：《中国当代文学批判》，学林出版社 2001 年版，第 185 页。

②　颜亮、吴琼、刘沛：《马原：这个时代最好的作家是王朔》，2013 年 8 月 26 日，见 http://ndnews.oeeee.com/html/201308/26/164005.html。

③　马原：《阅读大师》，上海文艺出版社 2002 年版，第 375 页。

英美评论界总体来说喜欢揪着毛姆的短处不放，对他的长处却往往视而不见。难得有中国学者认识到他的闪光点，对话就是其中之一。毛姆被尊称为"技巧大师"，对话的作用功不可没。毛姆在伦敦剧院里度过了学徒期，从中学到了对话的艺术。他的戏剧经验在小说上留下了永久的印记。在他后来创作的小说里，角色讲起话来好像要上舞台似的，对话是简洁的、清晰的、朴实的、幽默的、口语化的，且符合人物的身份，吸引着读者的兴趣，从中可以看出这些小说是出自一个剧作家的手笔。

毛姆非常严谨，不能容忍拖沓散漫。假如一个剧本失败了，毛姆首先就会断定原因之一很可能是对话冗长累赘。他从不讲废话，对话简洁明了。人物的每一次开口都有特定的含义，说出读者理解戏剧所需要的话，仅此而已，绝不会离开中心，漫谈无关紧要的事。他说："我不能浪费一个词。我必须简洁。我惊奇地发现我可以删除多少副词和形容词，而不会伤害题材或风格。人们为了听起来悦耳，经常添加不需要的词。"①毛姆文笔的简练在一定程度上得益于他的口吃。他刚从法国回到英国上学时，因为对英语不熟悉，说起话来结结巴巴，再加上周围环境的陌生、老师的不耐烦和同学的敌意促成了他的口吃。毛姆始终无法忘怀口吃带来的耻辱和痛苦。但是他成功地把自己的短处转化成了写作中的积极因素。他对本涅特的评价实际上也是在说他自己："几乎没有人知道口吃带给本涅特的耻辱……想起一句好的、有趣的、机智的话却担心口吃会破坏它而不敢说出来，这是有点让人恼怒的。口吃在与他人全面交往之间筑起了一道栅栏，几乎没有人明白那种痛苦。也许要不是口吃使得本涅特内省，他就不会成为一个作家。"②

幼年时落下的毛病迫使毛姆尽可能把话说得简明扼要。他的对话

---

① Anthony Curtis and John Whitehead eds., *Maugham, the Critical Heritage*. London: Routledge and Kegan Paul Ltd., 1987, pp.302—303.

② Robin Maugham, *Somerset and All the Maughams*. London: Heinemann Ltd., 1966, p.122.

虽然写得简洁,但是意思并不含糊,表达得很清楚。他反感那些把文章写得含混不清的作家,不论他们是出于疏忽还是没有能力。在毛姆的笔下,读者不需要绞尽脑汁去猜想句子的含义,每一句话都浅显清晰。要做到平易自然并不是一件容易的事,不少作家的作品就云里雾里,晦涩难懂,也许作者本人的思想就是混乱的吧。

在语言的朴素和华丽这两种倾向之间,毛姆无疑偏重于前者。他不是通常意义上的语言大师,即不是辞藻华丽、诗意焕发的作家。他在评价自己短篇小说的时候说:"这些故事是用常见的、漫不经心的习语写出来的,缺少优雅,因为自然没有赋予我那种幸福的天赋——本能地使用一个完美的词来指出对象,用不寻常的但适当的词来描述它。"①他还说:"迄今为止我收到的最令人开心的表扬来自第二次世界大战期间驻扎在新几内亚的一位美国军人。他写信告诉我,他从我的一本书中获得极大的享受,因为他在阅读全书的过程中不用在词典中查一个词。"②讲故事不需要优美华丽,它反而会妨碍故事的进展。风格朴实、用词平常,这样可以使读者把更多的注意力放在内容上。读者陶醉在毛姆的故事中,而不是矫饰的文采里。这难道不也是一种成功吗?

毛姆在写得简洁、清晰、朴实的同时,又在文体中加入个人的特征——淡定的嘲讽。作家本人的性格对采用什么样的语言风格起了决定性的作用。有一个笑话广为人知,只是恐怕知道它出自毛姆之手的人不多。毛姆在《月亮和六便士》出版之后,因销售量不佳,就在报纸上刊登了一份征婚启事:本人喜欢音乐和运动,是个年轻有教养的百万富翁,希望能和毛姆最新的小说《月亮和六便士》中女主角一样的女性结婚。结果这本书一跃成为畅销书,购书的人都被他捉弄了一番。生

① Thomas Votteler ed., *Short Story Criticism*. Vol. 8, Detroit: Gale Research Inc., 1991, p.359.
② Klaus W. Jonas ed., *The World of Somerset Maugham*. London: Peter Owen Ltd., 1959, p.10.

活中的毛姆对世人冷嘲热讽，在写作中这一特质更被发挥得淋漓尽致。在他的作品里，人物的对话总是时时闪烁着智慧的火花，听起来幽默风趣、醋畅痛快。

列夫·托尔斯泰曾经批评莎士比亚笔下的人物讲话都是一个腔调，不论国王大臣、商人市民，还是马车夫都用一个口气说话，他们讲起话来就像贵族似的。读者仔细阅读毛姆作品就会发现作品中的对话几乎都是符合人物身份的。牧师说得一本正经，总督讲话威严果断，贵族妇女措辞文雅，地痞无赖则脏话连篇。什么样的人讲什么样的话，这才是真正的生活语言。可是仍然有不少批评家指责毛姆口语化的、不加修饰的对话。对此，他回击道：

> 我们作家当然想试着做绅士，但是我们经常失败，只好通过沉思重要作家都有粗俗的痕迹来安慰自己。生活就是俗气的。我很久就知道新闻记者，在私下自由说话时喜用粗俗言语，在印刷时却为了纯净反复斟酌。我毫不怀疑应该这样做。但是我担心如果他们太纯净的话，那么他们和那些把评价当作一件快活事的作家之间就没有什么联系，因为(恶意的)批评几乎是不可能的了。①

马原意识到了毛姆对话艺术的卓越，但是是否学到他的精髓呢？简洁、清晰、朴实、幽默、口语化及符合人物的身份这六大要素在马原的作品里是否一一得以贯彻了呢？基本上，马原笔下的人物对话达到了简练、朴素、幽默和口语化，但是意义含糊，语气腔调没有大的差别。

马原似乎天性就爱写得简短，喜欢视觉开阔的效果。一页纸上要是字挤得满满当当的，会让他有窒息的感觉。因此，洋洋洒洒地说一长通话，对他来说是难以忍受的。在他的作品中，人物讲的话很少有超过一段的。下面是摘自《喜马拉雅古歌》中的一节对话。

我说："这里有什么可打的？"

---

① Thomas Votteler ed., *Short Story Criticism*. Vol. 8, Detroit: Gale Research Inc., 1991, p.356.

　　诺布说:"什么都有。有虎,豹子。"

　　我说:"雪豹吧?"

　　诺布说:"有雪豹,有金钱豹。还有熊。"

　　我说:"现在都没有了。"

　　诺布说:"都有。这道谷一直往前,走四天,翻过雪山就是印度。"

　　我说:"印度还远得很呢。"

　　我找出地图,向他指点:"看,这里才是印度。有几百里路呢。"

　　诺布说:"要走四天。我阿爸去过印度。"

　　过了一会,他又说:"印度人家里养孔雀,一家养很多孔雀,就像汉人家里养鸡。"

　　我说:"养鸡是为了吃鸡蛋。"①

　　这样简练的对话在马原作品里比比皆是。在角色的对话中,作者不时省略句子的各种成分,主语、谓语和宾语等等。完整的句子应当是像下面这样的:

　　我说:"你们这里有什么猎物可以打的?"

　　诺布说:"我们这里什么猎物都有。可以打到的猎物中有虎和豹子。"

　　我说:"你说的豹子是雪豹吧?"

　　诺布说:"我们打到的猎物中的豹子有雪豹,有金钱豹,还有熊。"

　　我说:"现在你们什么猎物都没有了。"

　　诺布说:"不对,我们现在什么猎物都有。我们从这道谷一直往前走,走四天之后,翻过雪山就是印度。"

---

① 马原:《马原文集·卷三》,作家出版社 1997 年版,第 87—88 页。

我说："印度离这里还远得很呢，四天你们肯定到不了印度。"

我找出地图，向他指点："你看地图这个位置，这里才是印度。印度离这里有几百里路远呢。"

诺布说："我们从这里到印度只要走四天。我阿爸去过印度，他从这里动身，走四天之后就到了印度。"

过了一会，他又说："我阿爸真的去过印度，他还看到印度人家里养孔雀，一家养很多孔雀，就像汉人家里养鸡那么平常。"

我说："养鸡是为了吃鸡蛋。养孔雀有什么用？孔雀又不会下蛋给人吃。"

把句子补充完整之后，对话就变得冗长啰嗦、沉重累赘，破坏了原先的简练和轻松。补充是没有必要的，因为原先残缺不全的句子并没有给人物的交流带来困难。纵观马原小说中的对话，可以看出它们的进展速度很快，简练敏捷，不拖泥带水。

幽默也是毛姆和马原的一大共性。例如，"我"不直接反驳对方养孔雀没有价值，只是巧妙地接着他的话头说养鸡有何用处，言下之意是显而易见的。如果要区分他们的幽默艺术，那么可以说马原的幽默是轻松俏皮的，而毛姆的则显得尖锐犀利。例如在《刀锋》中，伊莎贝儿假惺惺地说她解除婚约是因为不想妨碍对方的前程，这时叙述者刻薄地回击道："去你的，伊莎贝儿。你放弃拉里是为了方形钻石和貂皮大衣。"[①]

再从文体方面来看，马原和毛姆都是朴素的小说家，他们和优雅精致、绚丽色彩似乎是绝缘的。在他们笔下的人物交谈中，读者很少有机会看到词语的焕发。这是可以理解的，因为现实生活中的对话不可能像书面语那样进行。如果人物在讲话时带上修饰性的词语、矫揉造作的腔调，那么只会让人觉得虚假可笑。此外，毛姆对内容的重视胜过文

① [英]毛姆：《刀锋》，周煦良译，上海译文出版社1997年版，第176页。

体。他明确指出:"一部小说较好的谋篇布局,是让事件指导文风。一部小说的最佳风格,当如衣着考究者的服饰不惹眼目。"①华美的语言很可能淡化了读者对情节的关注,而朴实的文字不会喧宾夺主,所以毛姆选择以简朴的文笔来讲述故事是自然之举。

一旦做到了平实,和口语化就相差不远了。马原说他写作的时候都要读出来。一边读,一边写,这种方法可以及时更正拗口的、不顺畅的话语,有效地保证了对话的随意自然。读者在阅读马原作品的过程中,可以感觉到其中的对话就像人物真的在身边说话那样。这种口语化拉近了作品和读者的距离,使得叙事真实可信、自然从容。

可是这种方法也有一个致命的缺陷:每个人物说话时带上了作者的腔调。不论是教授、经理、工人,还是农民,他们讲起话来都刻有马原本人的印记:俏皮、调侃、短促和朴素。去掉上下文,读者很难区分什么话出自什么人之口。

她说:"以后不知道啥年啥月才能再见到你们了?"

我说:"你有时间可以到拉萨来玩嘛,只要你想来。路费没问题,是不是伙计?"

他说:"到拉萨吃住也没问题,我们两个给你包了。"

我说:"干嘛非拽上我呀? 格尔木到拉萨来回车票也不过一百多一点,你掏不起呀?"

她说:"那你们,你们还到西宁来吗?"

我说:"你不是在格尔木吗?"

她说:"我嘘你们呐。我原来想跟你们一路玩到格尔木再回来,我就在西宁,我和我姐姐都在西宁工作。"

他说:"那就跟我们到格尔木吧,明天先到青海湖,看看鸟岛,住一天,我们的车,自己说了算还有座位。"

---

① [英]毛姆:《客厅里的绅士》,周成林译,译林出版社 2010 年版,第 3 页。

她说:"我非常想去,可是不行,我在这里还有工作呢。"①

这三个人的年龄、身份和教育各方面显著不同,但是读者无法根据对话推断出他们的具体情况。你可以认为她是一个涉世不深的女孩,他和"我"是司机、出差在外的销售员,等等。实际上,其中的她是一个无赖,他是一名军人,而"我"是一位作家。马原创作时,边写边自言自语,角色的对话在不知不觉中带上他的痕迹就不足为奇了。这样的问题在毛姆的笔下是不会出现的。下面一段对话摘自毛姆的一个短篇,但是被抽掉了人物的称谓和相关的说明等,只保留了对话内容。

琼斯:"我妹妹落到你的手里,可你放过了她。我本以为你是个其坏无比的人,我真感到害臊。当时她毫无防备,任凭你来摆布。你对她发了恻隐之心。我衷心感谢你。我和我妹妹永世难忘。愿上帝永远赐福于你。"

金格:"他到底是什么意思?如果你再笑的话,我就叫你脑袋开花。"

格鲁伊特:"他感谢你是因为:你尊重了琼斯小姐的贞操。"

金格:"我?这条老母牛,她把我看成什么人了?"

格鲁伊特:"你一向以跟姑娘亲热而闻名嘛,金格。"

金格:"我对她毫无兴趣,我连想都没有想过。简直是神经过敏。看我哪天揪断她的狗脖子。我说,把我的钱给我吧,我去喝个醉。"

格鲁伊特:"我不怪你。"

金格:"这个老母牛,这个老母牛。"

格鲁伊特:"去喝个痛快,金格,不过,我警告你,如果你再胡作非为,下一次就是十二个月的监禁了。"②

---

① 马原:《马原文集·卷一》,作家出版社 1997 年版,第 332 页。
② [英]毛姆:《天作之合——毛姆短篇小说选》,佟孝功等译,湖南人民出版社 1983 年版,第 326—327 页。

这里同样是三个人在交流,但是读者可以轻而易举地了解到每个人物的身份,琼斯是牧师,金格是个酒鬼,而格鲁伊特是政府官员。话如其人这句话说起来简单,但作家能否如实地做到还取决于他的写作能力。毛姆对此发过一番感慨:

> 有些作家很是看重语言之美,在这方面,唉,他们通常意指绚丽词藻与华彩文句,他们罔顾素材特性,硬把它们嵌入同一模子。他们有时竟令对白也趋向同一,要你读那种说话者用四平八稳与精心造就的句子来交谈对话。这样一来,人物没了活力。没有空气,你急着喘气。毫无疑问,这么做当然滑稽,但他们少有不安,因为他们鲜有幽默感。①

毛姆能把对话写得恰如其分、贴切传神,避免一些名家大家都犯过的错误,是因为他对语言有过费心的揣摩、无数的演练,最后归纳出心得。他的经验之谈值得后人静心品味。

是否精确表达出各类人物说的话,又牵扯出一个关键的对话特性:清晰。毛姆的小说立足于讲故事,在叙述过程中清楚记录每一句话,交代事件的来龙去脉,方便读者理解情节内容。然而,马原是一位先锋作家。他打破了人们以往熟悉的叙述方式。对话就是帮助他达到这种目的的策略之一。语义含混是他刻意追求的效果。在传统的小说里,对话起着很大的作用,既可以表现人物,又可以推动情节,还能紧凑结构。但是在马原的作品里,对话反而造成了阅读的障碍。人物的对话前言不搭后语,没有条理。读者乍看之下一头雾水,既不了解人物,又不明白故事内容,还为松散的章节感到不耐烦。然而,这就是马原要达到的目的。阅读不再是一件简单的事,需要读者进行思考,而且读者可能苦思冥想之后仍然整理不出头绪,因为作者本来就不希望读者能够很清楚地理解他所讲述的一切。

---

① ［英］毛姆:《客厅里的绅士》,周成林译,译林出版社 2010 年版,第 2—3 页。

　　两位作家的对话风格虽然存在着差异，但是并无高低之分。不同的写作目的导致他们使用不同的对话方式。马原并没有全盘吸收毛姆的特点，而是结合自身的需要，部分采纳了毛姆的对话艺术。这种灵活借鉴的方式有效保证了作家试图获得的写作效果，同时又赋予他的作品以鲜明的个人特色。

结　语

　　毛姆不仅是英国而且也是全世界享有盛名的一位作家。从他1897 年发表处女作至今的一百多年来，他在英美文学界引发了诸多争议，在命运的低谷和巅峰之间来回游荡，谩骂交织着赞扬充斥在他的耳边。形形色色的评价并没有因为其生命的终结而结束，他的作品至今仍在世界各地广为传诵，读者的支持一浪接着一浪，好似没有尽头。相形之下，他在学术界的名声显得多么苍白无力。站在中国的土地上，眺望追寻这样一个谜团似的作家，这个过程多么富有刺激性和挑战性。克里斯多夫·伊舍伍德(Christopher Isherwood) 1941 年遇见毛姆之后，在给福斯特的信中道出了自己的困惑："他让我联想到贴满标签的旧旅行包，只有上帝才知道里面究竟有些什么。"①

　　本书通过结合毛姆的生活历程与个性气质分析研讨他的作品，让大家看到了一个严肃认真对待创作、一心追求真善美的毛姆。在他犀利的嘲讽下，是对人性的审慎思考；在那轻松的笑谈里，是对生活的严肃拷问。那些"愤世嫉俗"、"尖酸刻薄"、"平庸无能"等众多负面的评语，原来是一幕幕假象，掩盖了原本属于他的赞誉。关于东方的短篇小说，趣味横生的故事、真实深刻的人性揭露、卓越的写作技巧、精彩的人物对话、异域风情等等，有力地保证了英国文学史上应该给他留一个位

---

① Forrest D. Burt, *W. Somerset Maugham*. Boston：Twayne Publishers, 1985, p.13.

置。这个位置可能不是太高,用他自己的话来说就是"二流中的佼佼者"。更确切地说,毛姆是一个不平衡的作家,一个特别的另类作家。他曾经写过一些品质不高的作品,但是以一小部分劣作来抹杀他的整体成就是不合适的。那些把他排斥在文学史外的做法也是有失妥当的。对于中国学术界来说,他把中国和中国人搬上了戏剧、小说和游记,这是一项富有中外交流意义的创作。中国作家对他创作特色的借鉴,更是说明了他的影响和贡献。

毛姆一生出版了数量可观的小说、戏剧和散文,唯独没有诗集。他的个性似乎不适合写诗,但是他私底下仍然创作了一些诗。他在一首献给文学评论家理查德·柯德尔(Richard A. Cordell)①的诗中,清楚地表明了他不是一个迎合市场、为金钱而写作的通俗文人。他希望自己的创作不会因为时间的流逝而被人忘记,他渴望得到后世的尊重,成为永恒的经典作家。本书的毛姆研究即将画上句号,下面就用《威利的最后时刻》这首诗来结束吧。②

威利的最后时刻③

意识模糊的最后岁月是多么痛苦

　　毛姆多少感觉到

世上的学者在工作

一些人在等待他生命的结束……和身后市场的繁荣

　　第一次

　　他的巨大力量失去

　　　　更糟的是,他的注意力散漫开来

---

① 理查德·柯德尔(1896—1986),英国教授,著有《萨默塞特·毛姆:传记和批评研究》(*Somerset Maugham: A Biographical and Critical Research*)。

② 威利是毛姆的昵称。

③ Forrest D. Burt, *W. Somerset Maugham*. Boston: Twayne Publishers, 1985, pp.141-142.

但是在这平静、感觉模糊的时刻

他再次意识到他们在工作

一丝满意的微笑隐隐浮现

当他想到设计好的模式

　　　　为他的工作

　　　　　　他的生活

　　　　　　　　他的世界

那些他曾经关注过的一切，甚至是以所谓微弱的态度关注

过的

（强大？微弱？现在有什么不同呢？）

　　开端

　　　　中间

　　　　　　结束

太快了，就像一个孩子似的，他的注意力被转移

　　　远处某个东西——噪声

透过别墅的窗户看见鸟儿飞过？

接着，再一次，"英国的莫泊桑"

　　　"技巧大师"带着他的"如法炮制"①

　　　　　　　　　　"奇怪的老小说家"——

　　　艺术家……

消失在世界上

很久很久以后，世界图书馆里

　　　　他的作品正在被人查阅

----

① 《如法炮制》是毛姆的一本短篇小说。

参考文献

中文著作

边静:《胶片密语——华语电影中的同性恋话语》,中国传媒大学出版社 2007 年版。

曹文轩:《小说门》,作家出版社 2002 年版。

陈静梅:《现代中国同性恋爱话语译介及小说文本解读》,西南交通大学出版社 2013 年版。

格非:《小说叙事研究》,清华大学出版社 2002 年版。

葛桂录:《雾外的远音:英国作家与中国文化》,福建教育出版社 2015 年版。

何其莘:《英国戏剧史》,译林出版社 2008 年版。

侯维瑞:《现代英国小说史》,上海外语教育出版社 2001 年版。

黄晋凯:《尤内斯库画传》,中央编译出版社 2008 年版。

黄禄善、刘培骧主编:《英美通俗小说概述》,上海大学出版社 1997 年版。

黄梅主编:《现代主义浪潮下:英国小说研究 1914—1945》,中国社会科学出版社 1995 年版。

黄心雅:《从衣柜的裂缝我听见——现代西洋同志文学》,书林出版有限公司 2008 年版。

李达三、罗纲主编:《中外比较文学的里程碑》,人民文学出版社1997年版。

李赋宁总主编:《欧洲文学史》,商务印书馆2001年版。

李建军:《小说修辞研究》,中国人民大学出版社2003年版。

李奭学:《中西文学因缘》,联经出版公司1991年版。

李醒:《二十世纪的英国戏剧》,文化艺术出版社1994年版。

李勇:《通俗文学理论》,知识出版社2004年版。

李渔:《闲情偶寄·窥词管见》,中国社会科学出版社2009年版。

梁实秋主编:《名人伟人传记之77——毛姆》,适梅译,名人出版社1976年版。

林以亮:《前言与后语》,仙人掌出版社1966年版。

刘炳善:《中英文学漫笔》,河南大学出版社1988年版。

刘俊:《悲悯情怀——白先勇评传》,花城出版社2000年版。

柳鸣九主编:《二十世纪现实主义》,中国社会科学出版社1992年版。

刘秀玉:《生存体验的诗性超越——贝克特戏剧艺术论》,光明日报出版社2012年版。

罗纲:《叙述学导论》,云南人民出版社1994年版。

罗钢、刘象愚主编:《后殖民主义文化理论》,中国社会科学出版社1999年版。

马以鑫:《接受美学新论》,学林出版社1995年版。

马原:《阅读大师》,上海文艺出版社2002年版。

孟华主编:《比较文学形象学》,北京大学出版社2001年版。

钱中文主编:《巴赫金全集》(第一、三卷),河北教育出版社1998年版。

任茹文、王艳:《沉香屑里的旧事——张爱玲传》,团结出版社2002年版。

阮炜、徐文博、曹亚军:《二十世纪英国文学史》,青岛出版社 1999 年版。

芮渝萍:《美国成长小说研究》,中国社会科学出版社 2004 年版。

申丹:《叙事、文体与潜文本:重读英美经典短篇小说》,北京大学出版社 2009 年版。

申丹、韩加明、王丽亚:《英美小说叙事理论研究》,北京大学出版社 2005 年版。

申丹、王丽亚:《西方叙事学:经典与后经典》,北京大学出版社 2010 年版。

谭霈生:《论戏剧性》,北京大学出版社 2009 年版。

宋家宏:《走进荒凉——张爱玲的精神家园》,花城出版社 2000 年版。

王建刚:《后理论时代与文学批评转型》,北京大学出版社 2012 年版。

王炎:《小说的时间性和现代性——欧洲成长教育小说叙事的时间性研究》,外语教学与研究出版社 2007 年版。

王阳:《小说艺术形式分析》,华夏出版社 2002 年版。

王玲玲:《最后的贵族——白先勇传》,团结出版社 2001 年版。

王泰来等编译:《叙事美学》,重庆出版社 1987 年版。

王佐良主编:《英国二十世纪文学史》,外语教学与研究出版社 1997 年版。

吴元迈:《现实的发展与现实主义的发展》,漓江出版社 1987 年版。

许德金:《成长小说与自传:成长叙事研究》,高等教育出版社 2008 年版。

徐志啸:《中国比较文学简史》,湖北教育出版社 1996 年版。

杨冬:《西方文学批评史》,吉林教育出版社 1998 年版。

杨泽编:《阅读张爱玲》,广西师范大学出版社2003年版。

殷企平:《英国小说批评史》,上海外语教育出版社2001年版。

于青、金宏达编:《张爱玲研究资料》,海峡文艺出版社1994年版。

余斌:《张爱玲传》,广西师范大学出版社2001年版。

袁良骏:《白先勇论》,新华出版社2001年版。

张德明:《从岛国到帝国——近现代英国旅行文学研究》,北京大学出版社2014年版。

张洪顺等:《大英帝国的瓦解》,社会科学文献出版社1997年版。

张廷琛编:《接受理论》,四川文艺出版社1989年版。

张玉书主编:《二十世纪欧美文学史》第一册,北京大学出版社1999年版。

章安祺编:《西方文艺理论史精读文献》,中国人民大学出版社1996年版。

赵景深编:《现代世界文学》,现代书局1932年版。

赵毅衡:《当说者被说的时候——比较叙述学导论》,中国人民大学出版社1998年版。

郑传寅、黄蓓:《欧洲戏剧史》,北京大学出版社2008年版。

郑文晖等:《白先勇小说欣赏》,广西教育出版社1991年版。

周发祥:《西方文论与中国文学》,江苏教育出版社2000年版。

周靖波主编:《西方剧论选——从诗学到美学》,北京广播学院出版社2003年版。

朱虹:《英美文学散论》,生活·读书·新知三联书店1984年版。

朱立元:《接受美学》,上海人民出版社1989年版。

朱立元主编:《当代西方文艺理论》,华东师范大学出版社2001年版。

朱雯等编选:《文学中的自然主义》,上海文艺出版社1992年版。

中文译著

[加]阿尔维托·曼古埃尔:《阅读史》,吴昌杰译,商务印书馆2002年版。

[巴]爱德华·W.萨义德:《东方学》,王宇根译,生活·读书·新知三联书店2009年版。

[英]艾弗·埃文斯:《英国文学简史》,蔡文显译,人民文学出版社1984年版。

[英]艾勒克·博埃默:《殖民与后殖民文学》,盛宁等译,辽宁教育出版社1998年版。

[英]安德鲁·桑德斯:《牛津简明英国文学史》,谷启楠、韩加明、高万隆译,人民文学出版社2000年版。

[英]巴特·穆尔—吉尔伯特等编纂:《后殖民批评》,杨乃乔等译,北京大学出版社2001年版。

[英]达米安·格兰特:《现实主义》,周发祥译,昆仑出版社1989年版。

[法]波伊尔:《天堂之魔——毛姆传》,梁识梅译,中国文联出版公司1987年版。

[英]E.M.福斯特:《小说面面观》,冯涛译,人民文学出版社2009年版。

[英]利连·R.弗斯特、彼得·斯克林:《自然主义》,王林译,花山文艺出版社1989年版。

[德]豪斯特·W.特雷彻:《第二次世界大战以来的英国文学》,秦小孟译,上海外语教育出版社1985年版。

[法]加缪:《西绪福斯神话——论荒诞》,李玉民译,漓江出版社2015年版。

[英]罗宾·毛姆:《盛誉下的孤独者——毛姆传》,李作君、王瑞霞

译,春风文艺出版社 1988 年版。

［法］罗杰·加洛蒂:《论无边的现实主义》,吴岳添译,百花文艺出版社 1998 年版。

［美］米克·巴尔:《叙述学:叙事理论导论》,谭军强译,中国社会科学出版社 1995 年版。

［法］米歇尔·普吕讷:《荒诞派戏剧》,陆元昶译,浙江大学出版社 2014 年版。

［法］让—保罗·萨特:《存在主义是一种人道主义》,周煦良、汤永宽译,上海译文出版社 2005 年版。

［美］塞缪尔·亨廷顿:《文明的冲突与世界秩序的重建》,周琪等译,新华出版社 1999 年版。

［美］桑德拉·吉尔伯特、苏珊·古芭:《阁楼上的疯女人》,杨莉馨译,上海人民出版社 2015 年版。

［德］叔本华:《爱与生的苦恼》,光明日报出版社 2006 年版。

［美］斯坦利·费什:《读者反应批评:理论与实践》,文楚安译,中国社会科学出版社 1998 年版。

［英］汤林森:《文化帝国主义》,冯建三译,上海人民出版社 1999 年版。

［美］特德·摩根:《人世的挑剔者:毛姆传》,梅影等译,湖南人民出版社 1986 年版。

［美］韦恩·布斯:《小说修辞学》,华明等译,北京大学出版社 1987 年版。

［英］威廉·萨默塞特·毛姆:《巨匠与杰作》,孔海立等译,华东师范大学出版社 1987 年版。

［英］威廉·萨默塞特·毛姆:《毛姆读书随笔》,刘文荣译,上海三联书店 2000 年版。

［英］威廉·萨默塞特·毛姆:《作家笔记》,陈德志、陈星译,南京

大学出版社 2011 年版。

[英]威廉·萨默塞特·毛姆:《书与你》,刘宸含译,译林出版社 2014 年版。

[美]J.希利斯·米勒:《解读叙事》,申丹译,北京大学出版社 2002 年版。

[法]西蒙娜·德·波伏娃:《第二性》,陶铁柱译,中国书籍出版社 1998 年版。

[英]休·亨特、肯·理查兹、约·泰勒:《近代英国戏剧》,李醒译,中国戏剧出版社 1987 年版。

[古希腊]亚里士多德:《诗学》,陈中梅译,商务印书馆 1996 年版。

[德]H.R.姚斯、[美]R.C.霍拉勃:《接受美学与接受理论》,周宁、金元浦译,辽宁人民出版社 1987 年版。

[澳]伊恩·里德:《短篇小说》,肖遥等译,昆仑出版社 1993 年版。

[俄]伊芙·科索夫斯基·塞吉维克:《男人之间——英国文学与男性同性社会性欲望》,郭劼译,上海三联书店 2011 年版。

[英]约翰·苏特兰:《畅销书》,何文安译,上海文化出版社 1988 年版。

中文期刊

王丽亚:《论毛姆〈彩色面纱〉中的中国想象》,《外国文学》2011 年第 4 期。

薛小惠:《〈紫色〉中的黑人女同性恋主义剖析》,《外语教学》2007 年第 5 期。

中文学位论文

杨保林:《"近北"之行——当代澳大利亚旅亚小说研究》,博士学位论文,苏州大学外语学院,2011 年。

英文参考文献

Baugh, Albert C. ed., *A Literary History of England*, New York: Appleton-century-crofts Inc., 1948.

Booze, Elisabeth B., *A Brief Introduction to Modern English Literature*, Shanghai Foreign Languages Education Press, 1984.

Bristow, Joseph, *Oscar Wilde and Modern Culture: The Making of a Legend*. Ohio University Press, 2008.

Calder, Robert, *Willie, the Life of Somerset Maugham*, London: Heinemann Press, 1989.

Chen Jia, *A History of English Literature*, Beijing: The Commercial Press, 1986.

Coote, Stephon, *The Penguin Short History of English Literature*, New York: Penguin Books, 1993.

Cunningham, Valentine, *British Writers of the Thirties*, New York: Oxford University Press, 1988.

Curtis, Anthony and Whitehead, John eds., *Maugham, the Critical Heritage*, London: Routledge and Kegan Paul Ltd., 1987.

Dietrich, Richard F., *British Drama 1890-1950——A Criticism History*, New York: Twayne Publishers, 1989.

Evans, Ifor, *English Literature Values and Tradition*, London: George Allen & Unwin Ltd., 1962.

Fadiman, Clifton ed., *The World of the Short Stories*, Boston: Houghton Mifflin Company, 1986.

Grebanier, Bernard D., *English Literature and Its Backgrounds*, Fort Worth: Dryden Press, 1964.

Hanson, Clare, *Short Stories and Short Fictions, 1880-1980*, Basingstoke Hampshire: Macmillan Press Ltd., 1985.

Holden, Philip, *Orienting Masculinity*, *Orienting Nation*, Westport Conn: Greenwood Press, 1996.

James, Vinson, *Dramatists*, London: Macmillan Press, 1979.

Jonas, Klaus W. ed., *The World of Somerset Maugham*, London: Peter Owen Ltd., 1959.

Legouis & Gazamian, *History of English Literature*, Vol. 5, New Delhi: Shree Publication, 1996.

Loss, Archie K., *W.S.Maugham*, New York: Ungar, 1987.

Keating, P.J., *The Working Classes in Victorian Fiction*, London: Routledge & Kegan Paul, 1972.

Maugham, Robin, *Somerset and All the Maughams*, London: Heinemann Ltd., 1966.

Maugham, William Somerset, *Points of View*, London: Heinemann Press, 1958.

Maugham, William Somerset, *The Summing Up*, London: Pan Books Ltd., 1976.

McCallum, Robyn, *Ideologies of Identity in Adolescent Fiction*. Newyork: Garland Publishing Inc.,1999.

Mulgan, John and Davin, D.M., *An Introduction to English Literature*, New York: Oxford University Press, 1969.

Nicoll, Allardyce, *English Drama 1900－1930*, London: Cambridge University Press, 1975.

O'Connor, Sean, *Straight Acting——Popular Gay Drama from Wilde to Rattigan*, London: Cassell Press, 1998.

R.V.Cassill, *The Norton Anthology of Short Fiction*, New York: Norton, 1990.

Ramana, M.V., *Maugham and the East*, London: Minerva Press, 2001.

Rees, R.J., *English Literature——An Introduction for Foreign Readers*, London: Macmillan Press, 1973.

Riley, Carolyn ed., *Contemporary Literary Criticism*, Vol. 1, 11, 15, Detroit: Gale Research Co., 1982.

Robson, W.W., *A Prologue to English Literature*, London: B.T.Batsford Ltd., 1986.

Robson, W.W., *Modern English Literature*, New York: Oxford University Press, 1979.

Roby, Kinley E. ed., *W.Somerset Maugham*, London: G.K.Hall Company, 1985.

Sampson, George, *The Concise Cambridge History of English Literature*, London: Cambridge University Press, 1979.

Samuel, Rogal J., *A Companion to the Characters in the Fiction and Drama of W. Somerset Maugham*, Westport Conn: Greenwood Press, 1996.

Samuel, Rogal J., *A William Somerset Maugham Encyclopedia*, Westport Conn: Greenwood Press, 1997.

Sawyer, Newell W., *The Comedy of Manners from Sheridan to Maugham*, Philadelphia: The University of Pennsylvania Press, 1969.

Steveson, Randall, *The British Novel since the Thirties*, London: B.T. Batsford Ltd., 1987.

Stewart, J.I., *Eight Modern Writers*, New York: Oxford University Press, 1973.

Thornley, G.C. and Roberts, Gwyneth, *An Outline of English Literature*, New York: Longman, 1984.

Vaughn, William Moody and Lovett, Robert Morss, *A History of Eng-

lish Literature, New York: Charles Scribner's Sons, 1956.

Votteler, Thomas. ed., *Short Story Criticism*, Vol. 8, Detroit: Gale Research Inc., 1991.

Weaver, Gordon. ed., *W.Somerset Maugham——A Study of the Short Fiction*, New York: Twayne Publishers, 1993.

Wimsatt, W.K., *Literary Criticism Idea and Act*, Berkeley: University of California Press, 1974.

Zhang Dingquan ed., *A New Concise History of English Literature*, Shanghai Foreign Languages Education Press, 2002.

人名索引

附录一　毛姆年表

年代	年龄	事　件
1874	1	1 月 25 日毛姆出生于巴黎的英国驻法大使馆。
1882	8	母亲难产去世,享年 41 岁。
1884	10	父亲胃癌去世,享年 61 岁。他被寄养于英国的牧师叔叔家。
1885	11	就读于坎特伯雷的皇家学校。
1889	15	到法国疗养肺病。
1890	16	到海德堡求学,对叔本华哲学和易卜生戏剧产生了兴趣。
1892	18	在会计事务所工作一段时间后,9 月进入伦敦圣托玛斯医院的医科学校。
1897	23	8 月处女作《兰贝斯的丽莎》问世。10 月从医学院毕业,但是决心从事文学创作。
1898	24	到西班牙旅行,长篇小说《成圣》出版。
1899	25	第一部短篇小说集《东方集》出版。写出了《人生的枷锁》的初稿《斯蒂芬·凯里的艺术气质》。
1901	27	长篇小说《英雄》出版。
1902	28	长篇小说《克雷杜克夫人》出版。1 月 3 日戏剧《佳偶天成》在柏林上演。

年代	年龄	事　　件
1903	29	2 月 22 日伦敦舞台首次演出他的戏剧,剧名是《高尚的人》。秋季,和劳伦斯·豪斯曼创办文学杂志《冒险》。
1904	30	《冒险》发行第二期后停刊。7 月 27 日哥哥哈利自杀。9 月出版长篇小说《旋转木马》。戏剧《赞巴小姐》上演。
1905	31	1 月游记《贞女之乡》出版。3 月结识阿诺德·本涅特。
1906	32	1 至 3 月赴埃及、希腊游览。4 月结识情人苏·琼斯(剧作家亨利·阿瑟·琼斯之女,《寻欢作乐》女主角的原形)。长篇小说《主教的围裙》出版。
1907	33	10 月 26 日《弗雷德里克太太》在伦敦皇家剧院公演,一夜成名。长篇小说《拓荒者》出版。
1908	34	6 月《拓荒者》、《多特太太》、《杰克·斯特劳》和《弗雷德里克太太》四部戏剧同时在伦敦上演。《弗雷德里克太太》在纽约演出成功,使得他在美国声誉鹊起。长篇小说《魔术师》出版。9 月到意大利度假,与王尔德的情人阿达·利弗逊相恋。
1909	35	1 月 9 日《佩内洛佩》上演。3 月 20 日《尊贵的西班牙人》上演。9 月 30 日《史密斯》上演。
1910	36	2 月 24 日《第十人》上演。戏剧《格雷斯》上演。这两部正剧一改他从前的喜剧风格导致演出失败。秋天他第一次赴美。
1911	37	2 月 24 日《面包与鱼》上演。在伦敦购置住宅。初识后来的妻子西莉。
1912	38	为了写剧本《希望之地》到加拿大体验生活。开始创作《人生的枷锁》。
1913	39	把莫里哀的戏剧《贵人迷》改写成《完美的绅士》。《希望之地》于圣诞节在纽约上演。

年代	年龄	事　　件
1914	40	到法军前线开救护车,期间结识了文艺评论家德斯蒙德·麦卡锡及后来的秘书杰拉尔德·赫克斯顿。
1915	41	《人生的枷锁》8月12日在美国发行,8月13日在英国发行。9月1日西莉为他生下女儿丽莎。年底他被派往瑞士从事情报工作。
1916	42	2月《卡罗琳》上演。11月他与杰拉尔德·赫克斯顿前往南太平洋。
1917	43	3月12日《贵族夫人》在百老汇上演。5月26日他与西莉在美国的泽西城结婚。8月情报部门派他出使俄国。11月他到苏格兰疗养肺病。
1918	44	1月《村舍之爱》在伦敦上演。夏季开始创作《月亮和六便士》。
1919	45	《凯撒之妻》上演。4月《月亮和六便士》出版。8月30日《家与美人》在伦敦上演。10月前往中国。
1920	46	4月离开香港,经日本回国。8月9日《不明不白》上演。
1921	47	3月到达新加坡,游历马来西亚联邦。9月短篇小说集《叶之震颤》出版。《圈子》在伦敦上演。
1922	48	1月回到英国。2月与辛克莱·刘易士相交。9月21日《苏伊士以东》在伦敦上演。游记《在中国屏风上》发表。9月中旬前往缅甸、泰国等地。
1923	49	6月回到伦敦。11月《驼峰》在纽约上演。
1924	50	10月赴墨西哥,与D. H.劳伦斯相遇。
1925	51	长篇小说《彩色的面纱》出版。10月前往新加坡。
1926	52	2月中旬从西贡回马赛。9月短篇小说集《大麻黄树》出版。11月1日《装聋作哑》在克利夫兰上演。在法国里维埃拉购买住房。

年代	年龄	事件
1927	53	2月《情书》上演。11月5日离婚。
1928	54	间谍故事集《阿申登》分别于3月29日在英国、3月30日在美国发行。11月19日《圣火》在纽约上演。
1930	56	2月游记《客厅里的绅士》出版。长篇小说《寻欢作乐》出版。《养家糊口的人》上演。
1931	57	9月短篇小说集《第一人称单数写的六个故事》出版。
1932	58	短篇小说集《书袋》出版。11月1日《服役的报酬》在伦敦上演。同月长篇小说《狭窄的角落》问世。
1933	59	9月最后一部戏剧《谢斐》上演。短篇小说集《阿金》出版。10月重游西班牙。
1935	61	游记《唐费尔南多》出版。
1936	62	到西印度群岛旅行。女儿丽莎与瑞士驻英国大使的儿子文森特结婚。他和奥尔德斯·赫胥黎、H. G. 威尔斯一起当选为参加国际笔会的英国代表，但是他拒绝前往。2月发表短篇小说集《世界主义者》。
1937	63	3月长篇小说《剧院风情》分别在英、美两国发行。6月到瑞典和丹麦旅行。
1938	64	1月在印度旅行。《总结》出版。3月哥哥弗雷德里克被任命为英国大法官。
1939	65	2月出版长篇小说《圣诞假日》。收集古今著名的一百篇短篇小说编辑成《讲故事的人》出版。11月在法军前线采访。
1940	66	3月报告文学《法兰西在战斗》出版。6月短篇小说集《如法炮制》出版。10月《法国沦陷内幕》出版。10月赴美宣传反法西斯战争。书评《书与你》出版。

年代	年龄	事　　　件
1941	67	4月长篇小说《别墅之夜》出版。发表回忆录《纯属私事》。
1942	68	开始创作长篇小说《刀锋》。6月长篇小说《天亮之前》出版。
1943	69	编辑《现代英美文学介绍》一书。
1944	70	4月20日《刀锋》发行。11月7日杰拉尔德·赫克斯顿去世,侄儿罗宾赶来陪伴他。
1945	71	新秘书艾伦来到美国,开始照顾他的后半生。
1946	72	5月长篇小说《此一时彼一时》出版。从美国返回法国的别墅。
1947	73	4月建立毛姆文学奖。最后一部短篇小说集《环境的产物》问世。女儿离婚。
1948	74	7月21日女儿与印度总督的儿子约翰·霍普爵士再婚。8月最后一部长篇小说《卡塔丽娜》出版。9月书评《巨匠与杰作》在美国出版。
1949	75	10月《一个作家的笔记》出版。
1950	76	3月到摩洛哥旅行。9月最后一次访美。
1951	77	《短篇小说全集》出版。
1952	78	《戏剧全集》出版。《世界尽头》出版。6月牛津大学授予他名誉文学博士学位。10月散文集《随性而至》出版。
1953	79	到希腊、土耳其等地游览。编辑《吉卜林最佳作品选》。
1954	80	加里克俱乐部为他举办80寿宴。6月英国女王授予他荣誉奖章。
1955	81	7月26日前妻西莉去世。
1958	84	3月23日哥哥弗雷德里克去世。当选为英国皇家文学学会副会长。11月评论集《观点》出版。

年代	年龄	事　件
1959	85	10 月重游远东。
1961	87	5 月他和福斯特、历史学家汤恩比一起被英国皇家文学学会授予文学奖。
1962	88	最后一部作品《纯属自娱》出版。
1963	89	因财产纠纷与女儿对簿公堂，后来他败诉。
1965	91	12 月 15 日在法国里维埃拉逝世。12 月 22 日骨灰埋葬于坎特伯雷的母校。

附录二　毛姆作品目录

年代	作品	译名
1897	*Liza of Lambeth*	《兰贝斯的丽莎》
1898	*The Making of a Saint*	《成圣》
1899	*Orientations*	《东方集》
1901	*The Hero*	《英雄》
1902	*Mrs. Craddock*	《克雷杜克夫人》
1903	*Marriages are Made in Haven*	《佳偶天成》
	A Man of Honour	《高尚的人》
1904	*Mademoiselle Zampa*	《赞巴小姐》
	The Merry-go-round	《旋转木马》
1905	*The Land of the Blessed Virgin：Sketches and Impressions in Andalusia*	《圣母玛利亚之地：安大路西亚游记》
1906	*The Bishop's Apron*	《主教的围裙》
1907	*Lady Frederick*	《弗雷德里克太太》
1908	*The Explorer*	《拓荒者》
	Mrs. Dot	《多特太太》
	Jack Straw	《杰克·斯特劳》《魔术师》
	The Magician	

年代	作品	译名
1909	*Smith*	《史密斯》
	Penelope	《佩涅洛佩》
	The Noble Spaniard	《高贵的西班牙人》
1910	*The Tenth Man*	《第十人》
	Grace	《格雷斯》
	Landed Gentry	《有土地的贵族》
1911	*Loaves and Fishes*	《面包与鱼》
	A Trip to Brighton	《布莱顿之旅》
1913	*The Perfect Gentleman*	《完美的绅士》
	The Land of Promise	《希望之地》
1915	*Of Human Bondage*	《人生的枷锁》
1916	*Caroline*	《卡罗琳》
	The Unattainable	《难以获得》
1917	*Our Betters*	《贵族夫人》
1918	*Love in a Cottage*	《村舍之爱》
1919	*The Moon and Six Pence*	《月亮和六便士》
	Caesar's Wife	《凯撒之妻》
	Home and Beauty	《家和美人》
1920	*The Unknown*	《不明不白》
1921	*The Circle*	《圈子》
	The Trembling of a Leaf	《叶之震颤》
1922	*East of Suez*	《苏伊士以东》
	On a Chinese Screen	《在中国屏风上》
1923	*The Camel's Back*	《驼峰》
1925	*The Painted Veil*	《彩色的面纱》

年　代	作　　品	译　名
1926	*The Constant Wife*	《装聋作哑》
	The Casuarinas Tree	《木麻黄树》
1927	*The Letter*	《情书》
1928	*The Sacred Flame*	《圣火》
	Ashden	《阿申登》
1930	*The Breadwinner*	《养家糊口的人》
	The Gentleman in the Parlor	《客厅里的绅士》
	Cakes and Ale	《寻欢作乐》
1931	*Six Stories Written in the First Person Singular*	《第一人称单数写的六个故事》
1932	*For Service Rendered*	《服役的报酬》
	The NarrowCorner	《狭窄的角落》
	The Book-bag	《书袋》
1933	*Ah King*	《阿金》
	The Mask and the Face	《面具与面目》
	Sheppey	《谢斐》
1934	*East and West*	《东方和西方》
	Altogether	《全体》
	Judgment Seat	《审判席》
1935	*Don Fernando*	《唐费尔南多》
1936	*Cosmopolitans*	《世界主义者》
	My South Sea Island	《我的南海岛屿游记》
1937	*Theatre*	《剧院风情》
	Favourite Short Stories	《最喜爱的短篇小说》
1938	*The Summing Up*	《总结》

年代	作 品	译 名
1939	*Christmas Holiday*	《圣诞假日》
	The Round Dozen	《整整一打》
	Princess September and the Nightingale	《9月公主和夜莺》
1940	*France at War*	《法兰西在战斗》
	Books and You	《书与你》
	The Mixture as Before	《如法炮制》
1941	*Up at the Villa*	《别墅之夜》
	Strictly Personal	《纯属私事》
1942	*The Hour Before Dawn*	《黎明之前》
1943	*The Somerset Maugham Sampler*	《萨摩萨特·毛姆取样器》
1944	*The Unconquered*	《不可征服的》
	The Razor's Edge	《刀锋》
1946	*Then and Now*	《彼时此时》
1947	*Creatures of Circumstance*	《环境的产物》
1948	*Catalina*	《卡塔琳娜》
	Here and There	《这里和那里》
	Great Novelists and Their Novels	《巨匠与杰作》
	Quartet	《四重奏》
1949	*A Writer's Notebook*	《一个作家的笔记》
1950	*Trio*	《三重唱》
	The Maugham Reader	《毛姆读者》
1951	*The Complete Short Stories*	《毛姆短篇小说全集》
1952	*The Collected Plays*	《毛姆戏剧选集》
	The Vagrant Mood	《随性而至》

年代	作　　品	译　　名
1952	*The World Over*	《世界尽头》
	Encore	《再来一次》
1958	*Points of View*	《观点》
1962	*Purely for my Pleasure*	《纯属自娱》

附录三　毛姆作品中译本一览表

（1978年后的译本，仅列出首次译成中文版的毛姆作品）

1934年:《毋宁死》,方于译,正中书局。

1937年:《情书》,陈绵译,商务印书馆。

1938年:《红发少年》,方安译,商务印书馆。

1943年:《中国见闻杂记》,胡仲持注释,开明书店。

1944年:《斐冷翠山庄》,林同端译,青年书店。

1946年:《怪画家》,王鹤仪译,商务印书馆。

1981年:《月亮和六便士》,傅惟慈译,外国文学出版社。

《书与你》,译者不详,花城出版社。

1982年:《刀锋》,周煦良译,上海译文出版社。

1983年:《毛姆短篇小说集》,冯亦代译,外国文学出版社。

《山顶别墅》,梅琼译,上海外语教育出版社。

《克雷杜克夫人》,唐荫荪、王纪卿译,花城出版社。

《天作之合——毛姆短篇小说选》,佟孝功译,湖南人民出版社。

《毛姆短篇小说选》,潘绍中译注,商务印书馆。

《啼笑皆非》,李珏译,湖南人民出版社。

《人生的枷锁》,张柏然译,江苏人民出版社。

1984年:《插曲——毛姆小说集》,刘宪之译,百花文艺出版社。

1986 年：《便当的婚姻》，多人译，江西人民出版社。

1987 年：《巨匠与杰作》，孔海立等译，华东师范大学出版社。

《贵族夫人的梦——毛姆戏剧选》，俞亢咏等译，湖南人民出版社。

《在中国屏风上》，陈寿庚译，湖南人民出版社。

《无所不知先生》，黄雨石译，人民文学出版社。

1988 年：《英国间谍阿兴登》，俞亢咏译，作家出版社。

《彩色的面纱》，刘宪之译，北京十月文艺出版社。

《阅读的艺术》，陈安澜等编译，上海翻译出版公司。

1991 年：《卡塔丽娜传奇》，俞亢咏译，上海译文出版社。

1992 年：《湖畔恋情》，白烨编选，中国文联出版公司。

《毛姆随想录》，俞亢咏译，百花文艺出版社。

1995 年：《兰贝斯的丽莎》，俞亢咏译，上海译文出版社。

《剧院风情》，俞亢咏译，上海译文出版社。

1999 年：《毛姆读书随笔》，刘文荣译，上海三联书店。

2010 年：《西班牙主题变奏》，李晓愚译，译林出版社。

2011 年：《随性而至》，宋金译，上海译文出版社。

《客厅里的绅士》，周成林译，上海译文出版社。

《观点》，夏菁译，上海译文出版社。

2012 年：《木麻黄树》，黄福海译，上海译文出版社。

《总结》，孙戈译，译林出版社。

2013 年：《彼时此时——马基雅维利在伊莫拉》，孔祥立译，译林出版社。

《圣诞假日》，张晓峰译，译林出版社。

《偏僻的角落》，刘宸含译，译林出版社。

《魔法师》，刘宸含译，译林出版社。

《旋转木马》，先洋洋译，译林出版社。

2014 年:《第一人称单数》,张晓峰译,译林出版社。

《马来故事集》,先洋洋译,译林出版社。

2015 年:《作家笔记》,陈德志、陈星译,上海译文出版社。

《爱德华·巴纳德的堕落》,孔祥立译,译林出版社。

后　记

　　毛姆是我最喜爱的英国作家。我看的第一部毛姆作品就是他的代表作《人生的枷锁》。1995 年,我刚刚就读于福建师范大学,就到学校旁边的书店买了生平最厚重的英语词典,并在扉页上写下摘自其代表作中的一句话:"一个人不能让自己的生活去碰运气,而是需要强有力的意志。"每当我查阅这部词典的时候,就会想起毛姆的名言。它鞭策着自己不能怠惰,不断进取。上了高年级以后,黄修齐教授给我们讲授英国文学,我才知道原来从前翻阅过的许多短篇小说是出自他的手笔,原来他不仅是一个长篇小说家,还创作了戏剧、短篇小说、散文等众多精彩的作品。随着时间的推移,我对他的认识和感情日益加深。2002年我考入南京师范大学。在导师汪介之教授的指导下,我以毛姆为研究对象,开始严肃的治学之路。三年的博士生涯当时觉得异常漫长,可是现在回头看看流逝得飞快。古人云"字字皆辛苦"果然不假。看到打印装订好的博士论文,我感慨万千,一言难尽。论文成果和我预想的不大一致。我曾经以为文学史对毛姆的定位不恰当,踌躇满志地想提高他的文坛地位。在写作过程中,他创作中的一些缺陷逐渐暴露了出来。他距离伟大作家还有一段距离,看似是一步之遥,要想跨越却是多么地困难。失望是难免的,但是我并没有放弃。看透他,依然爱他,应该是真正的爱吧。由于博士论文写得不够深入全面,后来我进入河南大学博士后流动站,继续从事毛姆研究,尽力弥补之前的遗憾和不足。

在博士后流动站期间，我经历了搬家、换工作、出国进修等诸多琐事的困扰，时常感到力不从心。幸亏导师高继海教授严谨认真的科研态度与耐心谦和的治学精神，深深感染和激励着我，最后终于完成了出站任务。

回想起来，我从事毛姆的创作研究断断续续持续了15年。由于多方面的原因，对这个研究对象的态度从最初的满腔热忱，到中间的心灰意冷，再到现在的冷静平和。在博士论文和博士后出站报告的基础上，经修改补充，现在个人专著《掀开彩色的面纱：毛姆创作研究》终于完稿。感谢我的导师汪介之教授和高继海教授，没有他们的教育培养，就没有这本书的问世。感谢张杰、华明、许海燕、李志、杨莉馨、吴锡民、陈瑞红等各位老师对本书的写作提出宝贵的意见和建议。感谢美国西彻斯特大学（West Chester University）的 Walter J.Hipple 教授夫妇提供外文书籍和解答相关问题。在写作过程中，我还得到了同学的帮助和支持，家人的理解和督促，以及许多好友的关心和鼓励。感谢本书给我一个机会，向所有曾经帮助过我的人表示深深的谢意！本书还引用了大量的珍贵文献或学术观点，在此一并致谢！

秦　宏

2015 年 12 月于上海

责任编辑:杨文霞

封面设计:徐　晖

责任校对:周　昕

图书在版编目(CIP)数据

掀开彩色的面纱:毛姆创作研究/秦宏 著. —北京:人民出版社,2016.10

ISBN 978－7－01－016436－6

Ⅰ.①掀⋯　Ⅱ.①秦⋯　Ⅲ.①毛姆,W.S.（1874－1965）-文学研究

Ⅳ.①I561.07

中国版本图书馆 CIP 数据核字(2016)第 155303 号

掀开彩色的面纱:毛姆创作研究

XIANKAI CAISE DE MIANSHA MAOMU CHUANGZUO YANJIU

秦　宏　著

人民出版社 出版发行

（100706　北京市东城区隆福寺街 99 号）

北京龙之冉印务有限公司印刷　新华书店经销

2016 年 10 月第 1 版　2016 年 10 月北京第 1 次印刷

开本:710 毫米×1000 毫米 1/16　印张:17.5

字数:231 千字

ISBN 978－7－01－016436－6　定价:49.00 元

邮购地址 100706　北京市东城区隆福寺街 99 号

人民东方图书销售中心　电话 (010)65250042　65289539